MARIA SEMPLE

Ab heute wird alles anders

ROMAN

*Aus dem Englischen von
Cornelia Holfelder-von der Tann*

btb

*Für George und Poppy
und in geringerem Maße auch für Ralphy*

Ab heute wird alles anders. Heute werde ich präsent sein. Heute werde ich jedem, mit dem ich spreche, in die Augen sehen und intensiv zuhören. Heute werde ich mit Timby ein Brettspiel spielen. Ich werde Sex mit Joe initiieren. Heute werde ich auf mein Äußeres achten. Ich werde duschen, etwas Richtiges anziehen und die Yogaklamotten nur beim Yoga tragen, wo ich heute wirklich hingehen werde. Heute werde ich nicht fluchen. Ich werde nicht über Geld reden. Heute werde ich etwas Unbeschwertes haben. Mein Gesicht wird entspannt sein, sein Ruhezentrum ein Lächeln. Heute werde ich Gelassenheit ausstrahlen. Ich werde von unerschöpflicher Freundlichkeit und Selbstbeherrschung sein. Heute werde ich lokale Produkte kaufen. Heute werde ich mein bestes Selbst sein, der Mensch, der in mir steckt. Ab heute wird alles anders.

DIE TRICKKÜNSTLERIN

Weil das andere nicht funktioniert hat. Aufzuwachen, nur um den Tag zu überstehen, bis wieder Schlafenszeit war; diese Mühle war beschämend, entwürdigend und weit von allem entfernt, was man Leben nennen könnte. Mich anwesend abwesend durch die Welt zu bewegen, gereizt-zerstreut, diffus-hektisch. (Wobei das nur Vermutungen sind, weil ich keine Ahnung habe, wie ich rüberkomme, mein Bewusstsein ist eingebuddelt wie eine Kröte im Winterboden.) Die Welt durch mein schlichtes Vorhandensein in ihr als eine schlechtere zu hinterlassen. Die Spur der Verwüstung hinter mir gar nicht wahrzunehmen. Wie Mr Magoo.

Wenn ich ehrlich sein soll, sieht meine Statistik, wie ich die Welt hinterlassen habe, für die letzte Woche so aus: schlechter, schlechter, besser, schlechter, genauso, schlechter, genauso. Keine Bilanz, die einen mit Stolz erfüllen könnte. Allerdings muss ich die Welt ja nicht unbedingt zu einem besseren Ort machen. Heute werde ich mich an den hippokratischen Eid halten: vor allem niemandem schaden.

Wie schwer kann es schon sein? Timby zur Schule bringen, zu meiner Poesie-Stunde gehen (mein absolutes Highlight!), am Yoga-Kurs teilnehmen, mich zum Mittagessen mit Sydney Madsen treffen, die ich nicht leiden, dann aber wenigstens auf meiner Liste abhaken kann (dazu später mehr), Timby abholen und Joe, dem Finanzier dieses ganzen Überflusses, etwas zurückgeben.

Jetzt fragen Sie sich, warum dieses Getue um einen ganz normalen Tag voller Wohlhabende-weiße-Leute-Probleme? Weil wir zu zweit sind: Da bin ich, und da ist das Monster in mir. Es wäre ja genial, wenn das Monster in mir auf der großen Leinwand agieren, wenn es *Shock and Awe* verbreiten und grandiose, unvergessliche Zerstörung anrichten würde. Wenn ich sowas hinkriegen würde, täte ich es vielleicht: mich fulminant selbst verbrennen um des Performancekunst-Spektakels willen. Die traurige Wahrheit? Das Monster in mir agiert nur im peinlich kleinen Maßstab: in Form misslicher Mikrohandlungen, die gewöhnlich Timby, meine Freunde oder Joe betreffen. Ich bin gereizt und von Unsicherheit getrieben, wenn ich mit ihnen zusammen bin, und larmoyant und lästerwütig, wenn ich's nicht bin. Ha! Sind Sie jetzt froh, dass Sie sich in sicherer Entfernung befinden, hinter verriegelten Türen und hochgekurbelten Fenstern? Ach, was! Ich bin nett. Ich übertreibe aus Effektgründen. In Wirklichkeit ist es gar nicht so schlimm.

Und so begann der Tag in dem Moment, als ich die Bettdecke schwungvoll zurückschlug. Das *Klick-Klick-Klick* von Yo-Yos Krallen auf dem Parkett, genau bis vor die Schlafzimmertür. Warum kommt, wenn Joe die Decke zurückschlägt, Yo-Yo nie angetapst, um in demütiger Hoffnung zu warten? Wie kann Yo-Yo durch eine geschlossene Tür erkennen, dass ich es bin, die die Decke zurückschlägt, und nicht Joe? Ein Hundetrainer hat mir mal eine deprimierende Erklärung gegeben: Es ist mein Geruch, den Yo-Yo erhascht. Da seine Vorstellung vom höchsten Glück ein angespülter toter Seehund ist, drängt sich mir die Frage auf: Ist bald wieder Schlafenszeit? Nein, so nicht. Nicht heute.

Ich wollte mich nicht um das Thema Sydney Madsen drücken. Als Joe und ich vor zehn Jahren aus New York nach Seattle zogen, waren wir bereit, eine Familie zu gründen. Ich hatte gerade fünf strapaziöse Jahre bei *Looper Wash* hinter mir. Wo man auch hinschaute, überall *Looper-Wash*-T-Shirts, Autoaufkleber, Mauspads. *Ich bin eine Vivian. Ich bin eine Dot.* Sie erinnern sich. Wenn nicht, gehen Sie mal in den nächsten Ein-Dollar-Laden an den Wühlkorb, ist ja schon eine Weile her.

Joe war als Handchirurg eine Art Legende geworden, als er einen Quarterback, der sich den Daumen so umgeknickt hatte, dass alle glaubten, er würde nie wieder spielen, durch seine Operationskunst in die Lage versetzte, im nächsten Jahr den Super Bowl zu gewinnen. (Den Namen weiß ich nicht mehr, aber wenn ich ihn wüsste, dürfte ich ihn nicht nennen, von wegen ärztlicher/arztehefraulicher Schweigepflicht.)

Joe hatte überallher Job-Angebote. Warum gerade Seattle? Joe, der als braver katholischer Junge in einem Vorort von Buffalo aufgewachsen war, konnte sich nicht vorstellen, Kinder in Manhattan großzuziehen, was meine erste Wahl war. Also machten wir einen Deal. Wir würden für zehn Jahre hingehen, wo immer er wollte, und dann für zehn Jahre nach New York zurückziehen; zehn Jahre seine Stadt, zehn Jahre meine, immer abwechselnd, bis dass der Tod uns scheidet. (Wobei er, wie ich anmerken möchte, seine Seite des Deals praktischerweise vergessen hat, denn die zehn Jahre sind bald um und von Umzug ist keine Rede.)

Als halbwegs intelligenter Mensch katholisch erzogen zu werden, macht einen, wie jeder weiß, zum Atheisten. Auf einem der Skeptikerkongresse, auf denen wir waren (ja, unsere frühen Jahre verbrachten wir tatsächlich mit Unternehmungen, wie nach Philadelphia zu fahren, um Penn Jillette mit einem Rabbi debattieren zu hören! Ach, noch mal kinderlos sein ... oder doch lieber nicht), hatte Joe gehört, dass Seattle die unreligiöseste Stadt der USA sei. Also Seattle.

Eine Frau, die im Vorstand von Ärzte ohne Grenzen war, gab eine Willkommensparty für Joe und mich. Ich segelte majestätisch in ihre Villa am Lake Washington, die voll mit moderner Kunst und mit Leuten war, die nur darauf warteten, dass ich sie zu meinen neuen Freunden erkor. Ich bin es immer schon gewöhnt, gemocht zu werden. Okay, ich sag's geradeheraus: Ich bin es gewöhnt, umschwärmt zu werden. Ich kann es mir zwar angesichts meiner blamablen Eigenschaften nicht erklären, aber irgendwie ist es einfach so. Joe sagt, es liegt daran, dass ich die kumpelhafteste Frau bin, der er je begegnet ist, dabei aber sexy und ohne emotionale Filterschicht. (Ein Kompliment!) Ich ging von Raum zu Raum und wurde lauter Frauen vorgestellt, die alle gleich wohlerzogen und herzlich waren. Es war die Sorte Event, wo man jemanden kennenlernt, der einem erzählt, er gehe furchtbar gern campen, und man sagt: »Oh! Ich habe gerade mit jemandem gesprochen, der demnächst zehn Tage Rafting auf dem Snake River macht, den müssen Sie unbedingt kennenlernen«, und derjenige dann sagt: »Das war ich.«

Was soll ich sagen? Ich habe ein schrecklich schlechtes Gedächtnis für Gesichter. Und Namen. Und Zahlen. Und Uhrzeiten. Und Daten.

Die Party verschwamm im Nebel: Eine Frau wollte mir unbedingt schicke Läden zeigen, eine andere geheime Wanderwege, eine dritte das italienische Restaurant von Mario Batalis Vater am Pioneer Square, wieder eine andere den besten Zahnarzt der Stadt, der ein Glitzerbild von einem fallschirmspringenden Tiger an der Decke hatte, und eine wollte ihre Putzfrau mit mir teilen. Eine gewisse Sydney Madsen lud mich für den nächsten Tag zum Mittagessen ins Tamarind Tree im International District ein.

(Joe redet gern von etwas, das er den Zeitschriftentest nennt. Damit ist die Reaktion gemeint, wenn man den Briefkasten öffnet und eine Zeitschrift herauszieht. Man weiß sofort, ob es einen freut, diese Zeitschrift zu sehen, oder ob es einen deprimiert. Was, nebenbei gesagt, der Grund ist, warum ich den *New Yorker* nicht abonniert habe, aber *US Weekly*. Wenn man den Zeitschriftentest auf Sydney Madsen anwendet, ist sie das menschliche Äquivalent zu *Tinnitus Today*.)

Dieser erste Lunch: Ihre Wortwahl war so ungemein bedacht, ihr Blick so ungemein aufrichtig, sie bemerkte einen winzigen Fleck auf ihrer Gabel und war so hyperbemüht dem Kellner gegenüber, als sie um eine neue bat, sie hatte ihren eigenen Teebeutel mitgebracht und bestellte heißes Wasser, sagte, sie habe keinen großen Hunger und wir könnten uns doch meinen Papayasalat teilen, erklärte, sie habe *Looper Wash* nie gesehen, werde aber die DVDs in der Bibliothek vorbestellen.

Zeichnet das ein hinreichendes Bild der verkniffenen Biederkeit, selbstzentrierten Ahnungslosigkeit, widerlichen Knickrigkeit? Ein Wasserfleck auf der Gabel hat noch niemanden umgebracht! Die DVDs *kaufen*, wie wäre das? Im Restaurant etwas essen, davon leben die! Und das Allerschlimmste: Sydney Madsen war grundsolide, ernst und gänzlich humorbefreit und sprach... sehr... langsam... als... wären... ihre... Plattitüden... lauter... Perlen.

Ich war schockiert. Das passiert, wenn man zu lange in New York lebt: Man bekommt das irrige Gefühl, dass die Welt voller interessanter Menschen ist. Oder jedenfalls voller Menschen, die auf eine interessante Art verrückt sind.

Irgendwann wand ich mich derart heftig auf meinem Stuhl, dass Sydney mich doch tatsächlich fragte: »Müssen Sie sich mal die Nase pudern?« (Nase pudern? Nase pudern? Sowas lebt!) Und das Schlimmste: All die Frauen, denen ich erklärt hatte, ich würde gern mit wandern oder shoppen gehen? Das waren gar nicht lauter verschiedene Frauen. Sie waren allesamt Sydney

Madsen! Verdammte Unaufmerksamkeit! Es kostete mich alle Kraft, eine Salve neuer Anerbieten abzuwehren: ein Wochenende in ihrem Strandhaus auf Vashon Island, die Vermittlung des Kontakts zu irgendjemandes Frau wegen irgendetwas und zu irgendeinem Stückeschreiber wegen etwas anderem.

Ich rannte nach Hause und jammerte Joe die Ohren voll.

Joe: Du hättest gleich misstrauisch sein sollen, wenn jemand so scharf drauf ist, sich mit dir anzufreunden, weil das sehr wahrscheinlich heißt, dass dieser Jemand keine Freunde hat.

Ich: Das liebe ich an dir, Joe. Du bringst immer alles auf den Punkt. (Joe, der Auf-den-Punkt-Bringer. Ist er nicht wunderbar?)

Entschuldigung, dass ich in Sachen Sydney Madsen so weit ausgeholt habe. Was ich sagen will, ist: Zehn Jahre gelingt es mir jetzt schon nicht, sie abzuschütteln. Sie ist die Freundin, die ich nicht mag, die Freundin, von der ich nicht weiß, womit sie ihren Lebensunterhalt verdient, weil ich beim ersten Mal zu eingeschläfert war, um zu fragen, und es jetzt rüde wäre, ich aber nicht rüde bin, die Freundin, zu der ich, damit sie die Botschaft kapiert, so fies sein müsste, wie ich es nicht sein kann, weil ich nicht fies bin, die Freundin, die ich immer wieder abweise und die trotzdem nicht locker lässt. Sie ist wie Parkinson, man kann sie nicht loswerden, nur die Symptome im Griff behalten.

Und heute dräut der Lunch.

Ja, ich weiß, mit einer Langweilerin lunchen zu sollen, *ist* ein Luxusproblem. Wenn ich von Problemen spreche, meine ich nicht Sydney Madsen.

Yo-Yo, wie er die Straße entlangtrabt, der Prinz von Belltown. Oh Yo-Yo, du albernes Geschöpf mit deiner Begeisterung und deiner blinden Ergebenheit und deinem kaputten Ohr, das bei jedem Schritt flappt. Es geht mir ans Herz, dass du so stolz darauf bist, von mir Gassi geführt zu werden, deiner Göttin. Wenn du wüsstest.

Welch demoralisierendes Schauspiel, jeden Monat ein neues Apartmenthaus, noch höher als das letzte, alle voll mit blau beausweisten Amazon-Ameisen, die jeden Morgen zu Tausenden aus ihren Studio-Apartments auf meine Straße herausquellen, den Kopf über ein elektronisches Gerät gebeugt. (Sie arbeiten für Amazon, also ist klar, dass sie seelenlos sind. Die Frage ist nur, wie seelenlos?) Dann sehne ich mich nach der Zeit zurück, als die Third Avenue nichts war als ich und leerstehende Läden und der eine Meth-Junkie, der »*So* buchstabiert man Amerika!« brüllte.

Vor unserem Haus stand Dennis neben seiner Rollmülltonne und füllte den Kackbeutelspender auf. »Morgen, ihr zwei.«

»Morgen, Dennis!« Statt wie gewöhnlich an ihm vorbeizueilen, blieb ich stehen und sah ihm in die Augen. »Wie geht's so weit?«

»Ach, kann nicht klagen«, sagte er. »Und selbst?«

»Ich könnte klagen, tu's aber nicht.«

Dennis lachte.

Heute: schon jetzt ein Nettofortschritt.

Ich öffnete unsere Wohnungstür. Am Ende des Flurs: Joe, den Kopf auf dem Tisch, Stirn auf der Zeitung, Arme angewinkelt neben dem Kopf, als würde er gerade festgenommen.

Es war ein bizarres Bild, der Inbegriff der Niedergeschlagenheit, das Letzte, was ich je mit Joe assoziieren würde.

Wump.

Die Tür fiel zu. Ich klippste Yo-Yo los. Als ich mich wieder aufgerichtet hatte, war mein schwer getroffener Ehemann aufgestanden und in seinem Arbeitszimmer verschwunden. Was es auch war, er wollte nicht darüber reden.

Gut... Soll *mir* auch recht sein!

Im Greyhound-Stil, die Hinterbeine vor den Vorderbeinen aufsetzend, raste Yo-Yo zu seinem Futternapf. Als er merkte, dass darin immer noch dasselbe Trockenfutter war wie vor dem Gassigehen, überkamen ihn Verwirrung und das Gefühl, betrogen worden zu sein. Er machte noch einen Schritt und starrte dann auf den Fußboden.

Timbys Lampenschalter klickte. Der süße Schatz, schon vor dem Weckerklingeln wach. Ich ging ins Bad und sah ihn im Schlafanzug auf dem Tritthocker stehen.

»Morgen, Schätzchen. Du bist ja schon auf!«

Er hielt inne in dem, was er tat. »Kannst du Speck machen?«

Im Spiegel sah ich, wie er wartete, dass ich wieder ging. Ich richtete den Blick ein Stück tiefer. Aber er war schneller. Er wischte etwas ins Waschbecken, bevor ich es sehen konnte. Das unverkennbare hohe Klappern von Leichtplastik. Das Sephora 200!

Es war meine eigene Schuld, warum hatte der Weihnachtsmann auch ein Schminkset in Timbys Strumpf stecken müssen. Ich erkaufte mir im Nordstrom immer ein bisschen Extra-Zeit, indem ich Timby losschickte, sich ein bisschen in der Kosmetikabteilung umzuschauen. Die Mädchen dort liebten seine sanftmütige Art, seinen Zuckersackpuppenkörper, seine Piepsstimme. Es dauerte nie lange, und sie schminkten ihn. Ich weiß nicht, was ihn mehr begeisterte, geschminkt zu werden oder von einer Schar Blondinen gehätschelt zu werden. Aus einer Laune heraus kaufte ich einmal ein taschenbuchgroßes Schminkset, aus dem sich sechs (!) Paletten mit zweihundert (!) Lidschatten-, Gloss-, Rouge- und Weiß-der-Geier-was-noch-Tönen ausklappen ließen. Das Genie, das es geschafft hat, so viel Zeug auf so wenig Raum unterzubringen, sollte unbedingt für die NASA arbeiten. Falls es die noch gibt.

»Dir ist klar, dass du nicht geschminkt in die Schule gehen wirst«, sagte ich.

»Ich weiß, Mom.« Das Seufzen und Schulterhochziehen direkt aus dem Disney Channel. Auch das meine Schuld, weil ich die Glotzerei habe einreißen lassen. Heute nach der Schule ein Puzzle!

Ich trat aus Timbys Zimmer. Yo-Yo, der nervös im Flur gewartet hatte, zitterte vor Erleichterung, dass es mich noch gab. Da er wusste, dass ich in die Küche wollte, um Frühstück zu machen, rannte er voraus zu seinem Fressnapf. Diesmal ließ er sich herab, ein paar Pellets zu fressen, ein Auge unverwandt auf mich gerichtet.

Joe war wieder aufgetaucht und machte sich gerade Tee.

»Wie geht's?«, fragte ich.

»Du siehst ja hübsch aus«, sagte er.

Meinem Generalstabsplan für den heutigen Tag folgend hatte ich geduscht und ein Kleid und Oxfords angezogen. Ein Blick in meinen Kleiderschrank, und Sie würden in mir eine Frau mit einem speziellen Stil erkennen. Kleider aus Frankreich und Belgien, die Preisschilder sämtlich schon auf dem Heimweg abgerissen, weil Joe sonst ein Aneurysma platzen könnte, und schwarze flache Schuhe in allen Varianten ... auch hier das Thema Preis besser nicht ansprechen. Die Sachen kaufen? Klar. Sie anziehen? An den meisten Tagen einfach zu energieaufwändig.

»Heute Abend kommt Olivia«, sagte ich mit einem Zwinkern, weil ich schon die Probierweine und die Rigatoni im Tavolata schmeckte.

»Wie wär's, wenn sie mit Timby essen geht, damit wir ein bisschen Zeit für uns allein haben?« Joe fasste mich um die Taille und zog mich an sich, als wären wir kein Ehepaar um die fünfzig.

Wissen Sie, wen ich beneide? Lesben. Warum? Lesbischer Bettentod. Wie es scheint, haben lesbische Paare nach der ersten heißen Phase überhaupt keinen Sex mehr. Für mich ist das völlig logisch. Wenn es nur nach ihnen ginge, würden Frauen den Sex einstellen, sobald sie Kinder haben. Er ist dann keine evolutionäre Notwendigkeit mehr. Unser Gehirn weiß es und unser Körper auch. Wer fühlt sich schon sexy in der schlauchenden Zeit der Mutterschaft, mit den Speckrollen der mittleren Jahre, dem immer platter werdenden Hintern? Welche Frau will dann noch, dass irgendwer sie nackt sieht geschweige denn ihre Brüste stimuliert, die jetzt die Konsistenz eines Beutels Kuchenteig haben, oder ihren Bauch streichelt, der so schwammig ist wie Brotfruchtfleisch? Welche Frau will schon so tun, als wäre sie total scharf auf Sex, wenn der Lustbrunnen trocken ist?

Ich, ich sollte es wollen, damit ich nicht gegen ein jüngeres Modell ausgetauscht werde.

»Zeit für uns allein heißt die Parole«, sagte ich zu Joe.

»Mom, die ist kaputt.« Timby kam mit seiner Ukulele und plonkte sie auf die Arbeitsplatte, verdächtig nah neben den Mülleimer. »Sie klingt total scheußlich.«

»Was schlägst du vor, was wir tun sollen?« Mein Ton sagte, *wehe, du sagst jetzt, eine neue kaufen.*

Joe nahm die Ukulele und schlug die Saiten. »Sie ist ein bisschen verstimmt, das ist alles.« Er begann, an den Wirbeln zu drehen.

»Hey«, sagte ich. »Seit wann kannst du eine Ukulele stimmen?«

»Ich bin ein Mann mit vielen Geheimnissen«, sagte Joe und entlockte dem Instrument einen finalen Wohlklang.

Der Speck und der French Toast wurden verschlungen, die Smoothies getrunken. Timby war in einen *Archie-Jumbo-Comic* versunken. Ich lächelte in Dauerschleife.

Vor zwei Jahren, als ich mal wieder die Märtyrerin gab, weil ich jeden Morgen Frühstück machen musste, sagte Joe: »Ich bezahle diese ganze Veranstaltung hier. Könntest du bitte mal von deinem Kreuz runtersteigen und Frühstück machen, ohne ständig zu stöhnen?«

Ich weiß, was Sie jetzt denken: *So ein Arsch! So ein Macho-Affe!* Aber ganz unrecht hatte Joe nicht. Für einen Schrank voll belgischer Designerklamotten würden viele Frauen klaglos weit Schlimmeres tun. Von dem Moment an hieß es: Service mit einem Lächeln. Das nennt man, die eigenen Karten realistisch einschätzen.

Joe zeigte Timby die Zeitung. »Demnächst ist wieder Pinball Expo. Willst du hin?«

»Glaubst du, der Evel-Knievel-Flipper ist noch kaputt?«

»Ziemlich sicher«, sagte Joe.

Ich streckte ihnen das Gedicht hin, das ich ausgedruckt und mit einer Menge Anmerkungen versehen hatte.

»Okay, wer hört mich ab?«, fragte ich.

Timby sah nicht von seinem *Archie* auf.

Joe nahm das Blatt. »Oh, Robert Lowell.«

Robert Lowell

Skunk-Stunde
(Für Elizabeth Bishop)

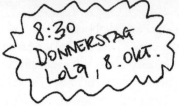

Die Eremiten-Erbin von Nautilus
Island überwintert weiter in ihrem spartanischen Domizil;
ihre Schafe grasen weiter über dem Meer.
Ihr Sohn ist ein Bischof. Ihr Bauer
ist erster Bürgerrat in unserm Dorf;
Sie ist senil.

Dürstend nach
der standesgemäßen Ruhe
von Königin Viktorias Jahrhundert,
kauft sie alle Schandflecke auf,
die ihr am Ufer gegenüber missfallen,
und lässt sie verfallen.

Die Saison siecht dahin –
wir haben unsern Sommermillionär verloren,
der einem L. L. Bean-
Katalog entsprungen schien.
Seine Neun-Knoten-Jolle haben Hummerfischer ersteigert.
Rotfuchsflecken sprenkeln Blue Hill.

Und nun verschönt unser schwuler
Dekorateur sein Geschäft für den Herbst;
sein Fischernetz füllt oranger Kork,
orange auch seine Schusterbank und Ahle;
die Arbeit bringt nichts ein,
er möchte am liebsten verheiratet sein.

22

In einer dunklen Nacht
erklomm mein Tudor-Ford die Schädelkuppe;
ich war auf Liebesautos aus. Die Lichter abgeblendet,
lagen sie beisammen, Rumpf an Rumpf,
wo der Friedhof stadtwärts überhängt...
Mein Hirn ist wirr und dumpf.

Ein Autoradio blökt:
»Liebe, unbedachte Liebe...« Ich hör
meinen kranken Geist in jeder Blutzelle schluchzen,
als griffe meine Hand um seine Kehle...
Ich selber bin die Hölle;
Niemand ist hier –

Nur Skunks, im Mondlicht
auf der Suche nach etwas zu fressen.
Sie ziehen auf gemessenen Sohlen die Hauptstraße hoch:
weiße Streifen, der mondsüchtigen Augen rotfeurige Blitze
unter der kreidetrockenen Sparrenspitze
der Trinitarier-Kirche.

Ich stehe oben
auf unsrer Hintertreppe und atme die reiche Luft –
ein Mutterskunk mit ihrer Reihe Jungen leert den
Abfalleimer ganz.
Sie bohrt den gekeilten Kopf in einen Becher
saurer Sahne, senkt ihren Straußenschwanz
und lässt sich nicht verscheuchen.

Ich rezitierte auswendig: »›Die Eremitenerbin von Nautilus Island überwintert weiter in ihrem spartanischen Domizil; ihre Schafe grasen weiter über dem Meer. Ihr Sohn ist ein Bischof, ihr Bauer erster Bürgerrat‹ ...«

»›Ihr Bauer *ist* erster Bürgerrat‹«, sagte Joe.

»Shit. ›Ihr Bauer *ist* erster Bürgerrat.‹«

»Mom!«

Ich machte »Psst!« zu Timby hin und fuhr mit geschlossenen Augen fort: »... in unserm Dorf. Dürstend nach der standesgemäßen Ruhe von Königin Viktorias Jahrhundert, kauft sie alle Schandflecke auf, die ihr am Ufer gegenüber missfallen, und lässt sie verfallen. Die Saison siecht dahin – wir haben unseren Sommermillionär verloren, der einem L. L. Bean-Katalog entsprungen schien‹ ...«

»Mommy, guck mal, Yo-Yo. Wie er das Kinn auf den Pfoten hat!«

Yo-Yo lag auf seinem pinkfarbenen Kissen und passte auf, ob vielleicht etwas Fressbares herunterfiel. Er hielt die kleinen weißen Vorderpfoten zierlich gekreuzt.

»Ooooh«, sagte ich.

»Kann ich dein Handy haben?«, fragte Timby.

»Erfreu dich einfach an deinem Hund«, sagte ich. »Das geht auch ohne Elektronik.«

»Was Mom macht, ist richtig cool«, sagte Joe zu Timby. »Immer was lernen.«

»Und wieder vergessen«, sagte ich. »Aber trotzdem danke.«

Er gab mir einen Luftkuss.

Ich fuhr fort. »›Seine Neun-Knoten-Jolle haben Hummerfischer ersteigert‹ ...«

»Yo-Yo ist der tollste Hund der Welt, oder?«, sagte Timby.

»Ja.« Die schlichte Wahrheit. Yo-Yo ist der putzigste Hund, den man sich denken kann, teils Boston-Terrier, teils Mops, teils noch irgendwas ... schwarz-weiß gescheckt, mit einem schwarz umrahmten Auge, Fledermausohren, Mopsgesicht und Ringelschwanz. Vor der Amazon-Invasion, als wir noch mit den Nutten allein auf der Straße waren, sagte eine mal: »Wie wenn Barbie einen Pitbull hätte.«

»Daddy«, sagte Timby. »Findest du Yo-Yo nicht toll?«

Joe betrachtete Yo-Yo und dachte über die Frage nach. (Noch ein Beleg für Joes herausragende Persönlichkeit: Er denkt, bevor er spricht.) »Er ist ein bisschen schrullig«, sagte Joe und wandte sich wieder dem Gedicht zu.

Timby fiel die Gabel herunter und mir die Kinnlade.

»Schrullig?«, rief Timby betroffen.

Joe sah auf. »Ja. Und?«

»Oh, Daddy! Warum sagt du das?«

»Er sitzt den ganzen Tag nur da und guckt deprimiert«, sagte Joe. »Wenn wir nach Hause kommen, rennt er nicht zur Tür, um uns zu begrüßen. Wenn wir hier sind, schläft er immer nur oder wartet, dass was Fressbares runterfällt, oder starrt die Wohnungstür an, als hätte er Migräne.«

Timby und mir fehlten schlichtweg die Worte.

»Ich weiß, was er von *uns* hat«, sagte Joe. »Ich weiß nur nicht, was wir von *ihm* haben.«

Timby sprang auf und warf sich über Yo-Yo – seine Version einer Umarmung. »Oh, Yo-Yo! *Ich* hab dich lieb.«

»Mach weiter.« Joe wedelte mit dem Gedicht. »Bis jetzt war's prima. ›Die Saison siecht dahin‹ ...«

»›Die Saison siecht dahin‹«, sagte ich. »›Wir haben unseren Sommermillionär verloren, der einem L. L. Bean-Katalog entsprungen schien.‹« Zu Timby: »Los, mach dich fertig.«

»Setzt du mich nur ab, oder bringst du mich rein?«

»Ich setz dich nur ab. Um halb neun hab ich Alonzo.«

Da das Frühstück beendet war, erhob sich Yo-Yo von seinem Kissen. Joe und ich sahen zu, wie er zur Wohnungstür ging und sie anstarrte.

»Mir war gar nicht klar, dass ich was Brisantes sage«, sagte Joe. »›Die Saison siecht dahin.‹«

Wenn Leute auf einer katholischen Schule waren, erkennt man es an ihrer Reaktion, sobald sie den Queen Anne Hill raufkommen und die Galer Street School erblicken. Ich war auf keiner, deshalb ist die Schule für mich ein stattlicher Backsteinbau mit einem riesigen ebenen Gelände drum herum und einer Wahnsinnsaussicht auf den Puget Sound. Joe war auf einer, also wird er kreidebleich, weil er diese Flashbacks hat: Nonnen, die ihm mit Linealen auf die Hände schlagen, Priester, die ihm mit Gottes Zorn drohen, und brillenklauende, sadistische Mitschüler, die ungehindert auf den Fluren ihr Unwesen treiben.

Als wir in die Hol- und Bringzone einbogen, hatte ich das Gedicht schon zweimal fehlerfrei aufgesagt und war, weil aller guten Dinge drei sind, gerade noch bei einem letzten Durchgang. »›In einer dunklen Nacht erklomm mein Tudor Ford die Schädelkuppe.‹ Moment mal, stimmt das?«

Ominöse Stille vom Rücksitz. »Hey«, sagte ich. »Liest du überhaupt mit?«

»Klar, Mom. War super, kein einzigster Fehler.«

»*Einziger*. Einzig kann man nicht steigern.« Im Rückspiegel war kein Timby. Nach gründlichem Verdrehen des Spiegels sah ich, dass er sich über irgendwas beugte. »Was machst du?«

»Nichts.« Wieder dieses unverkennbare Plastikklappern.

»Hey! Kein Make-up.«

»Warum hat mir's der Weihnachtsmann dann in den Strumpf gesteckt?«

Ich drehte mich um, aber Timbys Autotür hatte sich bereits

geöffnet und wieder geschlossen. Als ich mich zurückgedreht hatte, rannte er schon die Eingangstreppe hinauf. In der spiegelnden Eingangstür der Schule sah ich Timbys mit Rouge beschmierte Augenlider. Ich kurbelte das Fenster herunter.

»Du hinterlistiges kleines Biest, komm sofort hierher!«

Das Auto hinter mir hupte. Na gut, dann war er jetzt eben das Problem der Schule.

Hinter mir die Galer Street und vor mir sieben kindfreie Stunden? Einsatz Banjo-Auf-und-davon-Musik.

»Ich selber bin die Hölle; niemand ist hier – nur Skunks, im Mondlicht auf der Suche nach etwas zu fressen. Sie ziehen auf gemessenen Sohlen die Hauptstraße hoch: weiße Streifen, der mondsüchtigen Augen rotfeurige Blitze unter der kreidetrockenen Sparrenspitze der Trinitarierkirche. Ich stehe oben auf unsrer Hintertreppe und atme die reiche Luft – ein Mutterskunk mit ihrer Reihe Jungen leert den Abfalleimer ganz. Sie bohrt den gekeilten Kopf in einen Becher saurer Sahne, senkt ihren Straußenschwanz und lässt sich nicht verscheuchen.«

Ich hatte es virtuos hingelegt, Silbe für Silbe.

Alonzo streckte die Hand aus. »Gratuliere.«

Kennen Sie das, wie Ihr Gehirn sich in Brei verwandelt? Wie es während der Schwangerschaft anfängt? Sie lachen, staunen, sagen im Scherz, ich und meine Schwangerschaftsdemenz! Dann bekommen Sie das Kind, und Ihr Gehirn ist immer noch Brei? Aber, klar, Sie stillen ja, also lachen Sie auch jetzt, als wären Sie Mitglied eines exklusiven Klubs. *Ich und meine Stilldemenz!* Aber dann hören Sie auf zu stillen, und Ihnen dämmert die schreckliche Wahrheit: Ihr Gehirn wird nie mehr das, was es mal war. Sie haben Wortschatz, klares Denken und Merkfähigkeit gegen Mutterschaft eingetauscht. Sie kennen das doch, oder? Wie Ihnen mitten im Satz plötzlich aufgeht, dass Sie am Ende ein bestimmtes Wort abrufen müssen, und Sie schon befürchten, dass es nicht klappen wird, wie Sie aber, weil es kein Zurück gibt, weiterrattern und dann plötzlich verstummen, weil

Sie am Ende angekommen sind und das Wort tatsächlich nicht da ist? Und dabei ist es noch nicht mal ein besonders hochgestochenes Wort wie etwa *polemisch* oder *Schibboleth*, sondern nur ein mäßig hochgestochenes Wort wie zum Beispiel *markant*, sodass Sie schließlich einfach *super* sagen?

Womit Sie binnen Kurzem zu den Schwachköpfen gehören, die alles *super* finden.

Mich hat es jedenfalls ganz schön geschockt. Ich musste ein Memoir schreiben. Okay, ein Großteil meines Memoirs würde aus Illustrationen bestehen. An dieser Front alles easy. Der Text war das Problem. Bei einem Buch konnte ich nicht einfach drauflosschwafeln wie sonst. Da war Ökonomie alles. Und Ökonomie entfiel wegen besagter Hirnverbreiung.

Also kam ich auf die großartige Idee, mein Werkzeug durch das Auswendiglernen von Gedichten zu schärfen. Meine Mutter war Schauspielerin; sie rezitierte vor dem Schlafengehen immer Shakespeare-Monologe. Super, oder? (Da! *Super!* Wenn mein Gehirn besser funktionieren würde, hätte ich vielleicht gesagt, *Es zeigt, dass sie diszipliniert und gebildet war und vielleicht auch ihr schreckliches Los vorausahnte.*) Also tat ich, was jeder tun würde: Ich griff zum Telefon, rief die University of Washington an und fragte nach dem besten Poesiedozenten.

Seit einem Jahr treffe ich mich jeden Donnerstagmorgen mit Alonzo Wrenn im Lola zu einer Privatstunde. Er gibt mir immer ein Gedicht auf. Ich trage es auswendig vor, und das Gespräch entwickelt sich, wohin es will. Ich zahle ihm fünfzig Dollar plus Frühstück. Alonzo würde *mir* das Frühstück spendieren, so groß ist seine Liebe zur Poesie, aber ich bin willensstärker, also akzeptiert er die Einladung und den Fünfziger mit poetischer Grazie.

»Was denken Sie?«, fragte Alonzo.

Er war ein großer, kräftiger Mann, jünger als ich, mit einem mausfarbenen Haarschopf über dem extrem freundlichen Gesicht. Er trug immer einen Anzug, im Sommer Leinen, im Winter Wollstoff. Der heutige Anzug war schokobraun in Glanzoptik, eindeutig Vintage, das Hemd darunter pergamentfarben. Sein Schlips war aus Moiré-Seide, sein weißes Einstecktuch gestärkt. (Joe musste als Junge auf Geheiß seiner Mutter im Anzug und mit Schlips zum Zahnarzt gehen, um »Respekt vor dem Berufsstand« zu bekunden. Klein-Joe mit Schlips im Zahnarztstuhl = sowas von zum Verlieben.)

»Können wir damit anfangen, was in dem Gedicht konkret passiert«, fragte ich Alonzo. »Wie heißt noch mal der Terminus? Evidenter Gehalt?«

»Manifester Gehalt.«

»*Manifester* Gehalt, muss ich mir merken.«

»Denken sie einfach an *festes Gehalt*.«

Ich faltete mein Blatt auf und legte los. »Es beginnt mit der Eremiten-Erbin, die das ganze Jahr auf der Sommerinsel lebt. Ich sehe da Maine vor mir.«

Mit einem Nicken konzedierte Alonzo diese Möglichkeit.

»›Ihr Bauer‹«, sagte ich. »Ist das ihr Mann?«

»Wohl eher jemand, der in ihren Diensten ihr Land bestellt.«

»So wie Sie mein Dichter sind«, sagte ich.

»So wie ich Ihr Dichter bin.«

»Da ist eine Menge Orange«, sagte ich. »Aber auch Rot. Der Blue Hill färbt sich fuchsrot. Das Rot kommt später wieder bei den Blutzellen und den Augen der Skunks. Gott, dieser schwule Dekorateur bricht einem ja das Herz, oder? Wollen Sie nicht auch sofort hingehen und in seinem Geschäft etwas kaufen? Oder ihn auf der Stelle mit der Eremiten-Erbin verkuppeln?«

»Jetzt, wo Sie's sagen«, sagte Alonzo lachend.

»Dann tritt der Dichter aus dem Schatten. Bisher hat er immer ›unser‹ gesagt, aber jetzt wird daraus ›ich‹. Sagt man da der Dichter oder der Sprecher?«

»Der Sprecher«, sagte Alonzo.

»Also, der Sprecher tritt auf. Und dann kommt der Schock, da, wo das das Gedicht plötzlich diesen knallharten Schwenk macht und es heißt, ›Mein Hirn ist wirr und dumpf‹.«

»Was wissen Sie über Robert Lowell?«, fragte Alonzo.

»Nur das, was Sie mir gleich erzählen werden.«

Unser Frühstück kam. Alonzo bestellte immer Toms Riesenfrühstück mit Tintenfisch *und* Speck. Ich bestellte immer Weißes Rührei mit Obst. Gott, ich fand mich selbst deprimierend.

»Kann ich Ihren Speck haben?«, fragte ich.

»Robert Lowell stammte aus der elitären Bostoner Oberschicht«, sagte Alonzo und legte die dicken Speckstreifen auf eine Untertasse. »Er kämpfte sein Leben lang mit einer psychischen Krankheit und war immer wieder in Kliniken.«

»Oh!« Plötzlich kam mir eine Idee. Ich winkte die Bedienung herbei. »Sie verkaufen doch Gebäck und Pfefferminzkonfekt und diese Knoblauchpaste? Können Sie mir einen Geschenkkorb fertigmachen?«

Für Sydney Madsen. Es war nämlich auch so ein nerviges Ding von ihr, immer mit kleinen Mitbringseln anzukommen. Da heute alles anders war, würde ich ihr mal was mitbringen.

Alonzo fuhr fort: »Der Dichter John Berryman meint, ›Skunk-Stunde‹ schildere den Moment, in dem das lyrische Ich ...«

»Das lyrische Ich?« Ich musste lachen. »Wir sind doch unter uns. Sprechen Sie's doch einfach aus: Robert Lowell.«

»In dem Robert Lowell merkt, dass er kurz vor einer Depression steht, die ihn wieder in der Klinik landen lassen wird. ›Eine katatonische Vision erstarrten Entsetzens‹, hat Berryman dieses Gedicht genannt.«

»›Ich selber bin die Hölle; niemand ist hier. Nur Skunks‹«, sagte ich. Dann fiel mir noch etwas ein. »*Nur*. Wieder ein Gedicht, bei dem der Drehpunkt das Wort *nur* ist.«

Alonzo runzelte die Stirn.

»›Der Strand von Dover‹!«, schrie ich regelrecht, denn warum zum Teufel konnte ich mich daran erinnern, wenn ich kaum noch weiß, welches Jahr wir haben. »›Komm ans Fenster, süß ist die Nachtluft! *Nur*, von der langen Linie der Gischt‹... Auch da schlägt das Gedicht an dieser Stelle um.«

Alonzo zeigte auf meinen Ausdruck. »Darf ich?«

»Bitte.«

Er riss eine Ecke ab und notierte darauf *nur*.

»Gut, dass ich so einen ordentlichen Ausdruck gemacht habe!«, sagte ich. »Werden Sie das in einem Ihrer Gedichte verwenden?«

Alonzo hob sibyllinisch eine Augenbraue und zog seine Brieftasche heraus, die prall von solchen Papierfetzchen war. Zwischen den gestaffelten Kreditkarten ein blauer Streifen mit weißer Druckschrift...

»Hey«, sagte ich, bevor ich nachdenken konnte. »Wieso haben Sie einen Führerschein aus Louisiana?«

»Ich bin dort aufgewachsen.« Alonzo zeigte mir eine langhaarige Version seiner selbst. »New Orleans.«

Die beiden Worte: ein Schlag in die Magengrube.

»Alles okay?«, fragte Alonzo.

»Ich war nie in Louisiana«, war das, was aus meinem Mund kam, eine bizarre Nicht-Antwort *und* eine Lüge. Jetzt musste ich etwas Wahres sagen. »Mich verbindet nichts mit New Orleans.«

Als ich mich diesen Stadtnamen aussprechen hörte, fiel mir die Gabel ins Frühstück.

Die Bedienung kam mit einem Geschenkkorb, so groß wie eine Babyschale. »Da wird sich aber heute jemand freuen!« Als sie mein Gesicht sah, setzte sie hinzu: »Oder auch nicht. Alles gut bei Ihnen?«

»Bei *mir* ja«, sagte Alonzo.

»Alles gut.« Zum Beweis nahm ich die Gabel aus meinem Rührei und leckte den Stiel ab.

Die Bedienung machte auf dem Absatz kehrt und verschwand.

»Eine Frage«, sagte ich und griff nach dem Gedicht. Ich musste diesen Vormittag wieder in die Spur kriegen. »›Sparrenspitze‹. Ist das der Kirchturm?«

»Ein ›Sparren‹ ist ein Teil des Dachgebälks«, sagte Alonzo. »Also ist anzunehmen...«

Mein Telefon klingelte laut. GALER STREET SCHOOL.

»Kommt nicht infrage«, sagte ich.

»Ist da Eleanor? Hier ist Lila von der Galer Street. Keine Angst. Ich rufe nur an, weil Timby offenbar Bauchschmerzen hat.«

Dreimal in den letzten zwei Wochen hatte ich ihn früher abholen müssen! Dreimal war nichts gewesen.

»Hat er Fieber?«, fragte ich.

»Nein, aber er liegt hier im Sekretariat und sieht ziemlich elend aus.«

»Sagen Sie ihm bitte, er soll den Quatsch lassen und wieder in den Unterricht gehen.«

»Oh«, sagte Lila. »Aber wenn er *doch* krank ist...«

»Ich sage doch...« Es half nichts. »Okay, bin gleich da.« Ich stand auf. »Dieses Kind. Dem zeig ich Angst in einer Handvoll Staub.«

Ich sagte Alonzo auf Wiedersehen, schnappte mir den Geschenkkorb und ging los. In der Tür sah ich mich noch mal um. Alonzo, die gute Seele, schien untröstlicher als ich, dass unsere Poesiestunde so abrupt endete.

Ich ging die Stufen zwischen den gedrungenen Säulen hinauf und betrat die imposante Eingangshalle der Galer Street School. Dort war es schummrig und kühl wie in einer Kathedrale. Gerahmte Fotos dokumentierten die Verwandlung des Gebäudes von einer Anstalt für schwer erziehbare Mädchen über ein Einfamiliendomizil (!) in die jetzige sündhaft teure Privatschule.

Ein bisschen was zur Restaurierung: Im Fußboden befindet sich die ausgebesserte Intarsien-Inschrift: WIE ENG IST DIE PFORTE UND WIE SCHMAL DER WEG, DER ZUM LEBEN FÜHRT, UND WENIGE SIND'S, DIE IHN FINDEN, datiert auf 1906. Für den aufwändigen Stuck wurden einhundertfünfzig Latexformen hergestellt. Für den Lichtgaden galt es, Colorado-Alabaster papierdünn zu schneiden. Für das Mosaik von Jesus, wie er Kinder beten lehrt, musste ein siebzigjähriger Kunsthandwerker aus dem italienischen Ravenna eingeflogen werden. Als die Restaurierung 2012 begann, war das große Rätsel, wo der Art-Deco-Messingkronleuchter von den alten Fotos abgeblieben war. Gefunden wurde er von den Männern, die im Keller mit dem Flammenwerfer gegen Brombeerranken vorgingen. Schweine mit Augenbinden wurden an Seilen hinuntergelassen, um den Leuchter freizufressen.

Woher ich das alles weiß? Als ich die Halle betrat, machte die Edelarchitektin, die die Restaurierung geleitet hatte, gerade eine Führung.

Auf dem Weg ins Sekretariat: »Eleanor!«

Ich drehte mich um. Seit einem Monat war der Konferenzraum ein Auktionszentrum, in dem Elternfreiwillige emsige Aktivität entfalteten.

»Sie brauchen wir gerade!«, sagte die Frau, eine junge Mom.

Mich?, formte ich lautlos mit den Lippen und zeigte verwirrt auf meine Brust.

»Ja, Sie!«, sagte eine andere junge Mom, als wäre ich eine dumme Gans. »Wir haben da eine Frage.«

Nach dem Hochschulabschluss wäre ich nie auf die Idee gekommen, *nicht* zu arbeiten. Dafür studierten Frauen doch, um einen Job zu bekommen. Und wir bekamen Jobs und machten sie verdammt gut, damit das klar ist, bis uns plötzlich aufging, dass wir die biologische Uhr vergessen hatten und uns ranhalten mussten, schwanger zu werden. Ich hatte es gefährlich weit hinausgeschoben (sicher deshalb, weil mein katholischer Joe es auch nicht eilig hatte, denn als Ältester von sieben Kindern hatte er für ein Leben genug Windeln gewechselt). Ich bekam Klein-Timby und stieß so zu der Legion von abgespannten vierzigjährigen Frauen, die, auf Spielplätzen gefangen, todmüde auf Federwipp-Marienkäfern sitzen, sich im Tran Haferringe aus Tupperwaredosen in den Mund stopfen, zwei Jahre nach der Entbindung immer noch Umstandsjeans tragen und, wenn sie die Schaukel anschieben, Stinktierstreifen am Scheitel zur Schau stellen. (Wer muss denn noch gut aussehen? Wir haben das Kind doch!)

War unser Anblick so abschreckend, dass die gesamte nächste Generation von Akademikerinnen »Alles, nur das nicht!« verkündete und ganz auf eine berufliche Karriere verzichtete, um schon in ihren Zwanzigern eine Serie Kinder in die Welt zu setzen? Wenn man die Galer-Street-Moms sieht, lautet die Antwort: offenbar ja.

Ich hoffe, sie werden glücklich damit.

Ich betrat den Konferenzraum mit den riesigen Bleiglasfenstern, die auf das Schulgelände und die Elliott Bay hinausgehen. Ein mächtiger Tisch (laut der Architektin aus dem Kern eines vom Grundstück stammenden Ahorns herausgesägt oder etwas ähnlich Trendiges) war mit Aktenboxen und Kaskaden von Ordnern bedeckt. Ich vollführte einen Slalom zwischen hüfthohen Kartons, aus denen rote Galer-Street-T-Shirts wie Zungen heraushingen. Die Luft knisterte von Effizienz und Tüchtigkeit.

»Wo sind Sie denn? Wo sind Sie denn?«, murmelte die junge Mom.

»Hier?«, sagte ich.

»Sie müssen die Artikelnummer finden und dort dann den Querverweis zu ihrem Namen«, sagte eine andere junge Mom.

Als ich mal in Japan war, behauptete unsere Fremdenführerin, für die Japaner sähen alle Amerikaner gleich aus. Damals dachte ich, das sagst du nur, weil wir das immer über euch sagen. Doch als ich dieses Sortiment begeisterter, körperlich fitter junger Moms betrachtete, kam mir erstmals der Gedanke, dass Fumiko mich vielleicht doch nicht veräppelt hatte.

»Bin ich denn dumm!«, sagte die erste junge Mom.

Ein junger Dad (denn ein Dad ist immer dabei) reckte einen Ordner in die Höhe. »Gewonnen!«

»Sie haben einen Latte gewonnen, Sie haben einen Latte gewonnen«, sang die erste oder zweite oder dritte oder vierte Mom.

Man stecke diese Eltern mit einer bürokratischen Beschäftigung und null Aufsicht in einen Raum, und schon benehmen sie sich wie die geistesgestörten Gewinner in einer Indianercasino-Werbung.

»Sie stiften ein handgezeichnetes Porträt der meistbietenden Person im Stil von *Looper Wash*«, sagte eine, womit meine Existenz endlich bestätigt war.

»Sie sind das?«, fragte eine andere.

Wie Strauße hielten sie alle inne und musterten mich mit schiefgelegtem Kopf.

»Ich hatte schon gehört, dass Sie hierhergezogen sind«, sagte eine und beäugte mich von Kopf bis Fuß.

»Timbys Mom«, sagte eine andere, die Expertin.

Seattle hat nicht so viel Starpower. Als Ex-Animationsregisseurin und Seahawks-Teamarzt waren Joe und ich daher das Galer-Street-Äquivalent zu Posh und Becks.

»Ich bin eine Vivian«, sagte eine.

»Du bist eine totale Fern«, korrigierte sie eine andere.

»Und was machen Sie *jetzt*?«, fragte mich eine ganz unverblümt.

»Ich schreibe ein Memoir«, sagte ich, und ein absurdes Glühen stieg mir ins Gesicht. »Ein Graphic Memoir.« Es ging sie nichts an, aber ich redete trotzdem weiter. »Ich habe schon einen Verlagsvorschuss und alles.«

Die Strauße lächelten unergründlich.

Auf dem Tisch ein Schlüsselbund. Jeder Schlüssel hatte so ein farbiges Gummidings um den Kopf. Ich habe in meinem Leben bestimmt schon hundert von den verdammten Dingern gekauft, dann aber jedes Mal aufgegeben, weil man sie einfach nicht um den Schlüssel kriegt, ohne sich einen Nagel abzubrechen. Außerdem befanden sich an dem Schlüsselbund Barcode-Anhänger von Breathe Hot Yoga, Core de Ballet, Spin Cycle ... Und als persönlichen Touch hatte diese fitte junge Mom noch ein Schlüsselband mit dem Namen ihres Kindes in Buchstabenklötzchenschrift drangeklipst.

Ich legte den Kopf schief. Wie hieß das Kind?

D-E-L-P-H-I-N-E

Ich erstarrte.

»Ju-huu!«, rief eine junge Mom.

»Sie haben vergessen, den Wert zu beziffern«, sagte eine andere.

»Welchen Wert?«, sagte ich und nahm wieder Haltung an.

»Den Ihres Auktionsartikels«, steuerte eine andere bei. »Für die Steuer.«

»Oh. Keine Ahnung.«

»Irgendwas müssen wir hinschreiben«, sagte die erste junge Mom.

»Es sind einfach nur ein paar Stunden von meiner Zeit.« Ich konnte nicht richtig atmen. Warum hatte ich diese blöden Schlüssel sehen müssen?

»*Was ist Ihre Zeit wert?*« Das war der junge Dad, der die Kontrolle an sich riss.

»In Geld?«, fragte ich. »Pro Stunde?«

Meinte er die Stunden, in denen ich im Bett lag und gelobte, mich zu ändern? Die Stunden, in denen ich Organizer kaufte, die für immer in der Einkaufstüte blieben? Die Stunden, in denen ich Achtsamkeitskurse recherchierte, mich dafür anmeldete, sogar so weit ging, vor irgendwelchen Kunstgalerie-Yogastudios zu parken und zuzuschauen, wie die strebsamen Kursteilnehmerinnen hineingingen, nur um dann den Mut zu verlieren und davonzufahren? Die Stunden, in denen ich ein richtiges Familienabendessen plante, nur damit wir am Ende alle vor unseren Bildschirmen oder Displays saßen, jeder für sich? Die Stunden, in denen ich in Scham darüber versank, dass ich für all das keine Entschuldigung hatte?

Dann plötzlich: fröhliches Quietschen.

Die Erstklässler waren auf den Rasen hinausgerannt, alle mit Schmetterlingsflügeln, die sie mit Schellack und bunten Seidenpapierfetzchen verziert hatten. Die jungen Moms (und der Dad) drehten mir den Rücken zu und weideten sich an der Spontaneität und Begeisterung ihrer Kinder. Die Energie im Raum wechselte von quirliger Geselligkeit zu ehrfürchtiger Stille. All die Entweder-oder-Fragen, mit denen sich diese jungen Moms (und der Dad) abgequält hatten – arbeiten oder nicht arbeiten, jung heiraten oder weitersuchen, jetzt ein Kind bekommen oder erst die Welt sehen –, hatten zu harten Entscheidungen geführt. Und Entscheidungen ziehen Reue nach sich. Und schlaflose Nächte und Vorwürfe und Streitereien mit dem Ehemann (bzw. der Ehefrau) und gerädert Anrufe beim Arzt wegen Pillenrezepten. Die »katatonische Vision erstarrten Entsetzens« hatte der Dichter diese Momente existenziellen Zweifels genannt – oder vielleicht auch existenzieller Gewissheit, das war schwer zu sagen. Doch jetzt, da sie dort draußen ihre Kinder sahen, wussten diese Eltern in ihrem tiefsten Inneren, dass ihre Entscheidungen richtig gewesen waren.

Und mit einem perfekt getimten Husten schnappte ich mir das Schlüsselbund der jungen Mom, ließ es in meine Handtasche gleiten und verdrückte mich.

Ja, ich habe es geklaut.

Timby lag auf einem Klappbett in einer Ecke des Sekretariats, und für mein geübtes Auge sah er verdammt selbstzufrieden aus.

»Steh auf«, sagte ich. »Mir reicht's jetzt endgültig mit diesen Bauchschmerzen.«

Im Kern war es das, was ich sagte. An der Oberfläche war es so unnötig fies, dass Lila und die anderen im Sekretariat taten, als hörten sie nichts. Timbys Miene verdüsterte sich, und er folgte mir nach draußen.

Ich wartete, bis wir am Auto standen. »Wir fahren jetzt direkt zur Ärztin. Und wehe, dir fehlt nicht wirklich was.«

»Können wir nicht einfach heimfahren?«

»Damit du Ginger Ale trinken und *Doctor Who* gucken kannst? Nein. Ich weigere mich, dich noch länger dafür zu belohnen, dass du so tust, als hättest du Bauchschmerzen. Du gehst jetzt zur Ärztin und danach sofort wieder in die Schule.« Ich beugte mich zu ihm. »Und soweit ich weiß, ist es auch Zeit für die nächste Impfung.«

»Du bist gemein.«

Wir stiegen ein.

»Was ist das?«, fragte Timby und blickte mit großen Augen auf den Geschenkkorb.

»Nicht für dich. Pfoten weg.«

Jetzt weinte Timby. »Du bist böse auf mich, weil ich krank bin.«

Schweigend fuhren wir zur Kinderärztin, ich sauer auf

Timby, ich sauer auf mich, weil ich sauer auf Timby war, ich wieder sauer auf Timby, ich wieder sauer auf mich, weil ich sauer auf Timby war.

Sein Stimmchen: »Ich hab dich lieb, Mom.«

»Ich hab dich auch lieb.«

»Timby?«, sagte die Helferin. »Das ist ja ein ungewöhnlicher Name.«

»Den hat mir ein iPhone gegeben«, erklärte Timby, das Thermometer im Mund.

»*Ich* habe ihn dir gegeben«, sagte ich.

»Nein.« Timby funkelte mich finster an.

»Doch.« Ich funkelte zurück.

Als ich schwanger war und wir erfuhren, dass es ein Junge werden würde, beballerten Joe und ich uns gegenseitig mit Namensideen. Eines Tages simste ich *Timothy*, woraus die Autokorrektur *Timby* machte. Wie hätten wir da widerstehen können?

Die Helferin nahm ihm das Thermometer aus dem Mund. »Normal. Frau Doktor kommt gleich.«

»Großartig«, sagte ich. »Stell mich nur als Rabenmutter hin.«

»Stimmt aber doch«, sagte Timby. »Und überhaupt, warum macht denn die Autokorrektur aus einem ganz normalen Namen was, was keiner kennt?«

»Ein Programmfehler«, sagte ich. »Es war ein iPhone der ersten Generation – oh Gott!« Gerade war es mir aufgegangen. »Ich glaube, ich habe Alonzo gekränkt.«

»Wie denn?« Timby sah mich liebreizend an, aber ich wusste, er wollte mir nur etwas entlocken, was er als Munition gegen mich verwenden konnte.

»Vergiss es«, sagte ich.

Alonzos Gesichtsausdruck, als ich das Lokal verlassen hatte – vielleicht war er ja gar nicht traurig gewesen, weil ich wegmusste. Vielleicht hatte es ihn ja gekränkt, dass ich ihn *meinen Dichter* genannt hatte.

Timby hopste von der Liege und strebte zur Tür.

»Wo willst du hin?«, fragte ich.

»Was zu lesen holen.« Die Tür knallte zu.

Mein Telefon klingelte: *Joyce Primm.* Wie immer Punkt 10:15. Ich stellte den Klingelton stumm und starrte auf den Namen.

Sie kennen mich von *Looper Wash.* Und ja, ich bin für die bonbonfarbene Retro-Ästhetik der Serie verantwortlich. (Ich hatte schon lange ein Faible für den Outsider-Künstler Henry Darger gehabt. Glücklicherweise hatte ich eins seiner Bilder gekauft, als sie noch erschwinglich waren.) Ich gebe sogar zu, dass im Pilot-Skript die vier Hauptfiguren-Mädchen ziemlich flach waren. Erst, als ich ihnen 60er-Jahre-Trägerröcke und wirres Haar verpasste und sie aus schierem Jux auf gelangweilte Ponys setzte, erkannte die Autorin, Violet Parry, was in der Serie steckte. Sie schrieb hastig alles um, gab den Mädchen fiese rechtsextreme Persönlichkeiten und machte sie so zu den legendären Looper Four, die ihre unbewussten Pubertätsängste in blinden Hass auf Hippies, Besitzer reinrassiger Hunde und Babys namens Steve umlenkten. Davon abgesehen war *Looper Wash* nicht von *mir.* Niemand hat je von Eleanor Flood gehört.

Ich lebte damals halb arbeitend, halb pleite in New York. Ein von mir illustrierter Kinderkatalog hatte Violets Aufmerksamkeit erregt, und sie war das kühne Wagnis eingegangen, mich zu ihrer Animationsregisseurin zu machen.

Das Erste, was ich über das Fernsehen lernte: Es geht immer und vor allen Dingen um Deadlines. Eine Episode, die nicht sendefertig ist? Das darf nicht passieren, kein einziges Mal. Dinge durchwinken wie uninspirierte Blickwinkel, ruckelige Handbewegungen, asynchrone Lippenbewegungen, Schielaugen, exzessive Hintergrundwiederholung, von ausländischen Animatoren falsch geschriebene Schilder, Farbfehler? Oh, das passierte andauernd. Aber nicht mal die faulste, verrückteste Animationsregisseurin wäre je auf die Idee gekommen, eine Episode nicht rechtzeitig abzuliefern.

Das Buch-Business dagegen ...

Wenn mein Name auch unbekannt war, hatte mein Stil doch einen hohen Wiedererkennungswert. Und eine Zeitlang war *Looper Wash* ja allgegenwärtig. Eine aufstrebende Verlagslektorin namens Joyce Primm (richtig, Joyce Primm, hier schließt sich der Kreis, der Wahnsinn hat Methode) hatte ein paar Zeichnungen von mir über meine Kindheit gesehen und gab mir einen Vorschuss auf ein daraus zu entwickelndes Memoir.

Ich habe meine Deadline etwas überzogen.

Die längste Zeit hatte ich keinen Piep von Joyce gehört. Aber jetzt rief sie seit einer Woche täglich an.

Mein Telefon hörte auf zu klingeln. Ihre Voicemail landete auf dem Friedhof, wo schon andere lagen.

JOYCE PRIMM
JOYCE PRIMM
JOYCE PRIMM
JOYCE PRIMM
JOYCE PRIMM

Alle mit einem kleinen blauen Punkt, keine, die ich abzuhören wagte.

Timby kam mit einem *People*-Heft zurück. Auf der Titelseite jemand, den ich nicht kannte, zweifellos ein Reality-TV-Star.

»Die sollten die Zeitschrift in *Wer sind diese Leute?* umbenennen«, sagte ich.

»Ich hab schon von ihm gehört«, sagte Timby, stellvertretend für den Cover-Typen gekränkt.

»Das ist ja noch deprimierender«, sagte ich.

»Klopf-klopf!« Es war die Kinderärztin, Dr. Saba, die noch netter ist als die Helferin.

»Also, Timby«, sagte sie, während sie ihre Hände desinfizierte. »Ich habe gehört, du hast Bauchweh.«

»Das ist das dritte Mal in zwei Wochen, dass ich ihn früher...«

»Ich würde es gern von Timby hören«, sagte die Ärztin mit einem nachsichtigen Lächeln.

Zum Fußboden sagte Timby: »Mein Bauch tut weh.«

»Ist das die ganze Zeit so?«, fragte Dr. Saba. »Oder nur manchmal?«

»Manchmal.«

»Und du bist in der dritten Klasse?«

»Ja.«

»Auf welche Schule gehst du denn?«

»Galer Street.«

»Gefällt's dir da?«

»Glaub schon.«

»Hast du Freunde?«

»Glaub schon.«

»Magst du deine Lehrer?«

»Glaub schon.«

»Timby.« Dr. Saba rollte mit einem Hocker heran. »Wenn Leute Bauchweh haben, liegt es oft nicht daran, dass sie eine Krankheit haben, sondern daran, dass sie Sorgen haben, die machen, dass sie sich schlecht fühlen.«

Timbys Blick blieb gesenkt.

»Gibt es da vielleicht irgendwas bei dir in der Schule oder zu Hause, wovon du dich schlecht fühlst?«

Viel Glück, dachte ich. Timby, der Weltmeister im Geben von Antworten, die keine sind.

»Piper Veal.«

(!!!)

»Wer ist Piper Veal?«, fragte die Ärztin.

»Eine Neue in meiner Klasse.«

Pipers Familie war gerade von einer einjährigen Weltreise zurück. Ist das nicht so ein nerviges trendiges Ding? Dass Familien um die Welt reisen, um sich aus dem Gewohnten auszuklinken und in fremde Kulturen einzutauchen, und dass einen die Eltern dann mit E-Mails überziehen, man möge doch bitte Kommentare auf den Blogs ihrer Kinder posten, damit die nicht denken, keine Sau interessiert sich dafür? (Hallo, *New York Times*, ich muss hier ja wohl nicht ausdrücklich auf eure meistgemailten Artikel verweisen?)

»Was macht Piper denn?«, fragte Dr. Saba.

»Sie mobbt mich«, sagte Timby mit brüchiger Stimme.

Zoom: Plötzlich stand alles erschreckend klar vor mir.

Seine sanfte Art, der Promi-Klatsch, die Überidentifikation mit Gaston aus *Die Schöne und das Biest*. War Timby schwul? Natürlich war mir der Gedanke schon gekommen. Aber da waren doch auch das Elektronik-Lernspiel, *Die Wissensjäger*, die Begeisterung für Rolltreppen. Der »rauchende Colt« wäre natürlich sein Faible für Make-up, aber das war doch ein Pawlowscher Reflex auf das Betütteltwerden durch einen Harem von heißen Nordstrom-Mädels. Wenn überhaupt etwas, bewies es doch, dass Timby durch und durch Mann war. Eine Mutter weiß sowas doch. Oder in meinem Fall: Eine Mutter wird ihren Sohn einfach lieben und die Dinge ihren Lauf nehmen lassen.

Was man von der Galer Street so nicht sagen kann.

Zu unserem ersten Vorstellungsgespräch waren wir direkt aus dem Nordstrom gekommen, wo die Mädels Timby mit einem Schönheitsfleck und einem Hauch Wimperntusche verziert hatten... allerliebst! Im Moment, als wir den Konferenzraum betraten, hörte ich den Aufnahmelehrer förmlich rufen: »Heureka! Wir haben ein Transgenderkind!« Joe und ich witzelten an dem Abend noch darüber. Nachdem wir angenommen worden waren, hatte die Schule, ohne uns etwas davon zu sagen, sämtliche Jungen- und Mädchenklos auf genderneutral umgestellt. »Ich hoffe, Sie haben das nicht für Timby gemacht«, sagte ich zu Gwen, der Schulleiterin. »Oh nein«, sagte sie. »Wir haben es für all unsere kleinen Genderqueers getan.«

Darauf gab es nur eine mögliche Reaktion: sich kaputtzulachen. Aber ich war so vernünftig, damit zu warten, bis ich draußen war.

Wollte ich es nicht wahrhaben? Hatte ich mir als Gegenreaktion auf die inbrünstige Bejahung von allem und jedem durch die Galer Street School zu wenig Gedanken gemacht? Und nur weil die Schulleitung den einen oder anderen pinkfarbenen Daumennagel so tolerant hinnahm, musste das für die Kinder auf dem Schulhof noch lange nicht gelten...

»Hast du das mit Piper deiner Mom erzählt?«, fragte Dr. Saba.
»Nein«, sagte Timby.
Dr. Saba brauchte mir keinen enttäuschten Blick zuzuwerfen. Ich spürte ihn durch ihren Hinterkopf.
»Hast du's deinen Lehrern erzählt?«
»Nein.«
»Was macht Piper denn mit dir?«
»Weiß nicht«, sagte Timby.
»Tut sie dir körperlich weh?«, fragte Dr. Saba.
»Nein«, sagte Timby mit belegter Stimme.

»Was hat Piper denn getan?«

Ich verrenkte mich auf meinem Stuhl und hielt den Atem an.

»Sie hat gesagt, ich habe mein T-Shirt von H&M.«

Oh.

»Du hast dein T-Shirt von H&M?«, wiederholte die Ärztin.

»Als Piper in Bangladesch war, haben sie eine Fabrik mit Kindersklaven angeguckt, und die haben dort Sachen für H&M gemacht.«

»Verstehe«, sagte Dr. Saba. »Timby, in der dritten Klasse wird es mit den Freunden oft kompliziert. Da werden die Gefühle manchmal so heftig, dass sie einem Bauchweh machen können.«

Timby hob jetzt den Blick und sah Dr. Saba an.

»Weißt du, was die beste Medizin dagegen ist?«, fragte sie.

»Was?«

»Mit dem Erwachsenen, mit dem du am besten reden kannst, darüber zu sprechen«, sagte Dr. Saba. »Mit deiner Mom. Oder wenn es nicht deine Mom ist...«

»Es ist seine Mom«, sagte ich.

»...dann rede mit deinem Dad, deiner Grandma, deinem Lieblingslehrer. Erzähl demjenigen, wie du dich fühlst. Der Erwachsene kann das Problem vielleicht nicht wegmachen, aber manchmal hilft es schon, drüber zu reden.«

Timby lächelte.

»Du siehst aus, als ginge es dir schon besser.«

»Tut's auch.«

»Das höre ich gern«, sagte sie und stand auf.

Timby hüpfte von der Liege und riss die Tür auf.

»Hey, wo will er denn hin?«, fragte ich.

Die Tür schloss sich. Jetzt waren da nur noch ich, Dr. Saba und die zombieäugigen Lemuren an der Wand.

»Müssen Sie direkt wieder zur Arbeit?«, fragte Dr. Saba. »Was Timby braucht, ist Mommy-Zeit.«

»Ich werde zusehen, dass ich was verschieben kann.«

Dr. Saba stand immer noch da: keine Chance zu bluffen. Ich rief Sydney Madsen an, bekam aber nur ihre Mailbox. »Sydney. Ich muss unser Treffen verschieben. Ich muss mich um Timby kümmern.«

Dr. Saba nickte mir zu und ging hinaus.

Timby war an der Anmeldung und pfiff anerkennend, während er in einem mit Geschenkpapier beklebten Karton kramte.

Eine Helferin fragte: »Möchtest du einen *Händewaschen-nicht-vergessen*-Bleistift oder ein *Gut-Gemacht*-Tattoobildchen?«

»Kann ich beides haben?«, fragte Timby, noch immer kramend. »Oh, ist das Kaugummi?« Er nahm ein Schächtelchen heraus, ließ es aber sofort wieder fallen, als es sich als Kreide entpuppte.

Das war's. Timby würde wieder in die Schule gehen. Und ich würde diesen Lunch mit Sydney Madsen hinter mich bringen. Das Letzte, was ich jetzt brauchen konnte, war eine neue Salve passiv-aggressiver Betreffzeilen: »Kennst du mich noch?«, »Hallo, Fremde!«, »Lunch mit einer Freundin?«

(Diese Bedürftigkeit! Für mich ist das Einzige, was schöner ist als ein Treffen mit einer Freundin, eine Absage eben dieser Freundin.)

Ich rief wieder Sydneys Mailbox an. »Hi! Vergiss meine letzte Nachricht. Wir sehen uns um zwölf...«

Aus irgendeinem Grund stand da wieder Dr. Saba.

»...demnächst mal. Wolle nur sichergehen, dass du meine Nachricht bekommen hast.«

»Soll ich jetzt wieder in die Schule oder nicht?«, fragte Timby.

Ich stand im Lichtkegel der Aufmerksamkeit.

»Jetzt ist erst mal Mommy-Zeit!«, sagte ich.

»Mommy-Zeit?«, sagte er nicht ohne Angst.

Als wir Dr. Sabas Praxis verließen und auf die Zentrumsstraße hinaustraten, war ich total konfus. Was ich jetzt brauchte, war Joe. Joe konnte immer eine Schneise in mein Gedankengewirr schlagen. Joe, die Machete.

Es gibt ein Phänomen, das ich »der/die hilflose Reisende« nenne. Wenn man mit jemandem reist, der selbstbewusst, organisiert und bestimmt ist, wird man zur hilflosen Reisenden. »Sind wir schon da?«, »Mein Gepäck ist zu schwer«, »Ich kriege Blasen«, »Das hab ich nicht bestellt.« Wir kennen das alle. Wenn aber die Person, mit der man reist, hilflos ist, wird man selbst derjenige, der Fahrpläne lesen, klaglos fünf Stunden auf marmornen Museumsfußböden herumlaufen, furchtlos nach ausländischen Speisekarten bestellen und sich mit schlitzohrigen Taxifahrern herumschlagen kann. Jeder Mensch hat sowohl den kompetenten Reisenden als auch den hilflosen Reisenden in sich. Weil Joe so klar denkend und schlau ist, konnte ich als hilflose Reisende durchs Leben kommen. Was, jetzt, wo ich drüber nachdenke, vielleicht gar nicht so gut ist. Muss ich mal Joe fragen.

Seine Praxis war nur ein paar Blocks weiter. Ihn auch nur durch die Glasscheibe zu sehen, würde mich schon zentrieren.

»Hey«, sagte Timby. »Gehen wir zu Dad in die Praxis? Kann ich mit dem iPad spielen?«

Joe und ich kämpften den vergeblichen Kampf gegen die Elektronik, indem wir Timby keine Computerspiele spielen ließen. Das einzige Schlupfloch waren die iPads in Joes Praxis.

»Würdest du das jetzt gern tun?«, fragte ich Timby in einem merkwürdigen Singsang, wie ein Bonbon-Onkel. »Ich könnte dich ja dort lassen, während ich schnell zu meinem Lunch flitze.«

»Boah.« Er musste diesen unglaublichen Glücksfall erst mal verarbeiten. »Klar!«

Ich rief Sydney ein weiteres Mal an.

»Rate mal, wer hier ist? Vergiss meine beiden Nachrichten. Wir sehen uns um zwölf!«

»Hey, guck mal!« Timby hatte das Schild von Jazz Alley erspäht. »Da gibt's doch das ölige Hummus, und für ihr Ginger Ale kippen sie Cola und Sprite zusammen, und man muss sich an kleinen Tischen mit Leuten zusammenquetschen, die man gar nicht kennt.«

Vielleicht hatte ich mich mehr als einmal darüber beschwert, dass Jazzfan Joe mich dort hingeschleppt hatte. Wenn Sie je durch »Tom Sawyer« von Rush an den Rand des Wahnsinns getrieben wurden, versuchen Sie mal, die dreiviertelstündige Version eines Aggro-Jazz-Trios zu überstehen.

»Ich bin nicht so ein Jazzfan«, erklärte ich Timby. »Frauen stehen da nicht so drauf.«

»Warum sagst du Dad dann nicht, er soll allein hingehen?«, fragte er.

»Nicht, als hätte ich's nicht versucht«, sagte ich. »Aber irgendwas ist an mir, was dieser Mann nicht entbehren kann.«

Mit einem synchronen Schulterzucken steuerten wir Joes Praxis an.

*

Das Erste, was meine Alarmglocken hätte schrillen lassen müssen, war das leere Wartezimmer. Aber das kam schon mal vor. Joe hatte prominente Patienten (Sportler und Musiker), die aus verschiedenen Gründen (Ego und Ego) nicht mit normalen Leuten in einem Wartezimmer sitzen konnten. Daher kam man, wenn man den Flur des Wallace Surgery Center weiter entlangging, zu einer Reihe privater Warteräume mit nicht beschrifteten Türen. Natürlich hätten theoretisch Patienten dort drinnen sein können.

Das Zweite, was mir auffiel und meine Alarmglocken tatsächlich schrillen ließ, war, dass die Abdeckung des Aquariums auf dem Sofa lag.

Zur Ehrenrettung der Promis (!!!) sei gesagt: Sie alle lieben Joe. So verhätschelt der Quarterback, so eitel der Gitarrist auch sein mag – sobald sie irgendein Problem mit der Hand haben, fliegen sie nach Seattle, weil sie von diesem Doc gehört haben. Und wenn dieser Doc sich als der bescheidene Joe entpuppt, sind sie hingerissen. Joe gießt seine Pflanzen selbst. Sein Schreibtisch ist unordentlich. In seiner Praxis herrscht ständig Chaos, weil er sich für jeden Patienten zu viel Zeit nimmt. Er behandelt alle gleich, sein Interesse ist ein warmer Regen. Man müsste ein Schaubild malen, um ihm zu erklären, warum es cooler ist, den kleinen Finger vom Pitcher des Jahres zu retten, als das Karpaltunnelsyndrom einer Kassiererin zu beseitigen. Stars *mögen* Leute, die um sie herumscharwenzeln, aber sie *vertrauen* denen, die es nicht tun.

An der Anmeldung war niemand. Ich trat näher heran. Auf dem Anmeldetresen stand eine offene Plastikschale mit Tortellinisalat, dessen Fertigdressing mich im Stil der Proust'schen Madeleine in eine Vergangenheit zurückkatapultierte, mit der ich nichts zu tun haben wollte: ich, bettelarm in New York, von der Salatbar des koreanischen Deli lebend.

Aus den Tiefen der Praxis erspähte mich Luz, die Rezeptionshelferin. Ich winkte. Luz kam herbei und wischte sich die Hände an ihrer Jeans ab. Jeans und stinkiges Essen auf dem Anmeldetresen = Alarmstufe Rot.

Luz öffnete das Schiebefenster. »Sie sind wieder da!«

Wenn man einen trinkenden Elternteil hat, bedeutet das nun mal, dass man als Alkoholiker-Kind aufwächst. Diejenigen unter Ihnen, die keine Alhokoliker-Kinder sind, mögen mir jetzt bitte einfach mal glauben: Eins zu sein, ist *der* persönlichkeitsbestimmende Faktor. Egal, ob du immer das beste Schulzeugnis hast, einen Heiligen heiratest und in einem männerdominierten Beruf die gläserne Decke durchstößt oder ob du in allem, was du anpackst, scheiterst und zwischendurch bei Sekten und in Klapsmühlen landest – wenn du mit einem alkoholsüchtigen Elternteil aufgewachsen bist, bist du vor allem ein erwachsenes Alkoholiker-Kind. In Kurzfassung heißt das: Du gibst dir die Schuld an allem, du betreibst Realitätsvermeidung, du kannst Menschen nicht vertrauen, du willst unbedingt gefallen. Was ja nicht nur schlecht ist: Perfektionismus treibt zu herausragenden Studienleistungen, mangelndes Vertrauen fördert Autonomie, geringes Selbstwertgefühl kann wahnsinnig motivierend sein, und wenn alle so fanatische Realitätsfans wären, gäbe es keine Kunst.

Ein weiterer Vorteil, den ich meinem Alkoholiker-Vater verdanke, ist, dass ich, um zu überleben, eine völlig abnormale Sensibilität für Körpersprache und Tonfall entwickelt habe. Joe nennt diese übersteigerte Wahrnehmung meine »Hexenfähigkeiten«.

Für alle anderen Leute hätte dieses »Sie sind wieder da!« so viel geheißen wie: *Schön, dass Sie da sind. Lange nicht gesehen!* Für ein Alkoholiker-Kind mit Hexenfähigkeiten aber hieß es: *Joe hat gesagt, Sie würden alle drei verreisen.*

Und damit ging mein Tag richtig los.

Ruthie ganz hinten erspähte uns. Ruthie, die Praxissekretärin, und Luz, die Rezeptionshelferin, waren zwei durchtriebene Katzen. Mit lächelnder Miene und ruhigen Augen, hinter denen es vor Berechnung ratterte, verfolgten sie im Tandem nur ein Ziel: Joe zu beschützen.

Ruthie, das Mastermind, war sechzig, blond, mit dem Körper einer Tänzerin. Sie trug immer beige. Das heutige Ensemble bestand aus Seidentop, High Heels und Hosen mit Bügelfalten, die einen zerschneiden konnten.

Ich wollte Information. Wenn ich das Ruthie gegenüber durchblicken ließ, würde sie es Joe brühwarm erzählen. Meine Hexeninstinkte sagten mir, dass ich, was auch immer hier lief – warum auch immer Joe mir sagte, er sei in der Praxis, und in der Praxis sagte, er sei verreist – unauffällig vorgehen musste.

Durchtriebene Katzen gegen Alkoholiker-Kind. Möge das bessere Tier gewinnen.

»Das ist ja eine Überraschung«, sagte Ruthie, ohne damit irgendetwas preiszugeben.

»Wir sind wieder da«, sagte ich – sicheres Terrain, da ich ja nur wiederholte, was Luz gerade gesagt hatte.

Zwei Handwerker marschierten durch den hinteren Flur. An der Wand lehnte eine Rolle Teppichboden.

»Neuer Teppichboden?«, sagte ich.

»Wir haben ja sonst nie eine ganze Woche!«, brach es aus Luz heraus.

Eine ganze Woche? Hmm.

Ruthie legte Luz die Hand auf die Schulter. Ein Zeichen, dass sie schweigen sollte? War es das, was ich über einen guten Meter Entfernung spürte? Wie Ruthies Herzfrequenz sank? Hatte mich die Mieze matt gesetzt?

»Ich stehe in der Garage«, sagte ich.

Und in einem Überraschungsmove langte ich hinüber, suchte auf Luz' Tresenseite herum und berührte dabei so viele ihrer persönlichen Dinge wie möglich.

Entsetzt sah Luz Ruthie an, die cool eine Schublade aufzog und mir Parkscheine reichte.

»Nehmen Sie das ganze Heftchen«, sagte sie.

Timby stand auf einem Stuhl und wedelte mit beiden Händen im brackigen Wasser des Aquariums herum. »Geil!«

»Abfahrt«, sagte ich.

Draußen im Treppenflur fand ich einen Händedesinfektionsmittel-Spender. Zitternd drückte ich den Hebel. Das Zeug spritzte auf den Boden. Ich wischte den schaumigen Klecks mit der Hand auf und kniete mich hin, um Timbys Arme damit einzureiben.

»Au!«, jammerte er. »War das Wasser dreckig?«

»Nicht unbedingt.«

»An der Suppe riechen, auf die Suppe pusten«, sagte Timby.

»Was?«

»Das sollen wir in der Schule immer machen, wenn wir uns aufregen. An der Suppe riechen.« Er atmete tief ein. »Auf die Suppe pusten.« Er blies die Luft aus. »Probier's mal, Mama, aber mach die Augen zu.«

Ich stand auf. Mit geschlossenen Augen roch ich an der Suppe. Pustete ich auf die Suppe. Meine Arme neben dem Körper hoben sich ein klein wenig, meine Handflächen drehten sich von selbst nach innen, meine Finger krümmten sich wie Wahrsagefische.

»Ich glaube, ich brauche Feuchtigkeitsmilch«, sagte Timby. Seine Arme waren rot vom Alkohol.

»Wir besorgen dir welche, Baby.«

Ich rief Sydney an. »Ich bin's wieder, Eleanor. Das ist jetzt wirklich das letzte Mal. Aber ich muss doch absagen. Ruf mich an, damit ich weiß, dass du diese Nachricht bekommen hast.«

Zu Timby sagte ich: »Jetzt machen wir beide was zusammen.«

»Echt?« Seine fragile Hoffnung rührte mich fast zu Tränen.

»Was würdest du denn gern machen?«, fragte ich. »Such dir irgendwas aus. Wir können auf dem Lake Union Paddelbrett fahren. Auf dem Smith Tower ein Sandwich essen. Auf dem Kite Hill Drachen steigen lassen. An den Ballard Locks zuschauen, wie die Lachse stromaufwärts schwimmen.«

»Können wir ins Gap gehen?«

Also gingen wir ins Gap.

»Diese Zeit gehört dir, Baby«, sagte ich.

Timby rannte die Acrylglastreppe zur Kinderabteilung hinauf. Ich folgte ihm, innerlich kaum anwesend.

Ehemann bei Lüge ertappt = Ehemann hat eine Affäre. Es fühlte sich wie ein vorgefertigter Gedanke an.

Meine Freundin Merrill hat mir mal erklärt, schon beim ersten Date sage einem ein Mann, ohne es zu wissen, woran die Beziehung letztlich scheitern werde. Er sage zum Beispiel, er wolle keine Kinder oder sei nicht der Typ, der sich festlege, oder er habe gerade Streit mit seiner Mutter. Bei unserem ersten Date präsentierte sich Joe als der nette, wissbegierige, charakterfeste Mann, als der er sich dann auch erwies.

Nur eins kam mir seltsam vor.

Ich weiß nicht mehr, wie wir darauf kamen. Aber er sagte, seine Bewältigungsstrategie sei: aushalten, aushalten, aushalten, bis er's nicht mehr aushalte. »Und wie sieht es aus, wenn du's nicht mehr aushältst?«, fragte ich. »Ich weiß nicht«, antwortete er. »Ist noch nie vorgekommen.«

Der letzte Typ, mit dem ich etwas gehabt hatte, war noch nicht von seiner Ex losgekommen. Der davor war gerade mal vierzehn Tage trocken. Wenn das Schlimmste, was Joe über sich sagen konnte, darin bestand, dass er vielleicht irgendwann in einer nicht näher spezifizierten Weise Dellen in die Wand hauen würde – her damit! (Und nicht mal das ist eingetreten! Zwanzig Jahre, und kein einziges Mal musste der Trockenbauer kommen.)

Vor allem aber ist Joe ein durch und durch moralischer Mensch. Ich habe ihn einmal darauf hingewiesen, dass es doch höhere Ironie ist, wenn er dauernd gegen die katholische Kirche wettert und dabei doch eine wandelnde Reklame für die Redlichkeit und Ehrlichkeit ist, die sie predigt. (»Wenn sie einen nicht gerade mit Lügen und Selbsthass vollpumpt«, hatte er bissig erwidert.)

Ausgeschlossen, dass er mich betrog.

Andererseits bekam er von mir nicht genug Sex. Das musste ich angehen.

Ich steckte den Kopf in die Kabine. Timby probierte gerade Kord-Shorts und ein T-Shirt mit einem Schlagzeug spielenden Corgi an. Timbys papierweißes Speckbäuchlein quoll über den Bund.

»Glaubst du, die haben hier Kniestrümpfe?«, fragte er.

Nicht in der Jungenabteilung!, verkniff ich mir zu sagen.

Und dann fiel es mir wieder ein. An diesem Morgen. Joe, Kopf auf dem Tisch, Stirn auf der *Zeitung*. Vielleicht hatte er ja etwas gelesen...

»Ich flitze nur schnell rüber zu Barnes & Noble, bin sofort wieder da.«

»Heißt das«, sagte Timby, »ich soll allein hierbleiben?«

Bevor ich irgendeine Antwort zustande bringen konnte, sagte er: »Kann ich mir noch was aussuchen?« Dieses Kind hatte den Instinkt eines Berufsspielers dafür, wann es nachlegen musste.

»Eine Sache.«

Ich düste in die Buchhandlung, kaufte eine *Seattle Times* und eilte wieder hinaus. In den wenigen Minuten, die das Ganze gedauert hatte, war auf dem Bürgersteig ein Stapel von hölzernen Absperrböcken aufgetaucht. Seattle überzog sich mit einem Ausschlag von Polizeiblau.

Vergaß ich, den bevorstehenden Papstbesuch zu erwähnen? Oh ja, er kam höchstselbst. Zu einem Event namens Weltjugendtag. (Klingt das nicht wie etwas, das der Joker erfinden würde, um Robin zu ködern?) Seine Heiligkeit würde am Samstag eine Messe im Mariners-Stadion halten.

Ich blätterte die Zeitung durch. Seahawks, Seahawks, Seahawks. Papst, Papst, Papst. Eine alte Dame stellte den Krähen Futter hin, und ihre Nachbarn regten sich auf. Jeder dieser Artikel konnte Joe in Verzweiflung gestürzt haben. Oder keiner.

Frust! Klar, ich hatte an dem Morgen auch nicht weiter nachgefragt. Ist das nicht einer der Vorteile, wenn man so lange verheiratet ist? Man bohrt nicht dauernd im anderen herum. Nicht dieses »Du hast doch was«, »Ich habe nichts«, »Red doch bitte mit mir«, »Ich rede ja mit dir«, »Bin ich der Grund?«, »Ich sage doch, es ist nichts«, »Ich *bin* der Grund«. Oje, nur daran zu denken versetzt mich in verheulte Freitagabende im Step-Aerobic-Kurs zurück.

Als ich wieder ins Gap kam, hatte Timby den Laden leergeräumt. Eine junge Frau mit einem Headset scannte gerade einen Riesenhaufen Klamotten ein.

In das Scanner-Piepsen hinein flüsterte Timby: »Schneller.«

»Glaub bloß nicht, dass du damit durchkommst«, sagte ich, als ich von hinten an ihn herantrat. »Ich weiß, dass du mich ausgetrickst hast.«

»Geht das auf Ihre Gap-Karte?«, fragte die junge Frau.

»Nein, und ich will auch keine«, sagte ich. »Wir kommen nie wieder.«

»Du verdirbst alles«, sagte Timby.

»Nein, *du* verdirbst alles.«

Die Verkäuferin lächelte tapfer weiter, was aber nicht hieß, dass sie nicht darauf brannte, nach Hause zu kommen und die Geschichte ihrer Mitbewohnerin zu erzählen.

Es war 11:45, und immer noch keine Nachricht von Sydney. Draußen stand ein weißer Polizeibus quer auf der Sixth Avenue und blockierte den Verkehr. Ich wählte Sydneys Nummer. Während der Rufzeichen zeigte ich auf den Bus.

»Schau«, sagte ich zu Timby. »Der Papst wohnt offenbar im Sheraton. Das hat man davon, wenn man sich als Papst des Volkes bezeichnet. Dann muss man in einer Billigabsteige übernachten.«

»*Ich* würde gern im Sheraton übernachten.«

Wieder die Voicemail. »Sydney? Hier ist Eleanor. Bitte ruf mich an. Ich will nicht, dass du in das Restaurant kommst, und ich bin nicht da. Oder vielleicht sollte ich doch kommen. Ich weiß nicht.« Ich legte auf. »Siehst du, deshalb kann ich Sydney Madsen nicht leiden.«

»Ich dachte, sie ist deine Freundin?«

»Ist ein Erwachsenending.« Ich zog die Zeitung unterm Arm hervor und tippte auf das Datum. »Lies mir das mal vor.«

Timby tat es.

Ich gab ihm meinen Terminkalender. »Such mal heute, Donnerstag, den achten Oktober. Sag mir, was da steht.«

»Spencer Martell.«

»Gib her.« Ich riss ihm den Kalender weg. In meiner Handschrift: SPENCER MARTELL.

»Wer ist Spencer Martell?«, fragte Timby.

»Keine Ahnung.«

Spencer Martell. Wer auch immer das war, ich hatte eine Lunch-Verabredung mit ... ihm? Ihr?

»Wer ist Spencer Martell?«, fragte Timby wieder.

»*Sehe ich aus, als wüsste ich's?*«

»Ist ja gut, Mom«, sagte er. »War doch nur im Versehen.«

»›Aus Versehen‹ oder ›ein Versehen‹. Wo lernst du nur deine Muttersprache?«

Ich nahm mein Telefon heraus und suchte nach *Spencer Martell*. Eine E-Mail von vor einem Monat erschien.

Von: Spencer Martell
An: Eleanor Flood
Betr.: Lange nicht gesehen!
Zufällig am 8. Oktober Zeit für ein Mittagessen? Wäre toll, sich mal wieder zu treffen.
xS

Ich scrollte hinunter und fand meine Antwort. Eine Reservierung um zwölf im Mamnoon.

Es war jetzt zehn vor.

»Vielleicht ist er ja ein Verwandter von Sydney Madsen«, sagte Timby. »Könnte doch ihr Bruder sein.«

»Wir werden es herausfinden.«

»Ich geh mit?«, fragte Timby mit großen Augen.

»Wir zwei beide.«

Was meinen permanenten leichten Verwirrtheitszustand angeht – »der Nebel im Kopf« scheint ein passendes Bild zu sein –, so lässt er sich auf drei Elemente herunterbrechen: 1. Dinge, die ich wissen sollte, aber nie gelernt habe, 2. Dinge, die ich nicht wissen will und 3. Dinge, die ich weiß, aber heillos durcheinanderbringe.

Dinge, die ich wissen sollte, aber nie gelernt habe? Wo rechts und links ist. Sorry, aber fragen Sie lieber jemand anderen nach dem Weg.

Dinge, die ich nicht wissen will? Jede Menge. Selbst ein gut funktionierendes Gehirn hat nur für soundso viele Dinge Platz, erst recht aber ein Gehirn wie meins. Also habe ich eine Exekutiventscheidung gefällt: Es gibt Themen, für die ich mich aktiv nicht interessiere – etwa der israelisch-palästinensische Konflikt, Lena Dunham, der Verbleib der geraubten Gemälde aus dem Isabella Stewart Gardner Museum, GMO (allein schon, was das heißt) und, bis zu Timbys Flirt mit Kniestrümpfen vor fünf Minuten im Gap, Gender-Identität. Wenn das mein Menschsein zu einem eingeschränkten solchen macht, nehme ich mein Los stoisch an. Heute scheint die vorherrschende Haltung zu sein: *Ich habe eine Meinung, also bin ich.* Meine Haltung: *Ich habe keine Meinung, also bin ich dir überlegen.*

Dinge, die ich weiß, aber total durcheinanderbringe? Uhrzeiten. Wenn ich um 12:30 zum Lunch verabredet bin, schreibe ich 12:30 in meinen Kalender. Aber irgendwo unterwegs läuft in meinem Gehirn ein seltsamer Prozess ab, und aus 12:30 wird

13:00. Man sollte meinen, nachdem ich oft genug (ein Dutzend Mal!) eine halbe Stunde nach Vorstellungsbeginn ins Theater gekommen bin, hätte ich gelernt, dreimal auf die Eintrittskarte zu schauen. Aber nein. Ich wollte, ich könnte es erklären. Eins der Welträtsel.

Was ich sagen will: Spencer Martell zu Sydney Madsen gemacht zu haben würde *Sie* vielleicht schnurstracks zum Neurologen treiben, mir aber entlockt es nur das eine oder andere Schulterzucken.

*

Gegenüber vom Restaurant gähnte eine Parklücke. Und wenn ich nun für diesen Tag nur *einen* karmischen Glücksfall frei hatte? Es schmerzte mich schon fast, ihn dafür zu vergeuden.

»Das wird ein Erwachsenenmittagessen, nur damit das klar ist«, sagte ich, während ich die Parkquittung an die Scheibe klebte.

»Wird es unanständig?«, fragte Timby und stieg aus, den Geschenkkorb in den Armen.

»Wir reden, worüber wir reden wollen, und du wirst dabeisitzen. Um das gleich zu klären, spar dir jedes Können-wir-jetzt-gehen-Gequengel, die Antwort ist Nein.«

»Und wenn es ein Erdbeben gibt?«

»Was habe ich gerade gesagt?«

»Kann ich auf deinem iPhone Radio hören?«

»Nein. Aber da sind ja diese Hörbücher drauf.«

»Das ist doch alles *Unsere kleine Farm*.«

»Du bist von *Buchstäblich nicht mal ansatzweise* verdorben.«

»Was ist *Buchstäblich nicht mal ansatzweise*?«

»Diese schreckliche Sendung, die du immer guckst.«

»Die heißt *Voll total hundertpro*.«

»Dann bist du eben von *Voll total hundertpro* verdorben.«

»Manno, Mom«, sagte Timby. »Du hast es ja gar nie gesehen.«

»Dann hör eben gar nichts«, sagte ich. »Sitz einfach nur da.«

»Okay«, sagte Timby verbittert. »*Unsere kleine Farm.*«

Während wir darauf warteten, dass wir über die Straße konnten, kam ein Obdachloser vorbei. Ein Weißer mit Dreadlocks und Bart, aber alles an ihm war rot: das Gesicht, die Augen, die sich abschälenden Hände, die Oberseiten der nackten Füße. Seine Miene, sein ganzer Körper, suchten etwas, irgendwas.

»Komm her.« Ich zog Timby an mich.

»Ist er psychisch krank?«

»Ich will dich nur mal drücken.« Ich tat es. Er entspannte sich in meinen Armen. »Ich hab dich wahnsinnig lieb, das weißt du doch, oder?«

»Ich weiß.« Er lächelte mich an.

»Du brauchst mich nicht auch wahnsinnig lieb zu haben. Versuch mich einfach nur ein bisschen mehr zu mögen als jetzt gerade.«

Wir betraten das Mamnoon mit seinen ebenholzschwarzen Wänden, seiner Fabrikhallendecke, seinen fantastischen Eruptionen von geometrischen Mosaiken und seinen verspielten, aber nicht zu verspielten Lampen. Egal, wo Sie wohnen – unsere Restaurants hier in Seattle sind besser als Ihre.

»Hmmm«, sagte ich. »Wen suchen wir?«

»Spencer Martell«, sagte Timby.

»Das weiß ich«, fauchte ich.

In der Tiefe des Restaurants erhob sich ein Mann und winkte. In den Dreißigern, dünn, mit gelbgewürfeltem Hemd, braunem Gürtel und schwarzen Jeans.

»Das ist er«, sagte ich und winkte zurück. »Ich kenne ihn ...«

»Woher?«, fragte Timby.

Auf fünfzehn Schritt kam er mir bekannt vor. Auf acht Schritte erinnerte ich mich schon fast... und dann waren wir da.

»Spencer!«

»Eleanor«, sagte er voller Zuneigung.

»Tatsächlich!«

Timby warf mir einen Blick zu: *Wer ist das?* Ich warf einen Blick zurück: *Frag mich nicht.*

»Ist das Ihr Sohn?«, fragte Spencer.

»Sie kennen ihn?«, sagte ich unsicher.

»Wir haben Ihnen einen Korb mitgebracht«, sagte Timby.

»Wenn ich gewusst hätte, dass du mitkommst«, sagte Spencer, die Hände auf den gebeugten Knien, zu Timby, »hätte ich dir auch was mitgebracht.«

Timby kombinierte blitzschnell und erspähte ein Lederetui auf dem Tisch. Er schnappte es sich und klappte es auf.

Auf einem Satinbett lag ein orangefarbener Montblanc-Tintenroller, das Modell, das ich früher immer benutzt hatte und das schon ewig nicht mehr produziert wurde.

»Der Rollerball«, sagte Spencer zu mir. »Wenn ich mich recht erinnere.«

»Ich glaub's nicht, dass Sie einen gefunden haben.« Das Gewicht, die absurde Clownsfarbe, das Doppelklicken beim Aus- und Einfahren der Mine. »Auf eBay finde ich immer nur Blau...«

»Und Türkis«, warf Spencer ein. »Und Grün und Gelb.«

»Aber Orange«, sagte ich. »Das ist wirklich eine Rarität.«

»Ich will ihn mal sehen!« Timby griff sich den Tintenschreiber.

»Sowas Tolles und so unerwartet.« Ich sah Spencer ins Gesicht. »Danke.«

»Woher kennen Sie meine Mom?« Timby, mein Freund und Helfer.

Noch ehe er den Mund aufmachen konnte – Uah!
Spencer Martell!
Von *Looper Wash*!
Es war über zehn Jahre her, dass er aus dem Studio geschlurft war.

»Ich habe vor langer Zeit mal für deine Mom gearbeitet.« Die Wärme in seiner Stimme passte überhaupt nicht zu der hässlichen Erinnerung, die mein Gehirn in erschreckendem Tempo hochlud.

Als Spencer an jenem ersten Tag im Studio erschien, wirkte er, als gehörte er genau hierhin: Moleskine-Notizbuch, Blackwing-Bleistifte, Vintage-Brille. Er streute die Namen der richtigen Künstler ein: Robert Williams, Alex Grey, Tara McPherson, Adrian Tomine.

Aber...

Er war so nervös und wollte sich so unbedingt beliebt machen, dass man seine Gegenwart einfach nicht ertrug. Er erschien jeden Montag mit Sachen, die er auf Brooklyner Tauschbörsen aufgestöbert hatte, in der Meinung, wir Animatoren würden sie für unsere diversen Sammlungen haben wollen. Einmal erwähnte ich, dass ich auf Karamell-Brownies stünde, und am nächsten Tag brachte er ein ganzes Blech mit, selbstgebacken...

Wie hatte ich ihn überhaupt einstellen können? Oh, stimmt ja! Ich hatte ihn gar nicht eingestellt, wir bekamen ihn frei Haus, durch das Minderheiten-Einstellungsprogramm des Senders. Dann stellte sich heraus, dass er nur Viertelmexikaner war und geschickt getrickst hatte, um an einen Job zu kommen! Ach, ja, und zeichnen konnte er auch nicht! Er nervte mich mit Fragen zu jeder kleinen Geste oder Mimikveränderung. Es war nicht *meine* Aufgabe, *ihm* zu helfen. Es war *seine, mir* zu helfen. Ich brauchte Leute, die die Klappe hielten, Zeichnungen am laufenden Band produzierten und sich an das Model Sheet hielten.

Spencer merkte schnell, dass er überfordert war: Die Versagensangst strahlte ihm aus allen Poren. Am Ende seiner achtwöchigen Probezeit war er so demoralisiert, dass er seine Sachen schon in Kartons gepackt hatte. Er saß in seinem kahlen Arbeitsraum und wartete, dass er gefeuert würde. Ich war so feige, es jemand anderem zu übertragen. Aber Spencer kam eine Stunde lang nicht aus dem Raum. Dass er noch lebte, verriet nur das Schluchzen, das durch die geschlossene Tür drang. Ich ging rein. Ich gab ihm ein paar Ratschläge für seinen weiteren beruflichen Lebensweg. Es kam nicht ganz so heraus wie gedacht.

Ich winkte die erstbeste schwarzgekleidete Person heran. »Wenn wir bestellen könnten.«

»Was dann?«, fragte Timby.

Zu Spencer sagte ich: »Und nur, damit das klar ist...«

»Sie teilen Ihr Essen nicht«, sagte er. »Ich erinnere mich.«

»Kann ich zwei Sachen?«, fragte Timby.

»Eine.«

Wir bestellten. Und da saßen wir nun, ich, Timby und mein Viertelmexikaner, dieser adrett gekleidete Geist der vergangenen Weihnacht, der mich über den Tisch fasziniert anstarrte.

»Spencer Martell!«

»Ich kann immer noch nicht glauben, dass Sie meine E-Mail wirklich beantwortet haben«, sagte er. »Ich dachte, Sie hätten mich bestimmt vergessen.«

»Natürlich nicht«, sagte ich mit einer lässigen Handbewegung, die mein Wasser in die Olivenöltunke schleuderte.

Timby sah jetzt besorgt aus.

Spencer wischte das Wasser mit seiner Serviette auf und legte sein Handy auf einen trockenen Tischbereich.

Das brachte mich auf eine Idee.

»Timby«, sagte ich. »Geh dir die Hände waschen.«

»Aber ...«

»Fischkacke«, sagte ich. »Sonst kriegst du keine Pommes, und die machen hier die besten Pommes der Welt.«

Timby versengte mich mit einem Blick und ging.

»Spencer.« Ich beugte mich über den Tisch. »Wenn ich auf Ihrem Handy eine Nummer wähle, würden Sie dann bitte versuchen, einen Arzttermin zu machen?«

»Wa...« Der Ärmste war völlig perplex.

Ich hatte mir schon sein Telefon gegriffen und wählte die Nummer von Joes Praxis. »Die sollen nicht wissen, dass ich es bin. Fragen Sie einfach nach dem nächstmöglichen Termin.« Ich hielt Spencer das Telefon ans Ohr.

Ich hörte, wie Luz sich meldete. Fuchtelnd bedeutete ich Spencer, er solle reden.

»Ja – hallo ...«, stammelte er. »Ich hätte gern einen Termin.«

Luz erklärte etwas am anderen Ende.

»Fragen Sie, wann er wieder da ist«, flüsterte ich.

»Wann kommt er denn wieder?«, fragte Spencer matt.

»Montag«, sagte Luz.

Das war alles, was ich wissen wollte. Ich entriss Spencer das Telefon, beendete das Gespräch und legte das Handy auf den Tisch.

Er blickte auf das Gerät, dann in mein Gesicht, unsicher, ob es diese letzte Minute wirklich gegeben hatte.

»Dr. Wallace ...«, sagte Spencer. »Ist das nicht Ihr Mann? Joe? Sind Sie geschieden?«

»Pff. Wir führen eine glückliche Ehe.«

Timby rutschte wieder neben einen völlig bezauberten oder leicht schockierten Spencer, was von beidem war schwer zu sagen.

Scherz! Er war schockiert.

»Spencer«, sagte ich. »Erzählen Sie mal von sich.«

»Oh, das ist ein dreistündiger Vortrag!«, sagte er und nahm wieder seine Wie-schön-hier-zu-sein-Persona an.

»Die Kurzfassung reicht«, sagte ich.

»Als ich von *Looper Wash* wegging...«

Ich musste meinen Atem herauf- und hinauszwingen. »Es war ja nur gut gemeint.«

»Was hast du gemacht?«, fragte Timby.

»Ist nicht wichtig«, sagte ich.

»Die schwierigen Menschen sind unsere wertvollsten Lehrer«, sagte Spencer.

»Was hat sie mit Ihnen gemacht?« Timby verging vor Neugier.

»Wolltest du nicht Musik hören?«, fragte ich.

»Mir ist nicht langweilig.«

Spencer holte eine stylische Messenger-Bag hervor und öffnete sie. »Ich habe hier was zum Angucken für dich«, sagte er und legte einen Stapel dicker Hefte oder Bücher zwischen sich und Timby.

Timby ignorierte das Angebot und hob eine Augenbraue, als wollte er sagen, *Fahren Sie fort.*

»Als ich den Job bei *Looper Wash* bekam«, sagte Spencer, »war das der glücklichste Tag meines Lebens. Ich dachte, ich hätte es geschafft. Ich zog aus der Wohnung meiner Eltern in Queens aus. Ich kaufte mir eine Vespa. Ich steckte mein ganzes Geld in Geschenke für die anderen Animatoren.«

»Was ich zumindest sehr zu schätzen wusste. Diese signierte Stephen-Sondheim-*Playbill* zählt immer noch zu meinen größten Schätzen.« Ich hielt die Hand so ans Gesicht, dass ich Timby nicht mal aus dem Augenwinkel sehen konnte.

»Dann wurde ich gefeuert. Diese Schande. Da wohnte ich

nun im East Village, in einer Wohnung, die ich mir nicht leisten konnte. Meinen Eltern konnte ich nicht gegenübertreten. Zum ersten Mal schlief ich nicht mit fünf Geschwistern in einem Zimmer und konnte daher endlich ausleben, dass ich…« Er blickte unsicher zu Timby. »Mir nichts aus Mädchen machte.«

»Er weiß darüber Bescheid.« Ich deutete mit einer Kopfbewegung auf Timby. »Ich lasse ihn immer die Tonys gucken.«

»Oh. Tja, der erste Typ, in den ich mich verliebte, war drogensüchtig, auf dem richtig harten Zeug. Eh ich mich's versah, hatte ich kein Geld und keine Wohnung mehr. Doch so tief ich auch sank, ich wusste immer, dass ich ein Künstler war. Entgegen dem, was Sie gesagt hatten, wusste ich, dass ich mehr war als nur ein Karrierist.«

So hatte ich ihn genannt. Ich hatte gehofft, er hätte es vergessen.

»Was ist ein Karrierist?«, fragte Timby.

»Ich musste es auch nachschauen«, sagte Spencer. »Das ist jemand, der nur daran denkt, wie er beruflich vorankommt.«

»Das ist doch nichts Schlimmes«, sagte Timby enttäuscht.

Spencer legte sich die Hand auf die Herzgegend. »Es ist heute noch so: Wenn ich an *Looper Wash* denke, ist der Schmerz der Demütigung so heftig, dass mir beinah das Glas aus der Hand fällt. Ich war so naiv, habe mich so blamiert.«

»Gar nicht«, sagte ich. »Es war einfach nur nicht das Passende.«

»Sie hatten keine Wohnung«, soufflierte Timby hilfsbereit.

»Ich hatte jeden Glauben an mich selbst verloren«, sagte Spencer. »Aber irgendwas tief in mir drinnen hielt mich am Leben. Ein Gefühl der Hoffnung. Und diese Hoffnung war von einem pulsierenden, leuchtenden Grün.«

»Hoffnungsgrün!«, rief ich aus.

»Es war die Spitze eines Krokus, der im Winter hervorbricht.

Es war der Zottelteppich im Souterrain eines Ranchhauses. Es war die Spitze am *Quinceañera*-Kleid meiner Schwester. Sagen Sie's, wenn Sie das schon kennen.«

»Ich?« Ich hüstelte verwirrt, weil ich keine Ahnung hatte, woher ich es kennen könnte.

»Wenn ich diese Grüns einfinge«, sagte Spencer, »würde es den Künstler befreien, den der Karrierist als Geisel genommen hatte.« Er öffnete seine Seidenknoten-Manschettenknöpfe, krempelte die Ärmel auf und hielt mir die Innenseiten seiner Unterarme hin. Darauf jeweils, vom Handgelenk bis zur Ellbogenbeuge, ein Tattoo: grüne Farbprobenstreifen.

»Boah«, sagte Timby.

»Das ist mal ein Bekenntnis«, sagte ich und bemerkte in dem Moment seine Uhr: Vintage Cartier.

»Ich weigerte mich, mein Scheitern bei *Looper Wash* als Urteil über mich zu nehmen«, sagte Spencer. »Ich erstand für meinen letzten Dollar ein Gemälde in einem Trödelladen, nur wegen der Leinwand. Ich malte sie grün an, und während die Farbe noch feucht war, weinte ich darauf.«

»Ach Gottchen«, sagte ich.

»Mom! Du bist gemein.«

Spencer nahm die Serviette vom Schoß, faltete sie zusammen und legte sie auf den Tisch. Er stand auf und kam zu mir herüber. Hielt ich die Arme schützend vors Gesicht? Möglich. Doch statt mich zu schlagen, umarmte mich Spencer. Es bedurfte der Atemübungen aus dem Geburtsvorbereitungskurs, um diesen verwirrenden, nach Tuberosen duftenden Akt der Barmherzigkeit zu überleben.

Timby, traumatisiert, warf mir einen Blick zu: *Was macht er?*
Ich warf einen Blick zurück: *Keine Ahnung.*

Spencer ging wieder auf seinen Platz. Timby reichte ihm die Serviette. Es blieb jetzt nur, dem Mann Respekt zu zollen.

»Sie haben recht«, sagte Spencer. »Es war weinerlich und unausgegoren. Aber es war das erste Authentische, was ich je gemacht hatte. Dieses Bild ist hier in Seattle. Ich würde es Ihnen sehr gern zeigen.«

»Ich will es sehen!«, sagte Timby.

»Lies was.«

»Aber ich rede und rede!« Spencer schlug sich an die Stirn. »Ich habe doch versprochen, es kurz zu machen. Also, ich hatte mein Coming-out, wurde zum Junkie, legte mir diese Tattoos zu, wurde clean und, na ja, die letzten zwölf Jahre kennen Sie ja.«

»Ach ja?«

»Kunststudium in Yale, Gemeinschaftsausstellung im White Columns, Jack-Wolgin-Preis, Biennale in Venedig und so weiter.«

Meine Augen kniffen sich zusammen, mein Kopf schüttelte sich minimal, aber mit hoher Frequenz. »Hä?«

»Ich dachte, Sie hätten es mitgekriegt«, sagte Spencer. Und zu Timby: »Deine Mom ...«

Aber Timby war ganz in eine von Spencers Broschüren vertieft.

Spencer wandte sich wieder an mich. »Das liebe ich so an Ihnen, Eleanor. Sie haben so eine Art, meine Festplatte zu grillen, wenn ich es am nötigsten brauche.«

»Es ist keine Absicht!«, sagte ich. »Ich schwör's.«

»Die heutige Kunstwelt ist so eine Insel für sich. Wir glauben, wegen der Mondpreise, die wir erzielen, wären wir der Nabel des Universums, während sich in Wirklichkeit nur etwa acht Leute für uns interessieren. Und das sind alles nur Galeristen und Kunstberater.« Spencer legte die Hände aneinander und verneigte sich leicht. »Meine Verehrung.«

»Sie?«, sagte ich, noch immer völlig blöde. »Yale, Venedig?«

»Ich habe gerade eine Einzelausstellung im Seattle Art Museum«, sagte er. »Man hat mich gebeten, auch noch was im Skulpturenpark zu machen. Die Banner hängen in der ganzen Stadt. Ich bin natürlich davon ausgegangen, dass Sie meinen Namen überall haben flattern sehen. Aber Sie sind Sie und halten mir wieder den Spiegel vor.«

Dieser kriecherische Möchtegernkünstler, dieser schwitzende Speichellecker, dieser betrügerische Viertelminderheitler – der war jetzt *jemand*? War jetzt der heiße Scheiß? Er hatte alles ins Gegenteil verkehrt, und statt es mir genüsslich unter die Nase zu reiben, statt nun endlich späte Rache zu üben, kam er mir mit Umarmungen und Zweihundert-Dollar-Schreibgeräten und perversen Dankeselogen und...

»Mom?« Das war Timby.

Er hielt das Heft aus Spencers Tasche hoch, das er studiert hatte – irgendeine schicke Zeitschrift oder einen Katalog... es dauerte einen Moment, bis ich es erkannte.

DER MINERVA-PREIS

Aus meinen *Looper-Wash*-Zeiten. Es war ein (mittlerweile eingestellter) Preis für Graphic-Novel-Zeichner. Ich war 2003 von Dan Clowes dafür nominiert worden.

In jenem Jahr sollte der Gewinner des Minerva-Preises bei einem Galadinner im Odeon verkündet werden. Wir waren mitten in der Produktion von *Looper Wash*, und ich wollte die ganze Feier eigentlich sausen lassen. Doch in letzter Minute schnappte ich mir die Studio-Gang, und wir gingen hin. Wir waren viel zu leger gekleidet und hatten Plätze an einem der Honoratiorentische. Über den kunstvoll ausgeleuchteten Orchideen-Tischschmuck hinweg quittierte die Gattin des Kunstkommissionsvorsitzenden unser rüpelhaftes Benehmen und unsere dreckigen Witze mit tadelnden Blicken. (Da können Sie jeden fragen: Während der Produktion einer Fernsehsendung verwildert man total.) Ich rechnete nicht damit zu gewinnen, und ich gewann auch nicht. Was jeder von uns mit nach Hause nahm, war eine Geschenktüte: POM-Wonderful-Granatapfelsaft, ein Murakami-USB-Stick, ein Becher mit dem Bear-Stearns-Motto: Immer einen Schritt voraus (!).

Und diese Programmbroschüre.

»Ich war natürlich zu der Feier nicht eingeladen«, erklärte Spencer Timby. »Aber am nächsten Morgen fischte ich ein Programm aus dem Papierkorb. Neulich, bei einer großen Aufräumaktion, fiel es mir in die Hände. Ich dachte, deine Mom würde es vielleicht haben wollen.«

Etwas Schreckliches fiel mir ein...

»Was ist?«, fragte Spencer.

... die Broschüre, die Timby in den Händen hatte. Sie enthielt Profile sämtlicher Nominierten sowie deren eingereichten Arbeiten, sprich, *meine* Arbeiten, alle zwölf Illustrationen.

»Hey«, sagte ich zu Timby und griff nach dem Heft. »Gib das her.«

Er zog es weg. »Wer sind die Flood-Girls?«

DIE FLOOD-GIRLS

Eleanor Flood

Die Flood-Girls
Nominiert
von
Daniel Clowes

Erstmals begegnet bin ich Eleanor Flood 1995 auf dem, was wir damals die San Diego Con nannten (im Unterschied zur Dallas Con, Sac-Con, Comic-Con), ein paar Jahre, bevor die Messe von Hollywood gentrifiziert wurde – in der Zeit, als Comics noch im Mittelpunkt standen. Irgendwo in der Indie/Alternative/Underground-Ecke waren wir, Peter Bagge, Joe Matt, die Hernandez-Brüder, Ivan Brunetti – die übliche Idioten-Gang. Wir saßen hinter Tischen, unsere Zeichnungen vor uns ausgebreitet, und warteten darauf, dass Matt Groening käme und etwas kaufte. Wir glaubten fest an *noblesse oblige*.

Über lange Strecken schaute niemand auch nur in unsere Richtung, und leibhaftiges Publikum hatten wir nur, als die Schlange bei Todd McFarlane so lang war, dass das eine oder andere bärtige Kind-im-Manne ein paar Schritte ausscherte, um uns mit einem verächtlichen Blick zu bedenken oder vielleicht eins meiner Originale als Untersetzer für sein Getränk zu benutzen.

In einem solchen Moment deprimierender beruflicher Selbstreflexion tauchte von jenseits der Schlange eine ungewöhnliche junge Frau auf. Sie hatte eine fantastische Körperhaltung und trug ein Kleid (ein richtiges Kleid, kein Trollköniginnenkleid). Sie war offensichtlich *Eightball*-Fan, denn sie erkannte die Blätter, die ich zum Verkauf anbot. »*Ghost World!* Das ist das Allertollste!« und »Ich fass es nicht, dass du *Ugly Girls* verkaufst, das ist so supertoll.« *Toll* war ein Wort, das ich in Zusammenhang mit meinen Zeichnungen selten hörte (das häufigste war *Uäh*, gefolgt von *Warum?*). Sie drehte sich zu der mittlerweile endlosen McFarlane-Schlange um. »Die sollten einem wohl leidtun«, sagte sie. »Wieso das?«, sagte ich. »Die wissen nicht mal, was für ein trauriger Verein sie sind.« Wir diskutierten darüber, ob uns das das Recht gab, sie zu hassen, und kamen überein, dass es das vermutlich tat. Dann nahm sie meine ganze Mappe in die Hand und fragte: »Ist es schlimm, wenn ich einfach *alles* nehme?« Ich sagte, das wäre in Ordnung.

Sie stellte mir einen Scheck aus. ELEANOR FLOOD. NEW YORK, NY.

Das nächste Mal trafen wir uns neun Jahre später. Ich war aus irgendeinem Grund in New York und hatte meiner Schwester versprochen, meinen Neffen zu besuchen, der bei einer Produktionsfirma Telefondienst machte. Sie sagte: »Die Sendung kennst du. *Looper Wash*. Dieser Animationskurzfilm über Mädchen auf Ponys, der vor *Ice Age* lief und jetzt als Serie auf Fox kommt?« Ich hatte (zum Glück) keine Ahnung, wovon sie sprach, also sagte ich nur: »Adresse?«

Ich fuhr zu einem Gebäude in SoHo, was wesentlich imposanter klingt, als es war, und ging zu Fuß ins dritte Obergeschoss. Offenbar waren alle irgendwo in einem Screening, denn die Arbeitsräume waren leer und verlassen. In einem Eckzimmer sah ich ein Zeichenpult, vor dem ein großer Spiegel aufgestellt war. Das erschien mir genau die Art egomanische, solipsistische Selbstzentriertheit, die ich an mir so bewundere, also ging ich hin, um es mir näher anzuschauen.

Auf dem Zeichenbrett befanden sich (neben einigen herrlich boshaften Skizzen von Fox-Bonzen, die mich sofort für die hier tätige Person einnahmen) etliche Buntstift-Illustrationen. Sie waren mit Details angefüllt und »hübsch« – lauter weiche Farbtöne und subtile Nuancen, Dinge, auf die ich normalerweise nicht stehe. Aber sie waren auch verstörend, und zwar nicht auf die übliche ironische Jughead-mit-Crackpfeife-Art. Sie waren verstörend ehrlich.

Eine lebhafte Stimme rief: »Dan Clowes!« Es war Eleanor Flood. Wie sich herausstellte, war sie Animationsregisseurin bei *Looper Wash*, und mein Neffe hatte ihr gesagt, dass ich kommen würde. Sie zog die Mappe mit meinen Zeichnungen hervor, die sie vor Jahren erstanden hatte.

»Möchten Sie irgendwas davon wiederhaben?«, fragte sie. »Vieles ist inzwischen wahrscheinlich ein Vermögen wert. Ich habe ein schlechtes Gewissen. Manchmal könnte ich heulen, wenn ich dran denke, wie wenig ich dafür bezahlt habe.«

Ich *hatte* bei diesem Gedanken schon geheult. Ich sagte, sie könne sie behalten.

Sie sah mich ihre Zeichnungen betrachten. »Ich weiß«, sagte sie. »Sind die nicht supertoll?«

Ja, seien sie, sagte ich und studierte die Illustrationen unangemessen lange. »Die Leute vom Minerva-Preis haben mich aufgefordert, jemanden zu nominieren«, sagte ich schließlich. »Meinen Sie, ich könnte die hier einreichen?«

»Aber ist der Preis denn nicht für Graphic-Novel-Zeichner?«, fragte sie.

»Stellen Sie die zusammen, dann haben Sie einen Comic.« Schon damals brachte ich es nicht über mich, *Graphic Novel* zu sagen. Sie verstand, was ich meinte.

»Oh«, sagte sie.

Im Unterschied zu vielen Kindheitsgeschichten hat *Die Flood-Girls* etwas sehr Gegenwärtiges und Eindringliches. Obgleich voller zeittypischer Details, ist es kein Nostalgie-Trip. Der Blick ist unverstellt und unsentimental. Diesen ominösen, kryptischen Bildern so viel Wärme zu verleihen, wie Eleanor Flood es getan hat, ist ein seltenes Kunststück, und ich freue mich schon auf mehr.

DIE
FLOOD
GIRLS

Tess Tyler und Matthew Flood
Bemelmans Bar, 1967

Eleanor, 4 Jahre,
Ivy, 6 Monate

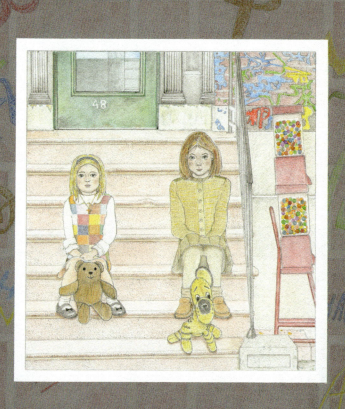

Wenn Mom sonntags zwei Pippin-Vorstellungen hatte, telefonierte Daddy. »Hier ist 839. Wie ist die Quote für die Jets? Zwei Dimes bitte.« Am nächsten Morgen sagten wir aus Spaß zu Daddy: »Guten Morgen, 839!« Mom schickte uns zum Spielen nach draußen.

Mom wollte, dass wir ihre Hand hielten, als sie den Befund bekam. »Er ist positiv«, sagte Dr. Salz. Wir waren so froh, aber Mom drückte unsere Hände fester.

Wir zogen nach Aspen, weil eine Freundin von Daddy dort ein Haus hatte, obwohl sie die meiste Zeit in Dallas wohnte. Die Frau mochte Daddy und ließ uns drei in ihrer Remise wohnen. Daddy hatte ein spezielles Telefon, das nur sonntags klingelte, und für diese Anrufe hatte er ein Notizbuch.

Daddy brachte eine junge Hündin mit, die er vor dem City Market umsonst bekommen hatte. Er nannte sie Parsley, Petersilie, weil man im City Market Petersilie umsonst bekam.

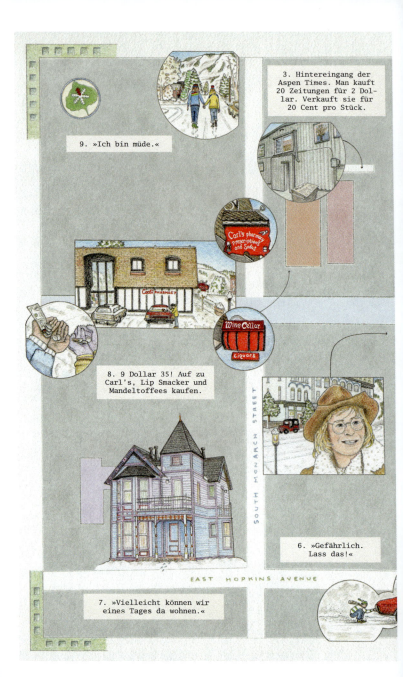

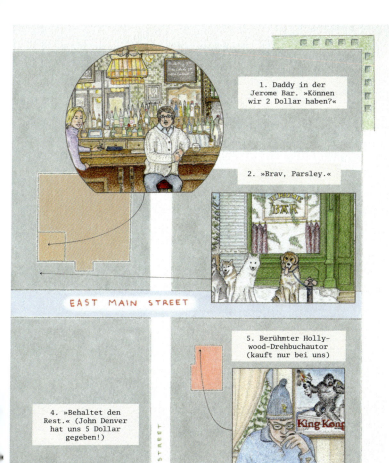

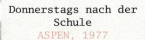

THE ASPEN TIMES

Vol. 96 * No. 23 * June 9, 1977 * Aspen, Colorado 81611 * 20 Cents * 3 Sections

Escaped kidnapper Bundy eludes

Ted Bundy war entflohen, und die Schule fiel aus. Darum musste uns Daddy zu seinen Dienstagmorgen-Erledigungen mitnehmen. Wir mussten im Auto warten, während er Leuten Umschläge gab oder sie ihm welche gaben. »Auf keinen Fall die Autotür aufmachen.«

In der Küche war Lärm, laut, selbst für Daddys Gepolter, wenn er spät nach Hause kam. Wir standen auf, um nachzuschauen. Aber da kam Daddy in Boxershorts aus seinem Zimmer und rieb sich die Augen. In der Küche war ein Bär, der unsere Esssachen klaute! Die Polizei kam und verscheuchte ihn mit einem Gummischrotgewehr. Danach hörten wir jede Nacht ein Rütteln an der Haustür. Dann an der Seitentür. Dann an der Hintertür.

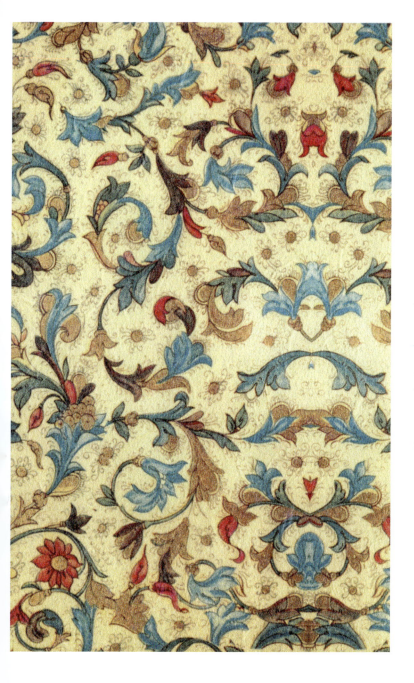

CRACKED ACTOR

»Du hast mir nie erzählt, dass du eine Schwester hast«, sagte Timby über die Programmbroschüre hinweg.
»Ich habe keine Schwester«, sagte ich.
Da war sie nun, meine Lüge, draußen in der Welt.

Abends vor dem Einschlafen hatte ich immer für diesen unausweichlichen, schrecklichen Moment geprobt, indem ich im Kopf die verschiedenen Betonungen durchspielte.
Ich habe keine Schwester.
Ich *habe* keine Schwester.
Ich habe *keine* Schwester.
Ich habe keine *Schwester*.
Manchmal sprach ich es vor mich hin, ohne es zu merken. Timby auf dem Rücksitz: »Was sagst du da die ganze Zeit?« Ich am Steuer: »Nichts.«
Manchmal stand es mir ins Gesicht geschrieben.
Joe: »Woran denkst du?«
Ich: »An nichts, warum?«
Joe: »Du fletschst die Zähne.«

»Aber Tess Tyler war doch deine Mom«, sagte Timby. »Und Parsley war euer Hund und ...«
»Die Flood-Girls stehen für zwei Seiten von mir«, fauchte ich. »Es war ein künstlerisches Experiment. Weiter nichts.«
Die Pommes kamen, ein knuspriger gelbbrauner Haufen, bestreut mit gehackten frischen Kräutern.

»Boah!«, sagte Timby. »Die meisten krieg ich!«

Konnte es tatsächlich sein? Dass ich einfach so damit durchkam?

»Warte, bis du das Ketchup probiert hast«, sagte ich mit bebender Stimme. »Sie machen es selbst.«

Doch Spencer ...

Verwirrung erschien auf seinem Gesicht. Die Augen verengten sich zu Schlitzen. Die Brauen trafen sich in der Mitte. Der Mund öffnete sich. Worte kamen heraus.

»Aber habe ich Ihre Schwester nicht kennengelernt?«

Der Klarheit halber: Ich *habe* eine Schwester. Sie heißt Ivy. Die Flood-Girls habe ich als Geschenk für sie gezeichnet. Bis Dan Clowes vor Jahren zufällig auf die Zeichnungen stieß, war mir nie der Gedanke gekommen, daraus eine Graphic Novel zu machen.

Dann jedoch kam Joyce Primm ins Spiel, Nachwuchslektorin bei Burton Hill. Sie tat, was Nachwuchslektorinnen so tun: sich auf obskuren Preisverleihungsdinners herumtreiben und Ausschau nach vielversprechenden Talenten halten. Ende zwanzig, hyperschlank, das personifizierte Selbstbewusstsein, stellte sie mich in der Damentoilette des Odeon.

»Violet Parry heimst den ganzen Lorbeer für *Looper Wash* ein«, sagte sie. »Es ist Zeit, für Gerechtigkeit zu sorgen.«

»Netter Versuch«, sagte ich. »Aber Violet ist eine gute Freundin von mir. Es liegt kein Verbrechen vor.«

»Ich will mehr von Eleanor Flood«, sagte Joyce. »*Die Flood-Girls* schreit danach, ausgebaut zu werden.«

»Das ist sehr schmeichelhaft«, sagte ich. »Aber ich bin keine Graphic-Novel-Künstlerin.«

»Daniel Clowes sieht das anders«, sagte sie. »Und ich auch.«

»Ich habe keine Geschichte zu erzählen«, sagte ich.

Sie gab mir ihre Karte. »Rufen Sie mich an, wenn Sie sich's anders überlegen.«

Dann, Jahre später, geschah etwas Schreckliches.
Und ich *hatte* eine Geschichte zu erzählen.

Ich rief Joyce an, inzwischen Cheflektorin bei Burton Hill. Sie setzte sich ins Flugzeug nach Seattle.

Wir trafen uns in der Bar des W Hotel. Joyce trug hohe Absätze, eine pfirsichfarbene Hose, ein blumengemustertes Crinkle-Seidentop, tief geknöpft, und eine lange Goldkette. Sie war ungeschminkt und hatte das lange Haar zu einem lässigen Knoten geschlungen.

In Zweiersituationen mit Leuten, die ich nicht sehr gut kenne, werde ich, vor allem, wenn etwas auf dem Spiel steht, fürchterlich nervös. Ich rede schnell. Springe von einem Thema zum anderen. Sage schockierende Dinge. Kurz bevor ich es zu weit treibe, lege ich den Hebel um und entblöße eine verletzliche Stelle. Wenn ich merke, dass mein Gegenüber mich gleich kritisieren wird, komme ich dem zuvor, indem ich mich selbst kritisiere. (Ein Therapeut hat das mal »die Trickkünstlerin am Werk« genannt. Auf der Hälfte unserer ersten Sitzung stoppte er mich mitten im Quasseln. Er sagte, ich hätte solche Angst vor Zurückweisung, dass ich jede Interaktion zu einer Charmeoffensive auf Leben oder Tod machte. Meine permanente Verbalakrobatik machte mich in seinen Augen untherapierbar. Er gab mir meinen Scheck zurück und wünschte mir viel Glück.)

Das Beste/Schlimmste an der Kunst der Trickkünstlerin? Die Leute fallen immer darauf rein.

Beim einen oder anderen Drink wurden Joyce und ich schnell Freundinnen. Auf Moscow Mules folgte ein Abendessen, dann ein »Sie müssen unbedingt diesen tollen Hut sehen, den ich mir gekauft habe«. Auf ihrem Zimmer schenkte mir Joyce ihr Parfüm; ich hatte den Duft bewundert. Es konnte nur aus Paris stammen. Ich erklärte ihr, sie kleide sich wie der Frühlingstyp, wo sie aber doch der Sommertyp sei. Ich machte ihr eine Liste von Farben, die sie unbedingt tragen müsse. Sie gestand, dass sie im Begriff sei, eine Affäre mit einem verheirateten Autor einzugehen. Ich erzählte ihr, dass ich in direkter Linie von einem amerikanischen Präsidenten abstammte. Ich meine es nicht metaphorisch, wenn ich sage, wir probierten jede die Schuhe der anderen an.

Es war ein Uhr morgens, als es mir wieder einfiel: »Das Buch!«

»Sie wissen es vielleicht noch nicht«, sagte Joyce und schaffte es meisterhaft, wieder in den Lektorinnenmodus zu wechseln. »Aber Sie sind eine Schriftstellerin. Sie denken wie eine Schriftstellerin. Ja, ich will diese *Flood-Girls*-Zeichnungen. Aber ich will auch Ihren Text. Besteht das Buch hauptsächlich aus Text? Oder aus Bildern? Wer weiß? Jedes Buch muss sich selbst erfinden. Ich lasse Ihnen völlige Freiheit. Benutzen Sie diese Illustrationen. Bringen Sie einfach das, was da drin ist...«, sie zeigte auf meinen Kopf, »aufs Papier.«

Ich weiß nicht, wer wen wovon überzeugte, aber ich hüpfte mit einem Buchvertrag von dannen.

»Ich *habe* Ihre Schwester getroffen«, sagte Spencer total verwirrt. »Sie war gertenschlank. Sie kam immer vorbei.«

»Muss jemand anders gewesen sein«, sagte ich bestimmt und besiegelte es mit einem Lächeln.

Spencer sah aus wie der Typ in *Alien*, bevor das weiße Zeug aus ihm herausquillt. Er guckte auf die Uhr.

»Hallo«, sagte er zu einem vorbeigehenden Kellner. »Könnten Sie bitte so freundlich sein und uns die Rechnung bringen?«

»Schon?«, fragte Timby, der noch kaum etwas von dem Pommes-Haufen abgetragen hatte.

»Die lassen wir einpacken«, sagte ich.

Ich *habe* keine Schwester.

Ich habe keine *Schwester*.

»Eingepackte Pommes schmecken nicht«, sagte Timby.

»Bleiben Sie noch«, sagte Spencer. »Ich muss schauen, wie ich in den Skulpturengarten komme, zu einem Meeting mit der Kuratorin.«

Zum Glück konnte Spencer nicht wissen, dass wir nur drei Blocks vom Skulpturengarten entfernt wohnten und ich mittags dort immer Yo-Yo ausführte ...

»Wir müssen auch da hin!«, platzte Timby heraus. »Wir können Sie mitnehmen.«

Ich sah Panik in Spencers Augen.

»Nein, Schätzchen«, sagte ich zu Timby. »Spencer hat zu tun. Er will bestimmt nicht erst noch mit zu uns, den Hund holen.«

»Ich kann Ihnen meine Bilder zeigen!«, sagte Timby zu Spencer. »Und dann können Sie mir Ihre zeigen!«

Timbys Stimme klang jetzt etwas weinerlich.

Spencer = gefangenes Tier.

Heute Morgen im Bett hatte ich die Latte lächerlich niedrig gelegt: Leuten in die Augen schauen, etwas Richtiges anziehen, lächeln! Es hätte eine lockere Spazierfahrt werden sollen. Doch dann war da plötzlich diese Wahnsinnige namens Realität in dem Pickup vor mir und fing an, Wassermelonen von der Ladefläche zu schmeißen. Dabei war es noch nicht mal ein Uhr!

Aber wenigstens würde ich heute halten, was ich Timby versprochen hatte. Ich würde ihm einen schönen Tag bescheren.

Ich sah Spencer an – offenbar sehr verzweifelt.

»Klar«, sagte er. »Wir können auch zusammen hingehen.«

»Juhu!«, rief Timby.

»Ich bin Ihnen was schuldig«, flüsterte ich Spencer im Hinausgehen zu.

»Gleicht sich aus«, sagte er etwas verkniffen.

Ich öffnete die Haustür mit dem Elan von Julie Andrews, als sie das Lied der Berge bejubelt, obwohl ich in Wirklichkeit nur so schnell wie möglich nachsehen wollte, ob auf den Klos gespült worden war. Für den unwahrscheinlichen Fall, dass Spencer mich immer noch bewunderte, sollte sein Bild von mir nicht dadurch getrübt werden, dass er Pipi in unseren Klos stehen sah.

Raten Sie mal, wer mir nicht freudig entgegengetollt kam? Yo-Yo. Er hob nicht mal das Kinn vom Rand seines Körbchens, sondern schaffte es nur, mir mit wässrigen, leicht genervten Augen zu folgen.

»Ist das ein Ausblick!«, sagte ich, kurzzeitig verwirrt, wer von uns denn nun meine Wohnung zum ersten Mal sah.

Spencer konnte nicht umhin, sich zu der raumhohen Fensterfront ziehen zu lassen und unser klischeehaftes Seattle-Panorama zu betrachten: schneebedeckter Mount Rainier, Space Needle, Pacific-Science-Center-Bögen, Containerschiffe in der Elliott Bay.

»Wir hatten solche Angst vor dem berüchtigten Wetter hier in Seattle, dass Joe meinte, ›Damit wir wenigstens eine kleine Chance haben, einem erweiterten Selbstmord zu entgehen, sollten wir uns ein Haus mit viel Licht suchen.‹« Ich musste mit der Quasselei aufhören!

Ich ging kurz ins Bad, spülte (Uff!) und kam quasselnd wieder heraus.

»Und hier passieren die entscheidenden Dinge!«, sagte ich

und zeigte Spencer die Vorratskammer, die ich zu meinem Studio umfunktioniert hatte.

Spencer steckte den Kopf hinein. Da drinnen war kaum Platz für meinen Zeichentisch; die gesamten Wände bedeckte ein verrücktes Sammelsurium von Fotos, aus Zeitschriften herausgerissenen Bildern, Merkzetteln, Krimskrams. Auf dem Boden taillenhohe Stapel von Fotobildbänden, die mir als Referenzmaterial dienen, und ein großer Glaskrug mit den Stummeln aller Buntstifte, die ich je benutzt habe.

»Gottseidank sind Sie ja Künstler«, sagte ich zu Spencer. »Die meisten Leute, die hier reinschauen, halten mich für total plemplem.«

Spencer konnte es sich nicht verkneifen, einen Blick auf mein aktuelles Projekt zu werfen. Ich saß gerade an einer Auftragsarbeit für das Telluride Film Festival und spielte mit der Idee herum, dass die Knoten von Espenstämmen wie Augen aussahen. Oder sowas. Auf dem Tisch lagen Filmstreifen, Glasaugen, die ich in einem Kuriositätenladen gefunden hatte, und ein vergriffenes Buch mit Fotos von Herbert Bayer, die zum Teil mit Klebezetteln markiert waren.

»Wenn ich mir vorstelle, ich wäre Sie!«, sagte ich. »An *einem* Tag mein Auto, meine Wohnung und mein Studio von innen zu sehen. Das muss sich doch anfühlen, wie mehrere Stadien der Intimität zu überspringen!«

»Wenn ich Sie nervös mache«, sagte Spencer, »kann ich auch einfach gehen.«

»Nein!«, schrie ich so laut, dass ich selbst erschrak.

Joes und Timbys Frühstücksgeschirr stand noch auf dem Tisch, ein Diorama von halbaufgegessenem Toast und halbausgetrunkenem Orangensaft.

»Das sieht ja hier aus wie der letzte Tag von Pompeji.«

»Sie und Ihre Schwester«, sagte Spencer ruhig. »Es geht mich nichts an, was da passiert ist. Ich urteile nicht. Sie können es sein lassen.«

»*Was denn sein lassen?*«

»Warum streitet ihr euch?«, fragte Timby.

»Willst du mir jetzt mal deine Bilder zeigen?«, sagte Spencer.

Ich eilte in Joes Arbeitszimmer. Zum ersten Mal seit dem *Flood-Girls*-Schock war ich mit mir allein. Mein Körper merkte es und sank ohne mein Zutun auf Joes Lederschreibtischstuhl zusammen.

Scheiße!

Lethargie überkam mich. Mein Atem ging langsamer. Ich legte das Gesicht in die Hände.

Ivy. Wenn ich an sie denke, sehe ich als Erstes immer dieses Bild vor mir: Ivy im Profil, in den Zwanzigern, lächelnd, neugierig. Sie kam vertrauensvoll zur Welt und blieb es auch; sie glaubte an die Menschen, sah das Gute in dem, was sie erzählten, taten und beabsichtigten, spiegelte sie so wieder, wie sie wahrgenommen werden wollten. Ivys Haut war so zart, dass man eine blaue Ader an ihrem Kieferwinkel sah. Ihre äußere Schönheit war das Erste, was den Leuten an ihr auffiel. Sie sprach leise, zog ihr Gegenüber dahin, wo es hin wollte: in ihre Nähe.

Vielleicht hat sie das ja von unserer Mutter gelernt, die am Ende nur noch flüstern konnte. Moms Freundin Gigi holte Ivy und mich in dieser Zeit täglich von der Schule ab und fuhr uns ins Krankenhaus. Und mit jedem Tag wurde Moms Stimme schwächer.

Und eines Tages stand dann Daddy draußen vor der Schule.

Ich war neun, Ivy fünf.

Meine Erinnerungen an den Tod unserer Mutter (nicht ihr Sterben selbst, sondern die Tage danach) sind ein dumpfes

Durcheinander, dominiert von der Ratlosigkeit meines Vaters und der flamboyanten Trauer von Showbiz-Leuten.

Das, wovon mir jetzt, vierzig Jahre später, eng und weh ums Herz wird, sind die Erinnerungen an Ivy.

Etwa eine Woche nach Moms Tod veranstalteten ihre Freunde einen Abend, um ihr Leben zu feiern. Montags war am Broadway vorstellungsfrei, also borgten sie das Minskoff aus, wo ansonsten Bette Middler eine One-Woman-Show machte.

Daddy, Ivy und ich kamen im Theater an und fanden uns im Mittelgang im Zentrum eines wirren Kondolenzgedrängels. Hinten auf der Bühne, im Schattendunkel, war die riesige mechanische Affenhand, in der Bette Midler auf der Bühne erschien.

Das Licht flackerte. Father Kidney ging die Stufen zum Mikrofon hinauf. Aber das Theater war nicht mal viertelvoll.

»Sollten wir nicht warten, bis alle da sind?«, fragte ich Daddy.

»Es ist ein großes Theater«, sagte er, und wir setzten uns hin.

Ich begann zu zittern. So wollte ihr »Völkchen«, wie Mom ihre Theaterfreunde nannte, ihr Andenken ehren? Ein Priester, der auf einer geborgten Bühne vor den Requisiten einer anderen Frau zu einem leeren Saal sprach?

Sie hatten kein Recht, meine Mutter zu demütigen. Sie gehörte mir. Sie war elegant und akkurat. Sie war auf einem Schweizer Pensionat gewesen und machte uns Käsesoufflés in kleinen Förmchen, posierte nackt für einen deutschen Fotografen und füllte unser Haus mit frischen Blumen.

Ich sagte zu Ivy: »Wir gehen.«

»Ich will aber die Show sehen.«

Ich zerrte sie weg. Wir setzten uns auf Plüschstühle in der Eingangshalle und schliefen ein, wachten irgendwann von klagenden Dudelsackklängen auf.

Daddy ertrug es nicht, in ihrem Ehebett zu schlafen, also hatte er die Nächte auf dem Sofa verbracht. Aber es war das Sofa des Katers. Am Morgen nach der Gedenkfeier aßen wir drei schweigend die Sachen, die uns Leute gebracht hatten. (Komisches Zeug in unvertrauten Auflaufformen: Shepherd's Pie mit Rinderhack, nicht mit Lamm; Lasagne, die nach Zimt schmeckte, Käsemakkaroni mit Erbsen, was alles unsere Angst, wie die Welt ohne Mom sein würde, nur noch verstärkte.) Der Kater sprang aufs Sofa, hockte sich auf die Stelle, wo Daddys Kopf gelegen hatte, sah uns unverwandt an und pinkelte los. Es wirkte durch und durch boshaft und persönlich gemeint, als wollte Pumpkin sagen *Ihr glaubt jetzt schon, es wäre schlimm? Wie findet ihr das hier?*

Daddy musste wohl seine aufgestaute Wut und Angst einfach an irgendjemandem auslassen, und immer noch besser der Kater als wir. Trotzdem hätte ich Ivy schnell dort rausbugsieren sollen.

An dem Nachmittag kamen Gigi und noch ein Freund von Mom, Alan, zu uns, und Daddy ging mit Ivy und mir in den Park.

Als wir zurückkamen, waren Gigi und Alan nicht mehr da. Das Sofa war weg. Pumpkin war weg. Moms sämtliche Sachen waren weg: Die Kleider aus ihrem Schrank, die zusammengefalteten Pullis und Seidentücher aus ihren Schubladen, die Hüte von den Borden, ihr Schmuck, ihr Schminkzeug. Selbst ihr Geruch war weg.

Im Flur standen zwei Kartons. Auf einem stand ELEANOR, auf dem anderen IVY.

Das Einzige, was Daddy behielt, waren zwei Tyler'sche Familienerbstücke: ein Paar antike Derringer-Pistolen.

In jener Nacht, während Daddy in seinem Bett schnarchte, starrte ich stundenlang die Kartons an. Schließlich hievte ich sie hoch, trug sie zum Müllschlucker und warf sie rein. (Das Kratzen von Pailletten und Perlen an Pappe verfolgt mich bis heute.)

Eine Woche darauf fuhr Daddy mit uns nach Colorado. Er sagte uns nicht, dass wir nicht mehr zurückkommen würden. Er hatte eine Frau aus Dallas kennengelernt, die ein Zweithaus in Aspen besaß. Wir konnten dort im Gästehaus wohnen, dafür, dass Dad Hausmeisterarbeiten und kleine Reparaturen übernahm. (In den 70er Jahren war Aspen eine flippige ehemalige Silberminenstadt mit dem besten Pulverschnee der Welt, was vorwiegend Texaner anzog. Damals sah man dort mehr Cowboyhüte und Wrangler-Jeans als Stars wie Mariah Carey und Gulfstream-Privatjets.)

In New York hatte Daddy sein Geld damit verdient, Beschallungsanlagen zu installieren. Er hatte gehofft, das in Aspen auch tun zu können, aber dann muss irgendwas passiert sein. Später habe ich erfahren, dass viele Buchmacher ursprünglich Spieler waren, die nicht rechtzeitig die Reißleine gezogen hatten und ihre Spielschulden abarbeiten mussten.

Das erste Mal, dass er uns allein ließ, war in jenem ersten Winter in Aspen. »Du kannst dich doch um deine Schwester kümmern?«, hatte mich Daddy gefragt. Es war eine komische Frage. Er sagte, was wir bräuchten, könnten wir in Carl's Pharmacy anschreiben lassen. (Alles, was mit Daddy zu tun hat, ist immer noch ein Puzzle mit fehlenden Teilen. Ich vermute, dass er nach Vegas fuhr, um Lay-Wetten für den Super Bowl abzuschließen.)

Er war neun Tage weg. Ivy und ich wohnten solange allein im Gästehaus. (»Komm, fort! Zum Kerker, fort! Da lass uns singen, wie im Käfig Vögel.« Das war die Passage aus *König Lear*, die Mom immer vor dem Schlafengehen rezitierte.) Es war Januar. Wenn uns der Schulbus abgesetzt hatte, gingen wir zu Carl's und schlüpften dann, wenn die Sonne schon hinter dem Shadow Mountain versunken war, wie Diebe in unser Pfefferkuchenhäuschen. Wir knipsten alle Lampen an, machten Feuer, guckten fern und verspeisten unsere Pharmacy-Beute, bestehend aus Jolly-Rancher-Süßigkeiten, Pringles und vielleicht noch irgendeiner Frucht, die sich in der Nähe der Kasse gefunden hatte.

Nach wenigen Tagen wurde Ivy krank und immer kränker. Fast 39 Grad Fieber, schleimiger Husten und gemeine Ohrenschmerzen. Einen Kinderarzt hatten wir nicht. Wenn ich die Notrufnummer anriefe, würde die Polizei merken, dass wir allein waren. Man würde uns wegholen und höchstwahrscheinlich trennen. Ich fälschte Daddys Unterschrift auf Entschuldigungen für die Schule und verarztete Ivy mit dem, was mir bei Carl's ins Auge sprang: Aspirin, Wick Vaporub, Halspastillen, Halsspray, Benadryl, Hustensaft – beim Gedanken, was hätte passieren können, schaudert mich noch heute. Jeden Tag auf dem Nachhauseweg betete ich, dass Ivy noch lebte.

Sie lebte und wollte hören, was in der Schule losgewesen war. (Sechs war sie da. Und wurde von einer Viertklässlerin aufgezogen.) Ich traute mich nicht, die Wahrheit zu sagen. Ich war ein dickes Mädchen mit rotem Haar und Sommersprossen. Mitten im Schuljahr neu aus New York gekommen, war ich ein gefundenes Fressen für die derberen Kinder. Wenn ich von einem Unterrichtsgebäude zum anderen ging, schubsten sie mich in den Teich. Ich wehrte mich nicht, wenn sie mir frischgefallenen Schnee in den Rucksack stopften. »Schneebäder« nannten sich diese winterlichen Zwischenspiele.

In den Geschichten, die ich Ivy nachmittags erzählte, hatte ich immer das letzte Wort, verspottete die Rabauken wegen ihres Äußeren, machte mich über ihre Namen lustig, verhöhnte sie als dumm. »Du bist echt stark!«, sagte Ivy, mein Einpersonen-Publikum, dann lachend.

Aber sie wusste, ich war nicht stark.

Einmal, Jahre später, als wir beide in den Zwanzigern waren und die Madison-Avenue entlanggingen, fasste mich Ivy an der Hand, einfach nur so. So vertraut war unser Verhältnis.

Trotz allem, was zwischen uns vorgefallen ist: Wenn ich in einem ungeschützten Moment überrascht werde, ist das Gefühl, das ich mit Ivy verbinde, eins von Zärtlichkeit: wie sie an jenem Tag meine Hand nimmt.

Jetzt, da Ivy ausradiert ist, bin ich *die Trickkünstlerin* geworden. Ich bin eine groteske Figur, die in die Welt hinausgeht und Beobachtungen und Begegnungen sammelt, um eine Vorstellung für jemanden zu geben, der längst nicht mehr im Haus ist.

Als ich dort in Joes Arbeitszimmer saß, quoll eine giftige, brodelnde Masse in meinem Magen auf. Schuldgefühl, Sehnsucht, Reue, was auch immer, es war in mir, schwarz, zerfraß mich von innen.

Ich konnte nichts dagegen tun: Unversehens und eiskalt von einer Ivy-Erinnerung erwischt zu werden triggerte diese Welle von Übelkeit und Schwäche. Was ich fühlte? Das war nicht *ich*. Es war eine isolierte Empfindung, die in meinem Magen auftrat. Sie war umrissen. Mein Job war es, sie als eine von mir getrennte Entität zu identifizieren.

An der Suppe riechen. Auf die Suppe pusten.

Ich war ich, verdammt. Ivy war verschwunden, um ein Leben zu leben, das aus idiotischen Fassaden und lächerlichen Werten bestand...

Halt.

Schluss damit. Was für mich zählte, war mein Leben. Mein Leben war ein achtbares Leben in selbstgenerierender Fülle. Ich war gesund. Timby war gesund. Joe war gesund. Ich wurde geliebt. Ich hatte als Künstlerin etwas erreicht. Ich hatte einen Vertrag über ein Graphic Memoir. Was war also schon dabei, wenn ich mich mit meiner Schwester nicht verstand?

Ich erhob mich, immer noch ein bisschen zittrig, und wollte hinausgehen. Blieb aber stehen.

Auf Joes Schreibtisch. Eine Art Fernrohr. Grau, so groß wie ein Demi-Baguette, auf gebeugten Insektenbeinen. Es war zum Fenster hinausgerichtet.

Wie merkwürdig.

»Ich will auch mal gucken!« Timby, gefolgt von Spencer, auf dessen Gesicht lauter kleine Blumensticker klebten.

»Weg da.« Ich schubste Timby mit der Hüfte weg, bevor er es anfassen konnte.

»Du bist gemein.«

»Raus hier.« Ich trieb sie beide ins Wohnzimmer.

»Mom, können wir auf deinem Computer Stabheuschrecken-Videos gucken?«

»Ich muss los«, sagte Spencer.

»Sekunde.« Ich schloss die Tür.

Ich trat hinter Joes Schreibtisch, legte die Hände hinterm Rücken zur umgekehrten Gebetshaltung zusammen und beugte mich ans Okular.

Zwischen dem verschwommenen Kittgrau im Vordergrund stehender Wohnblocks sprang mir eine ferne Yacht ins Auge. Schwarz und schnittig, der Bug genau im Fokus.

Ich trat ans Fenster. Da war sie, an irgendeinem Anleger eines Industriegeländes, das ich immer auf dem Weg zum Costco passierte, ohne es groß wahrzunehmen.

Hmm. Ein Boot.

Ich trat ein Stück zurück und warf dabei einen taillenhohen Dattelpalmenstrunk um, der an der Wand lehnte. Der mit haifischzahnscharfen, dreikantigen Stacheln bewehrte Strunk mit den Wedeln am oberen Ende hatte etwas von einem prähistorischen Pompon.

*

Joe hatte ihn aus der Türkei mitgebracht, wo er mal gewesen war, um Handkontrakturen zu operieren. Dort hatte er einen Mann getroffen, der mit seinem kataraktäugigen Vater vom Irak aus durch die Wüste gekommen war; sie hatten gehört, amerikanische Ärzte könnten Blinde sehend machen. Als Bezahlung hatten sie einen voller Früchte hängenden Seitenstrunk von der Dattelpalme der Familie abgesägt. Joe erklärte, er sei nicht die Sorte Arzt. Sie bestanden trotzdem darauf, dass er eine Dattel probierte. Die Süße der Frucht würde ihn vielleicht doch umstimmen.

Joe schleppte den Palmwedel in vier verschiedene Flugzeuge mit, damit er diese Männer nie vergessen würde. »*Ich* will sie aber vergessen!«, hatte ich geschrien, als er mir die traurige Geschichte erzählte. »Schaff das Ding hier weg!« Er hatte den Strunk in die Praxis mitgenommen, aus der Ruthie ihn sofort verbannte. Also war er hier in der Ecke gelandet.

Ich ging wieder ins große Zimmer und setzte mich auf Joes Platz am Esstisch. Ich schob das Frühstücksgeschirr beiseite.

»Dort machen sie Sachen für H&M.« Timbys Stimme, durch seine halboffene Zimmertür.

»Ich verstehe, dass dich das getroffen hat.« Spencers Stimme.

Klick-klick-klick. Yo-Yo, der tumb und hoffnungsvoll dastand.

»Egal, was ich sage.« Timbys Stimmchen. »Piper tut immer, als ob sie mehr weiß. Ich hab ihr erzählt, wie blöd ich die Disney-Prinzessinnen finde ...«

»Du findest die Disney-Prinzessinnen toll!«, rief ich.

»Ich konnte sie nie leiden!«, rief er zurück.

»An Halloween bist du als Gaston gegangen, und Gaston liebt Belle, also ...«

Rumms! Timbys Tür.

Ich legte die Stirn auf den Tisch. Er war viel härter und kälter, als man hätte meinen sollen. Ich legte die Arme auf die Tischplatte, so wie Joe an diesem Morgen. Unbequem. Definitiv keine Position, die man natürlicherweise einnehmen würde. Aber was besagte sie? *Ich bin deprimiert. Ich bin allein. Ich leide. Ich brauche Hilfe.*

Ich richtete mich auf. Yo-Yo legte den Kopf schief. Wagte ein Schwanzwedeln.

»Geh weg.«

»Voll total hundertpro!«, sagte Timby in seinem Zimmer. »Voll total hundertpro!«, antwortete Spencer. »Voll total hundertpro!«, setzte Timby nahtlos ein. »Voll total hundertpro!«, fiel ihm Spencer ins Wort. Und immer so weiter, bis es ein einziges Schnellfeuer war und ich schon halb damit rechnete, einen Disco-Song losstampfen zu hören, aber was kam, war Gekicher. Gott segne die Schwulen und die Kinder. Oder die Schwulen und die Schwulen.

»Also gut, packen wir's an«, sagte ich zu Yo-Yo. »Möchte vielleicht jemand Gassi gehen?«

Sobald das Zauberwort fiel, fing Yo-Yo an zu bellen.

»Du hast richtig gehört!«, sagte ich mit meiner hohen Yo-Yo-Stimme. »Auf geht's, Krypto Superhund. Auf geht's, Yo-Yo-san. Auf geht's, Yozi wan Kenozi.«

»Er heißt Yo-Yo«, sagte Timby, der jetzt mit Spencer herausgekommen war, kühl.

»Das ist eine verräterische Verhaltensweise von mir«, sagte ich. »Wenn ich nervös bin, erfinde ich Spitznamen für den Hund.«

»Warum bist du nervös?«, fragte Timby.
»So halt«, sagte ich.
Spencer hielt den Mund, und wir gingen nach draußen, um uns der zweiten Tageshälfte zu stellen.

»Okay, bringen wir's hinter uns«, dachte oder sagte ich möglicherweise auch, als wir den steilen Weg hinuntergingen und der Wind durch den Korridor zwischen Apartmentblocks pfiff. Der Olympic Sculpture Park, einst ein verseuchtes Industriegelände und jetzt eine makellos designte öffentliche Anlage gleich am Wasser, war voller Leben.

Eine Busladung Kinder spielte zwischen rostigen Richard-Serra-Stelen Verstecken. Liebespaare lagen auf Decken im Schatten einer riesigen Calder-Skulptur, deren Rot aus dem ganzen kühlen Blau und Grün hervorknallte. Mehrere Radfahrer rasteten bei Claes Oldenburgs Schreibmaschinen-Radiergummi und spritzten sich Wasser in den Mund. Jugendliche mit Down-Syndrom, die an einem Seil mit Griffen gingen, schlängelten sich johlend zwischen Louise Bourgeois' schwarzen Marmoraugen hindurch. Touristen machten lustige Fotos von sich, wie sie die Space Needle auf der Hand balancierten. Überall Skulpturen, skurril oder rätselhaft, provozierend oder einfach nur schön.

Und in der Nähe der Werke diskrete Täfelchen mit den Namen nicht nur in Seattle wohlbekannter Spender: Gates, Allen, Wright, Shirley, Benaroya.

Angesichts des bunten Völkchens, das der gemeinsame Kunstgenuss hier vereinte, dachte ich: Reiche Leute – man muss sie doch einfach lieben!

»Ich komme nach«, sagte Spencer und rannte auf den Glaspavillon am Eingang des Parks zu. Wenn er bis nach Kanada weitergerannt wäre, hätte ich es ihm nicht verdenken können.

Timby und ich gingen den breiten Weg entlang, der in sanftem Zickzack zum Wasser hinabführte.

»Das mit Piper ist ja wirklich blöd«, sagte ich. »Sowas musst du mir erzählen. Nicht, wenn du nicht willst, natürlich. Aber, hey, wir sind doch Freunde.«

Timby drückte den Kopf an meine Seite, und ich legte ihm den Arm um die Schulter.

»Mom?«, fragte er. »Was ist deine Lieblingsjahreszeit?«

»Da bin ich nicht sehr originell. Frühling.«

»Meine ist Winter«, erklärte er stolz.

»Winter?«, fragte ich.

»Wegen dem Schnee.«

»Wann hast du je Schnee gesehen?«

»Weißt du nicht mehr, wie wir in der Salish Lodge waren? Und der Patient von Dad, dem sie gehört, hatte uns dieses Riesenzimmer gegeben, und als wir aufgewacht sind, war es so superleise, und du hast gesagt, ›Mach mal den Vorhang auf‹, und da hat es geschneit, und ich bin im Schlafanzug rausgerannt und hab mich im Schnee gewälzt und Schneeflocken mit der Zunge aufgefangen, und dann haben Dad und ich einen Schneemann gebaut, der ganz voller Blätter war, und ich dachte, mich hätte eine Biene gestochen, aber es war nur Eis in meinem Hausschuh.«

»Warum machen wir das nicht öfter?«, fragte ich.

»Weil du's nicht magst, wenn es kalt ist.«

Wumm. Statt meines üblichen Rattatattatt hielt ich inne, um das schmerzliche Gefühl an mich heranzulassen, Timby auf so vielen Ebenen enttäuscht zu haben.

Wir gingen eine Weile schweigend weiter.

»Mama?«, sagte Timby. »Piper Veal hat mich was ganz Schlimmes genannt.«

»Wie hat sie dich denn genannt?«

»Dann sag ich ja auch was Schlimmes.«

»Mit welchem Buchstaben fängt es an?«

»W«, sagte Timby mit brüchiger Stimme.

»W!«, sagte ich. »Eine Drittklässlerin hat dich mit dem W-Wort beschimpft?«

»Ja. Wurst.«

»Wurst?«

»Warum lachst du?«, sagte er.

»Entschuldige. Es ist nicht lustig. Es ist dumm und beleidigend.«

»Es heißt, dass ich dick bin«, sagte Timby.

»Ach, Schätzchen, sag nicht sowas. Ich würde dich gar nicht anders haben wollen. Außerdem schießt du sowieso bald in die Länge.«

»Hoffentlich ganz bald«, sagte er.

»Als ich so alt war wie du, ist mein Vater mal mit mir einkaufen gegangen, und wir mussten die Anziehsachen für mich in der Abteilung ›Mode für mollige Kinder‹ kaufen.«

»Wer hat die so genannt?«

»Weiß ich nicht«, sagte ich. »Irgend so ein schreckliches Kaufhaus in Glenwood Springs. Da war eine Abteilung mit einem Schild ›Mode für mollige Kinder‹.«

»Arme Mama.«

Acht. Acht war das beste Alter.

»Das ist das Gute an schwierigen Phasen«, sagte ich. »Im Allgemeinen überlebt man sie.«

Yo-Yo steckte den Kopf in ein Buchsbaumgesträuch und tauchte mit einem halben Burrito wieder auf. Wenn dieser Hund eine besondere Gabe hat, dann die, den Kopf in ein Gesträuch zu stecken und mit etwas Fressbarem wieder hervorzukommen. Er zerkaute den Burrito samt Folienverpackung.

»Mom!«, rief Timby.

Ich griff Yo-Yo ins Maul, fischte den sabbrigen Klumpen heraus und warf ihn in einen Mülleimer. Yo-Yo, am Rand der Panik, fixierte mich.

»Weg!« Ich klatschte in die leeren Hände und zeigte sie vor wie ein Casino-Croupier, aber es nützte nichts. »Komm jetzt, dummer Hund.«

Ich zerrte an der Leine. Er zerrte dagegen an. Ich schob ihn mit dem Fuß voran.

»Du darfst ihn nicht treten!«, rief Timby.

»Ich trete ihn doch gar nicht.«

Noch war niemand stehen geblieben, aber die Leute gingen schon langsamer, um sich ein Urteil zu bilden.

Wir kamen am Fuß des Hangs an, schauten nach rechts und links, überquerten dann den Radweg und gelangten auf eine Rasenfläche, die sich zum Wasser hinabzog.

Ein quadratisches Stück Rasen war mit gelbschwarzem Plastikband abgesperrt. Zwei gerahmte Glasscheiben saßen dort in Augenhöhe auf Pfählen.

»Passiert auf denen irgendwas?«, fragte Timby.

Als ob ich das wüsste.

Ein Typ in Malerhosen und T-Shirt hockte mit dem Rücken zu uns im Gras und arbeitete an irgendetwas. Neben ihm stand ein schwarzes Werkzeugwägelchen.

Plötzlich schoss ein Wasserstrahl im Bogen über uns hinweg und auf die Glasscheiben. Der Handwerker sprang beiseite.

Hinter uns stand Spencer mit einem Wasserschlauch.

»Ihr habt mich gefunden!«, sagte er.

Die linke Glasscheibe funkelte von Wassertropfen. Die rechte hingegen...

»Sie ist mit einem flüssigkeitsabweisenden Hightech-Zeug beschichtet«, erklärte Spencer. »Das Wasser perlt einfach ab.«

Ich duckte mich unter dem Absperrband durch und berührte die Glasscheibe. Sie war wundersam trocken.

»Als mir das Seattle Art Museum einen Auftrag für eine Außenskulptur gab«, sagte Spencer, »dachte ich, juhu, ich darf mit Regen spielen. Mir fiel ein, dass Sie ja hierhergezogen waren, *et voilà*.«

»Was hat das mit mir zu tun?«

Spencer fasste mich an der Hand. Der Handwerker hielt eine Wasserwaage zwischen den Zähnen, während er eine Tafel auf einem Betonsockel befestigte.

»KARRIERIST/KÜNSTLER«
SPENCER MARTELL
Amerikaner, geb. 1977

Wenn Spencer freudiges Staunen auslösen wollte, klappte es bei mir total. Im einen Rahmen sah man die dahinter stehenden Zedern wabernd und verschwommen durch Wassertropfen. Im anderen dasselbe Bild, aber klar und scharf.

»*Karrierist* ist das Bild voller Tränen«, deutete ich das Werk. »Es ist von Emotionen verzerrt. *Künstler* ist dasselbe Bild, frei von Selbstmitleid.«

Spencer schlug sich in gespieltem Schaudern die Hände vors Gesicht. »Könnten Sie mich noch larmoyanter und tuntiger hinstellen?«

Timby fiel bei dem unanständigen Wort die Kinnlade herunter.

»Das ist es, was ein Künstler tut!« Mit wem redete ich? »Da, um uns herum, ist eine unendliche Auswahl an Dingen. Die Weite des Himmels, all die verschiedenen Blautöne des Wassers. Fähren, Segelboote, Berge und, wo man hinschaut, Menschen. Timby, komm her.« Anscheinend redete ich mit ihm.

Instinktiv wich er einen Schritt zurück.

»Hat man je eine solche Fülle gesehen?« Ich hob meinen

Sohn hoch, sodass die Scheiben für ihn auf Augenhöhe waren. »Aber das hier ist Kunst – sich zu trauen, etwas in einen Rahmen zu setzen, es mit dem eigenen Namen zu signieren und für sich sprechen zu lassen.«

»Hör auf deine Mutter«, sagte Spencer.

»Auf der Kunsthochschule musste ich Fotografiegeschichte belegen. Wie heißt noch mal der Typ, der diese Schwestern fotografiert hat? In den 70er Jahren? Aufgestellt wie für eine Weihnachtskarte, Jahr für Jahr?«

»Nicholas Nixon«, sagte Spencer. »Die Brown-Schwestern.«

»Danke! Ich hatte ein Problem mit Fotografie generell. Als wir zu Nicholas Nixon kamen, sagte ich zu meinem Dozenten, ›Das ist doch so beliebig. Diese Fotos hätte ich auch machen können.‹ Und er sagte: ›Aber Sie haben es nicht getan. Nicholas Nixon hat es getan. Und er hat seinen Namen daruntergeschrieben. Das macht es zur Kunst.‹«

»Und er hat es immer wieder getan«, sagte Spencer.

»Er ist drangeblieben!«, sagte ich. »Und es wurde eine Werkserie!« Ich wandte mich an Timby. »Ich will dir ja nicht die Vorfreude verderben, Schätzchen, aber das Leben ist ein einziger Gegenwind. Sich künstlerisch durchzusetzen erfordert ein Maß an Eigensinn, das schon an Wahnsinn grenzt. Die Welt wird dir feindlich gesonnen sein, wird deinen Absichten misstrauen, wird dich missverstehen, wird dir Zweifel einimpfen, wird dir schmeicheln, bis es dich in die Selbstsabotage treibt. Mein Gott, das klingt alles so glamourös und persönlich! Weißt du, wie die Welt vor allem ist? Gleichgültig ist sie.«

»Das kann man laut sagen«, sagte Spencer.

»Aber du hast eine Vision. Du umgibst sie mit einem Rahmen. Du signierst sie *trotzdem* mit deinem Namen. Das ist das Wagnis. Das ist der Sprung. Das ist der Wahnsinn: zu glauben, dass es irgendjemanden interessieren wird.«

»Mom, du sagst immer wieder das Gleiche.«
»Du findest mich wohl peinlich?«
»Hör auf.«
Um Öl ins Feuer zu gießen, streckte ich den Hintern heraus, nahm meine Arschwackeltanzhaltung ein und ...
Etwas sprang mir durch die tränennasse Scheibe ins Auge.
Perfekt gerahmt: die Yacht.
Zum Anleger kam man in nur zehn Fußminuten den Radweg entlang.
»Spencer?«, sagte ich. »Können Sie kurz auf Timby aufpassen?«
»Shit«, sagte er. »Ich bin im Pavillon mit der Kuratorin verabredet.«
»Passt«, sagte ich. »Timby weiß meine Nummer.«
»Mom!«
Ich gab Timby meine Handtasche. »Kaugummi, Make-up. Alles deins.«
»Ooh.« Er hängte sich die Tasche über die Schulter. »Geh ruhig.«

Die Yacht, die drittgrößte der Welt, gehörte dem russischen Oligarchen Viktor Pasternak, der mit Erdgas stinkreich geworden war. Letzten Monat war er zum Schnorcheln auf Hawaii gewesen, wo eine Nutte wegen einer anderen Nutte eifersüchtig geworden war und ihm einen schwarzen Seeigel an den Kopf geworfen hatte. Er hatte zwar noch rechtzeitig die Hände vors Gesicht reißen können, aber die giftigen Stacheln waren in seiner Hand stecken geblieben. Als die Hand angeschwollen war, hatte er sich auf den Seeweg nach Seattle gemacht, weil er von *diesem Doc* gehört hatte.

»Eine Seeigelabwehrverletzung!«, hatte Joe freudig ausgerufen, als er den Anruf erhielt.

Viktor lebte nach einem Credo, das er die »Acht-Minuten-Regel« nannte. Er hatte ausgerechnet, dass er reich genug war, um nichts, was er nicht tun wollte, länger als acht Minuten tun zu müssen. Dazu gehörte auch, sich in Krankenhäusern aufzuhalten, wovor er eine Mordsangst hatte, ausgelöst durch eine Überreaktion auf eine Cooper-Anderson-Reportage über antibiotikaresistente Keime. (Viktor sagte immer Anderson Cooper, aber Joe korrigierte ihn nicht.) Also hatte Viktor die Disco seiner Yacht in einen OP umwandeln lassen. Er hatte Joe auf die Yacht eingeladen, ihm den hypermodern ausgestatteten OP gezeigt und verkündet, hier werde Joe ihm die von Nuttenhand applizierten Seeigelstacheln entfernen. Joe, der ja nicht verrückt war, hatte sich geweigert.

Viktor ließ nicht locker. Sein OP-Equipment sei unter der

Aufsicht von Dr. Luis Rogoway installiert worden, dem spanischen Arzt, der dafür berühmt war, die Knie europäischer Fußballstars zu operieren. Rogoway, ein guter Freund, werde seinen Stab von OP-Schwestern herüberschicken, lauter affenscharfe Spanierinnen, keine unter einsachtzig. Sie würden Joe assistieren.

Joe ließ es sich durch den Kopf gehen. Gewagt, sicher, aber unethisch? Es gab kein Gesetz, dass man in einer Klinik operieren musste. Joe hatte hundert Eingriffe in primitiven Hütten auf Haiti, in Indien und Äthiopien vorgenommen. Krankenversicherungen wollten, dass alles in der Klinik passierte, aber dieser Mann würde eine obszöne Summe in bar bezahlen. Es war eine kurze, Joe nicht ganz verständliche außerkörperliche Erfahrung, als er sich Ja sagen hörte.

Eine Bedingung hatte Viktor noch: Joe musste sich für die einwöchige Genesungsphase von allen anderen Verpflichtungen frei machen. Deshalb hatte Joe seinem Praxispersonal erzählt, er werde verreisen.

Warum er mir nichts davon gesagt hatte? Er wusste, ich würde es ihm wortreich auszureden versuchen, und wer kann sowas schon brauchen, wenn er am nächsten Tag eine OP in einer unvertrauten Disco durchführen soll? Joe beschloss zu operieren, das Geld wohltätigen Zwecken zuzuführen und hinterher mit mir darüber zu lachen.

Am festgesetzten Tag öffnete Joe Viktors Hand, entfernte die Seeigelstacheln und reparierte die Sehnenschädigung ohne Zwischenfall. Bevor er die Hand wieder schloss, wollte Joe eventuelle Bakterien abtöten. Er wies die spanische OP-Schwester an, das UV-Licht einzuschalten. Da ihr Englisch nicht allzu *bueno* war, drückte sie den falschen Schalter. Ein Pfund Glitzer regnete auf den OP-Tisch und Viktors geöffnete Hand. Nach einer Viertelstunde wechselseitiger Beschuldigungen, panischer Erörterung des Verunreinigungsfaktors von chinesischem Discoglitzer und babylonischer Fluchkanonaden (das meiste davon aus dem Mund des Patienten), wurde Joe von Uzi-bewehrten Bodyguards an Land geschleift.

Tagelang hatte er Viktor zu erreichen versucht, war aber immer abgeblitzt. Joe vertrieb sich die Woche bei Mariners-Spielen. (Es war Anfang Oktober, also waren sie in den Playoffs.) Er hatte sich ein leistungsstarkes Fernrohr gekauft, um das Kommen und Gehen auf der Yacht zu verfolgen, die immer noch dunkel und ominös im Hafen lag. Heute Morgen war eine schwarze Limousine der Gesundheitsbehörde am Pier aufgetaucht. Das war so deprimierend gewesen, dass Joe den Kopf auf den Frühstückstisch gelegt hatte.

War ich verrückt?

Joe hatte keinen russischen Oligarchen in der Disco von dessen Yacht operiert!

Es gab kein sexy Team von spanischen Krankenschwestern (wo hatte ich die her, aus einem Robert-Palmer-Video?), von denen eine versehentlich die OP durch eine Glitzerbombe sabotiert hatte!

Die Gesundheitsbehörde hat keine schwarzen Limousinen!

Die Mariners haben keine Chance, in die Playoffs zu kommen!

Diese Hexe war ganz schön neben der Spur.

Die Yacht war, wie ich bei Erreichen des Anlegers erkannte, gar keine Yacht, sondern ein heruntergekommenes Tintenfischfangboot. Woher ich das wusste? Auf dem Pier parkte ein Transporter von Renee Ericksons Restaurantimperium. Ein tätowierter Koch (gibt es überhaupt andere?) feilschte mit einem Fischer um ein Meeresgeschöpf von der Größe eines Klos.

Eine neonfarbene Radfahrerhorde fuhr mich beinahe über den Haufen. Ich stand mitten auf dem Radweg, rat- und hilflos, unverankert in Raum und Zeit. Yo-Yo seufzte.

»Wir zwei beide«, sagte ich zu ihm.

Konnte Joe etwas *hinter* dem Boot beobachtet haben? Nein, jenseits eines schmalen Kanals war da nur eine Reihe rostiger Metallgebäude: ein Bootsbedarfladen, eine Bootstankstelle und dahinter ein Costco.

Ich setzte mich auf eine Leitplanke. Yo-Yo legte die Vorderpfoten auf meinen Schoß und wartete, dass ich ihm den Kopf kraulte.

Was ich wusste: Joe hatte den Ladys in der Praxis erzählt, er sei eine Woche verreist.

Spencers Anruf heute hatte ergeben, dass Joe am Montag wieder da sein würde.

Aber heute Morgen hatte er mit dem Kopf auf dem Frühstückstisch gelegen. Er musste jeden Tag irgendwohin gehen, ohne es jemandem zu erzählen. Und irgendwann hatte er ein Fernrohr genau auf diese Stelle hier gerichtet ...

Das war doch absurd. Ich rief Joes Handynummer an.

Er nahm nach dem ersten Klingeln ab. »Hey, Babe.«

»Joe.« Meine ruhige Stimme stand in krassem Gegensatz zu meinem haltlos umherpolternden Herzen. »Wo bist du?«

»In der Praxis. Warum?«

Ha! Ich merkte, dass ich keine Angst vor einer Szene hatte, sondern darauf brannte, eine vom Zaun zu brechen. Ich war bereit, richtig loszulegen und mit Sachen zu schmeißen. Das Letzte, womit ich gerechnet hatte, war, so seelenruhig belogen und betrogen zu werden. Ich würde ja gern sagen, dass mir sowas noch nie passiert war, wusste aber leider nur zu gut, dass es mir sehr wohl schon passiert war, vor acht Jahren, seitens meiner Schwester Ivy. Es ist die letzte Situation, die ich mit ihr verbinde, dieser eiskalte Verrat. Aber jetzt auch noch Joe? Wenn ich geglaubt hatte, mich auf eins verlassen zu können, dann darauf, dass Joe kein Lügner war. Aber jetzt log er mich unverfroren an.

Yo-Yo scharrte auf meinen Oberschenkeln herum. Ich hatte aufgehört, ihn zu kraulen.

»Ich dachte nur, ich melde mich mal.« Ich zog an Lässigkeit mit ihm gleich und schickte einen gelangweilten kleinen Seufzer hinterher.

»Alles okay?«, fragte er.

»Ich selber bin die Hölle, niemand ist hier, nur Skunks'«, sagte ich. »Du weißt ja, wie das ist.«

»Aber ja«, sagte er.

»Ich musste Timby früher abholen. Ist eine lange Geschichte, geht um Billigkleidung, Sklaven aus Bangladesch und eine Feindin mit dem Nachnamen Veal.«

Das war besser als eine Szene! Es war so exotisch, so absolutes Neuland: Wir beide, wie wir uns gegenseitig belogen. Auf eine verrückte, erregende Art fühlte ich mich Joe sogar näher. Lügen! Der Sex der reiferen Jahre?

»Ich erzähl's dir heute Abend«, sagte ich.

»Ich hänge hier noch fest«, sagte er. »Kann später werden.«

Jahrelang hatte ich Eigenschaften von Joe aufgelistet, die mich nervten, Dinge, die los zu sein ich froh sein konnte, falls er je beschließen sollte, mich zu verlassen. Die Dankbarkeitsliste nannte ich es.

1. Wenn ich aus der Dusche komme und Joe bitte, mir ein Handtuch zu reichen, reicht er mir unweigerlich ein feuchtes.
2. Er geht nie *von sich aus* mit Yo-Yo raus. Er tut es, aber erst, nachdem ich die Xanthippe gespielt habe.

3. Wenn wir essen gehen, steckt er die übriggebliebenen Brötchen in seine Socken und nimmt sie mit nach Hause, damit sie nicht weggeworfen werden.
4. Besagte Brötchen liegen dann auf seinem Nachttisch, bis er sie nach einer Woche bemerkt und mir dann die steinharten Dinger mit der Aufforderung gibt, »irgendwas draus zu machen.« (Deshalb gibt es bei uns so oft Brotpudding; kein Wunder, dass Timby ein Moppel ist.)
5. Wenn wir ins Kino gehen und zuerst zwanzig Minuten lang Vorschau kommt, dreht Joe durch; er hält mir seine Uhr unter die Nase und verkündet mir und allen Übrigen im Saal, wann der offizielle Vorstellungsbeginn war.
6. Wenn wir einen Ventilator anmachen, um ein Zimmer herunterzukühlen, beharrt er darauf, ihn ins Zimmer zu richten statt aus dem Zimmer hinaus, was doch irgendwie unsinnig erscheint.
7. Er tut Chilisauce auf alles, was ich zubereite, selbst auf Waffeln.

*

Meine Dankbarkeitsliste war reiner Selbstschutz. Begonnen hatte ich sie an dem Morgen, nachdem Joe und ich uns im Dojo am St. Mark's Place erstmals unsere Liebe gestanden hatten, wobei im Hintergrund Bob Marleys Album *Legend* lief. (Es war im New York der 90er Jahre, wann lief da nicht *Legend* im Hintergrund?)

Joe musste um 5:30 im Krankenhaus sein. Geduscht und sich angezogen hatte er einigermaßen leise. Aber dann setzte er sich aufs Fußende meines Betts, auf meine Füße (!), um sich die Schuhe anzuziehen. Nur damit mich niemand für ein kleinliches, nachtragendes Biest hält (was ich bin, aber dafür gibt es bessere Belege): Joe gibt freimütig zu, dass er »im Kern egoistisch« ist. Das ist das, was er an Selbsterkenntnis erlangt hat, als er das erste und einzige Mal bei einem Therapeuten war. (Ich dagegen war in zwanzig Jahren bei neun verschiedenen Therapeuten und bin immer noch im Stadium von »Hä ... was?«) Dieser Egoismus ist laut seinem Wundertherapeuten eine Reaktion darauf, dass er eins von sieben Kindern war. Sooft eine Packung süße Cornflakes aus der Einkaufstüte kam, stürzte sich ein Rudel Kids darauf. Joe wohnte mit drei Brüdern in einem Zimmer. Die Kontrolle über die Fernbedienung, ein stilles Eckchen, um den *Playboy* zu studieren, alles nur durch einen erbitterten Käfigkampf zu erlangen. Schuld war natürlich die katholische Kirche, die Unterschichtsfamilien anhielt, sich zu vermehren wie die Karnickel, um das Fußvolk der Kirche aufzustocken usw. usf.

Noch ein Punkt für die Dankbarkeitsliste: keine Tiraden gegen die Religion mehr.

Tatsächlich war es bei jenem Essen im Dojo nicht Rasta Bobs »*I wanna love you, every day and every night*«, das Joe dazu brachte, die drei Worte zu sagen, die unser Schicksal besiegelten. Es war folgende Diskussion über das Neue Testament:

Joe: Es ist die groteske Verherrlichung eines launischen Egomanen, geschrieben von Leuten, die glaubten, der Himmel befinde sich hundert Fuß über ihrem Kopf. Buchstäblich. Als Christus in den Himmel auffuhr, kam er also nur bis auf die Höhe des siebten Stockwerks eines Hauses.

Ich: Na und?

Joe: All die Stunden, die ich mir dieses widersprüchliche Zeug angehört habe! Was hätte ich in dieser Zeit alles tun können! Eine weitere Sprache lernen. Oder Lederbearbeitung.

Ich: Ich bin auch katholisch erzogen worden. Als ich sieben war, haben wir in der Schule die Geschichte mit den Brotlaiben und den Fischen durchgenommen. Ich meldete mich und sagte: ›Das geht doch gar nicht.‹ Schwester Bridget, der das gar nicht gefiel, antwortete: ›Glauben erfordert einen kindlichen Geist.‹ Ich sagte: ›Ich bin doch ein Kind.‹ Darauf sie: ›Gemeint ist ein *kleineres* Kind.‹ Ich dachte, was für ein Haufen Quatsch, und damit war das für mich erledigt.

Joe: Du bist also einfach Atheistin geworden? War das kein innerer Kampf?

Ich: ›Einfach so tun als ob‹ ist mein Prinzip.

Joe: Ich liebe dich.

Ich: (Ich wusste, es war nur eine spontane Eruption, die eigentlich nicht zählte. Aber man muss eine solche Gelegenheit trotzdem beim Schopf ergreifen.) Ich liebe dich auch, Joe.

Ich hatte mich schon eine Woche vorher in ihn verliebt, in den Adirondacks, und nur darauf gewartet, dass er es zuerst sagte. Violet Parry, die Autorin von *Looper Wash*, hatte eine Hütte an einem See gemietet und die Animatoren und ihre signifikanten Anderen zu einem Teambildungs-Wochenende eingeladen. (Ich kannte Joe erst ganz kurz, also: neue Arbeitskollegen und neuer Typ = doppelt beängstigend.) Es war der vierte Juli. Geplant war, dass wir auf den Berg steigen würden, um das Feuerwerk der dahinterliegenden Ortschaft sehen zu können. Erst, als es dunkel wurde und wir losgehen wollten, stellte sich heraus, dass von dem Dutzend Taschenlampen in der Hütte keine einzige funktionierte. Wir maulten und stellten uns auf ein Besäufnis auf der Veranda ein. Joe kam nicht mit nach draußen. Ich fand ihn allein in der Küche. Er hatte die Taschenlampen auseinandergenommen und die Teile auf der Arbeitsplatte ausgelegt wie chirurgische Instrumente. Er hatte die Birnchen gewechselt und verkrustete Kontakte gereinigt und faltete jetzt gerade Alufolie zu kleinen Quadraten. So ruhig in sein Tun vertieft, so kompetent, so liebenswert. (Das war der Moment.) Ungelogen: Binnen einer halben Stunde hatte Joe zehn Taschenlampen wieder funktionsfähig gemacht. Als wir den Waldweg hinaufwanderten, zeigte Violet auf Joe und formte lautlos die Worte *Behalte ihn*.

Hatte ich ihn verloren? Gab es eine andere?

Yo-Yo hatte die Augen geschlossen und das Gesicht der Sonne entgegengereckt. Wenn ich's mir recht überlegte, war er wirklich ziemlich unnütz. Besten Dank, Joe. Du hast mich wegen einer anderen Frau verlassen und mich gegen meinen Hund aufgehetzt. Wenn Jerry Garcia noch lebte, könnte er einen Song darüber singen.

Der Fischer half dem tätowierten Koch, den Tintenfisch in einer Kühlbox zu verstauen. Ich ertappte sie dabei, wie sie mich ansahen. Hatten sie über mich geredet? Ich nickte ihnen zu. Sie machten weiter.

Ich wandte mich wieder meiner Dankbarkeitsliste zu. Oh, noch ein Punkt! Joe liest immer im Bett, wenn ich schon längst einzuschlafen versuche. Ich kann mich noch so passiv-aggressiv herumwälzen, noch so oft auf die Uhr schauen, mir theatralisch ein Kissen über den Kopf ziehen – er knipst das Licht nicht aus. Und wenn er es endlich tut, legt er manchmal das Buch auf mir ab. Und das sind keine schmalen Gedichtbändchen. Es sind Churchill-Biografien, und Winston Churchill hatte ein überaus reichhaltiges Leben.

Die Tür des Transporters knallte zu. Der Fischer war weg. Der Koch kam um den Wagen herum. Unsere Blicke begegneten sich. Ich hielt seinen fest. Er hielt meinen fest. Nicht dass ich irgendwas mit diesem Mann hätte anfangen wollen, aber es war einfach so verrückt ...

Und dann kam er auf mich zu, mit einem interessierten kleinen Lächeln.

Einmal klammere ich mein Haar nicht hoch, und schon passiert sowas? Ein heißer Typ von einem Koch, der weiß, dass er einen Tintenfisch im Wagen hat, kommt kühn über einen Parkplatz geschritten, um ein Gespräch mit einer fünfzigjährigen Frau anzufangen?

Diese schöne neue Welt hätte sich zu keinem besseren Zeitpunkt auftun können.

»Ich muss einfach fragen«, sagte er.

»Dann muss ich wohl antworten.«

»Was für eine Hunderasse ist das?«

Ich war so begehrenswert wie ein alter Besen. Das passiert, wenn man den Sexualtrieb verliert. Ich kann belgische Kleider anziehen, mein Haar offen tragen und flirten, was das Zeug hält, aber wenn es um harte Währung geht, um sexuelle Währung, habe ich nichts zu bieten.

Als Joe an diesem Morgen über Yo-Yo gesagt hatte: »Ich weiß ja, was er von *uns* hat, ich weiß nur nicht, was wir von *ihm* haben«, hatte er nicht nur von dem Hund gesprochen.

Ich hielt dem Koch die Leine hin.

»Er ist eine Promenadenmischung«, sagte ich. »Wollen Sie ihn haben?«

»Wow«, sagte er. »Nein, danke. Aber er ist echt scharf!«

Und damit verschwand mein Verehrer.

Es ist ja nicht so, dass ich nicht meinen eigenen Sack voller Mängel hätte. Auch wenn Joe weit darüber erhaben ist, seine Kritikpunkte an mir aufzulisten, könnten folgende dazugehören:

1. Einmal habe ich auf dem Klo einen Bagel gegessen.
2. Ich verbrauche zu viel Zahnseide.
3. Ich benutze die Zahnseide im Bett.

4. Ich nehme den Hund mit unter die Dusche, um ihn zu säubern.
5. Im Kino fange ich an, mein Popcorn zu essen, indem ich die Zunge in den Becher halte und mir einverleibe, was kleben bleibt. Aber Joe sagt ja immer, er will kein Popcorn, weil es so salzig ist, also ist es ja meins und ich kann es doch essen, wie ich will, oder?
6. Ich mixe Karamellkugeln unter mein Popcorn.
7. Genauer gesagt, ich zerbeiße die Karamellkugeln in vier Teile und spucke diese ins Popcorn, weil durch die kleineren Stücke das Verhältnis Popcorn-Karamellkugel ausgewogener ist. Okay, es ist Spucke dran, aber es ist *meine* Spucke. Obwohl ich schon verstehe, dass das für jemanden, der in das Popcorn greift, von dem er angeblich nichts wollte, ein Thema sein kann.

Joe würde das nicht sagen, weil er ein Gentleman ist, aber ich sage es: Ich sehe mit jedem Tag schlimmer aus. Ich habe Hängebacken. Mein Rücken ist trocken. Mein Schamhaarbusch ist so groß wie ein Essteller. Meine Rumpfstabilität ist gleich null. Die Wechseljahre bedeuten, dass der Stoffwechsel jäh runterfährt und man dreißig Prozent der Muskelmasse verliert. Mit anderen Worten, die Selbstdisziplin in Sachen Ernährung, die ich ohnehin nie hatte, bräuchte ich jetzt in doppeltem Maße. Ich wandle wirklich am Abgrund. Okay, Joe hatte beim Frühstück mit dem Kopf auf dem Tisch gelegen, aber er war immerhin noch mit mir in einem Raum gewesen.

Yo-Yo, der die heiße Sonne leid war, gähnte schnarchend.

Komm schon, Dankbarkeitsliste, tu deine Wunderwirkung! Ich habe dich doch nicht für nichts und wieder nichts all die Jahre geführt! Die Idee war doch, dass, wenn Joe irgendwann die Escape-Taste drücken würde, *ich* mich auch frei fühlen würde. Ungefähr so wie beim ersten Duschen, nachdem ich mir die Haare hatte kurz schneiden lassen, oder bei den ersten Schritten in Luftpolster-Laufschuhen oder beim Blick durch eine neue stärkere Brille...

Konnte das wahr sein? Konnte der Zaubertrunk, den ich jahrzehntelang gehortet hatte, seine Kraft eingebüßt haben?

Lag es an mir? Lag es an Joe? War es einfach der Lauf der Dinge? War ich zu müde, um mich noch zu bemühen? Irgendwann in diesem Jahr hatte ich einer Mitmutter in der Schule erzählt, ich sei jetzt fünfzehn Jahre verheiratet. Sie hatte gefragt: »Was ist das Geheimnis einer langen Ehe?« Ich hatte kurz nachgedacht und geantwortet: »Verheiratet zu bleiben.«

War ich glücklich geworden in meiner langen Ehe? Oder hatte ich einfach kapituliert? Oder ist Glück genau das: Kapitulation?

Die Geschichte unserer Ehe war überall in unserer Wohnung in gerahmter Form gegenwärtig: Joe und ich im Fond einer Limousine auf dem Weg zu den Emmys. Wir beide in Chicago, wo ich Joe überraschend bei einem Medizinerkongress besucht hatte und jemanden bat, uns vor Cy Twomblys Pfingstrosen zu fotografieren. (Minuten später machte er mir vor der Bohne den Heiratsantrag, mit einem Ring aus dem Museumsshop.) Unsere Hochzeit in Violet Parrys Garten auf Martha's Vineyard. Timbys Geburt bei uns zu Hause, an Thanksgiving, im Hintergrund der Fernseher, wo gerade das Ensemble von *Sunday in the Park with George* bei der Macy's Parade performt. *Sunday, by the blue, purple, yellow, red water.* Joe bei der Eröffnung des Wallace-Operationszentrums. Timbys erster Kindergartentag.

Aber als ich jetzt hier in der Oktobersonne stand, präsentierte sich mir eine andere Geschichte unserer Ehe. Es war, als ob all die Jahre ein Fotograf Joe und mir gefolgt wäre und heimlich Aufnahmen gemacht hätte ...

Joe und ich friedlich im Bett lesend, während Timby zu unseren Füßen mit Lego spielt.

Ich, wie ich aus dem Fenster schaue und unten Joe und Timby vom Science Center nach Hause kommen sehe.

Ich im Nieselregen auf dem Rasen der Galer Street, zu früh dran zum Abholen.

Yo-Yo, wie er im Wohnzimmer liegt und schnarcht, so laut, dass keiner von uns schlafen kann.

Wir drei, wie wir auf dem Bordstein vor dem Portage Bay Café sitzen und warten, dass wir zum Brunch aufgerufen werden.

Das war Glück. Nicht die gerahmten Greatest Hits, sondern die Momente dazwischen. In der Situation selbst hatte ich sie gar nicht als besonders glücklich empfunden. Aber wenn ich jetzt diese Phantom-Schnappschüsse betrachte, fällt mir auf, wie ruhig und entspannt ich bin, wie offensichtlich zufrieden mit meinem Leben.

Ich bin retrospektiv glücklich.

Oh, Joe, nimm mich zurück, und ich verspreche, ich werde zweimal die Woche Sex mit dir haben und nie wieder einen Bagel auf dem Klo essen. Ich werde die ruhigen Momente zu schätzen wissen und ...

Hey! War das denn die Möglichkeit? Alonzo! Auf einer Fußgängerüberführung über die Elliott Avenue.

Ich sah ihn die Treppe runtersteigen und auf den Costco-Parkplatz zugehen.

Perfekt! Ich musste mich noch bei ihm dafür entschuldigen, dass ich ihn *meinen Dichter* genannt hatte.

Alonzo trug jetzt Jeans und ein rotes Polo-Shirt, war aber mit seiner kräftigen Statur und seiner majestätischen Haltung auch von Weitem unverkennbar.

»Auf geht's!«, sagte ich zu Yo-Yo, der so erschrocken aus dem Schlaf hochschnellte, dass ich um unser beider Muskelfasern fürchtete.

Am Rand des Costco-Parkplatzes standen nur wenige Autos. Yo-Yos Munterkeit schlug in Verzweiflung um, als ich ihn an einem leeren Einkaufswagenständer festband und mit dem Zeigefinger durch die Luft schnitt. »Hund. Bleib.«

Alonzos Haarschopf wippte über den parkenden Autos dahin und verharrte vor einem Ständer mit 12er-Sets von Ringelblumentöpfen. Alonzo studierte den nicht weiter spektakulären Anblick, warf den Kopf zurück und lachte. Dichter. Ich musste mir an ihnen ein Beispiel nehmen.

Alonzo entdeckte etwas auf dem Boden – was, konnte ich nicht sehen – und bückte sich danach. Dann verschwand er im dunklen Maul des Costco.

Das war mein Costco, und ich hatte Timby dort drinnen mehr als einmal verloren, deshalb war ich richtig versiert im Auffinden beweglicher Ziele. Mein Geheimnis? Den Markt so zu durchstreifen, wie wenn man das Häuschen mit dem X drin malt, ohne den Stift abzusetzen.

Ich ging rein und die linke Wand entlang, schaute dabei in die Seitengänge zu meiner Rechten. An der linken oberen Ecke angekommen nahm ich die Diagonale durch die Weinabteilung und hielt mich wieder links, was mich zum Klopapier brachte. Noch immer kein Alonzo.

*

Das letzte Mal war ich vor einem Jahr hier gewesen. Nachdem ich eine Stunde lang meinen Einkaufswagen so vollgeladen hatte, dass er sich so geschmeidig steuern ließ wie ein Boxauto und nur ein darübergelegter Arm verhinderte, dass alles ins Rutschen geriet, schaffte ich es in die Kassenschlange. Eine Welle von Misanthropie durchflutete mich. Wozu brauchte diese Frau eine Kilotrommel Erdbeerstangen? Was zum Teufel fing jemand mit hundert Kämmen an? Musste sich diese fette Kuh wirklich ein eigenes Laminiergerät zulegen? Konnte sie nicht einfach in den Print-Shop gehen? Oder dieser Kerl dort, was wollte er mit sechs Riesenflaschen Discounter-Scotch? Und warum mussten sie alle Shorts tragen?

Gottseidank war ich nicht wie sie! Ich mit meiner Kiste hochklassigem neuseeländischem Sauvignon Blanc, meinem Pfund frischen Ananas-Sticks, meinen Pfeffer-und-Salz-Pistazien, meinem Zwölferpack Zahnseide. Meine Einkäufe zeichneten ein klares Bild meiner Kultiviertheit... meines guten Geschmacks... meiner sprühenden Intelligenz...

Ich ließ meinen Wagen in der Kassenschlange stehen und ging mit leeren Händen hinaus. Ich hatte ein schlechtes Gewissen, weil irgendwer mein ganzes Zeug wieder einräumen musste. Und ich hatte ein noch schlechteres Gewissen, als mir aufging, dass es für Costco wahrscheinlich billiger war, es einfach alles wegzuschmeißen.

Ich durchquere die Abteilung Obst und Gemüse. Unglaublich billig! Appetitliche Farbe! Nicht zu hart und nicht zu weich! Wo ist der Haken? Zu viele Kerne. So toll es auch alles aussieht, zu Hause stellt man fest, dass es irre viele Kerne hat. Salatgurken: dicht gefüllt mit ledrigen, flachen Kernen. Zitronen: Von all den Kernen wird das Messer stumpf. Cherry-Tomaten: vollgestopft mit winzigen, schleimigen Kernen. Ich würde zwar nie ein Huhn bei Costco kaufen, aber wenn ich es täte, könnte ich mir vorstellen, dass ich es zerschneide und Kerne herausquellen.

Eine Horde Seahawks-Fans versperrte den Weg zum Backwaren-Stand. Gerade wurden Ständer mit Cupcakes herausgerollt, je ein Dutzend auf Kartonschale und in Folie, alle blau glasiert und mit einer grünen 12 drauf. Gegenüber scharte sich eine noch größere Menschenmenge um Cupcakes, dekoriert mit Papstmützen und ebenfalls mit einer 12. Ein Faktum, das alles über Seattle sagt: Niemand nahm Anstoß.

Ich kam zu dem Spalier von Kostprobenverteilern. Sie hielten sich stur an ihr Skript und mieden jeden Blickkontakt. Amerikas Version der britischen Palastwache – wenn die Wachen vor dem Buckingham Palast eine miserable Haltung hätten und einem existenzielle Angst einflößten.

»Jack-Käse«, sagte eine Frau. »In vier würzigen Geschmacksrichtungen. Decken Sie sich für die Festtage ein.«

»Panierter Steakfisch«, leierte eine Stimme. »Frisch aus Alaska, die perfekte Wahl für eine gesunde, nahrhafte Mahlzeit. Probieren Sie unseren panierten Steakfisch...«

Dieser leichte Südstaatenakzent! Mein Kopf hob sich mit einem Ruck. Mein Körper drehte sich.

Da war er, mit einer blauen Schürze und einer blauen Duschhaube, an einem kleinen Stand. Mein Dichter, eine Ringelblume im Knopfloch seines Poloshirts.

»Frisch aus Alaska, die perfekte Wahl für eine gesunde, nahrhafte Mahlzeit. Probieren Sie jetzt.«

Welch verwirrende Mischung aus Erhabenem und Trivialem: das rote Plastiktablett, feucht und nach Industriespülmaschine riechend – sein enzyklopädisches Wissen über Dichter und ihr Leben – die Grillofentür, braun von Fett...

»Eleanor?«

»Alonzo!« Ich breitete die Arme aus.

Er blickte zu Boden: Er durfte seine Plastikmatte nicht verlassen.

»Was ist das?«, fragte ich und nahm mir ein kleines Probiernäpfchen.

»Panierter Steakfisch.«

»Ich habe gehört, er kommt frisch aus Alaska und ist perfekt für eine nahrhafte Mahlzeit.«

»Die perfekte *Wahl* für eine *gesunde*, nahrhafte Mahlzeit«, berichtigte mich Alonzo.

Der ganze Dialog war von souveräner Unbefangenheit.

»Ich darf doch mal.« Ich ließ das Fischbröckchen auf meine Zunge fallen. Nicht mein Ding.

Alonzo gab mir eine Papierserviette und zeigte auf einen Mülleimer ein Stück weiter. Als ich wiederkam, war da ein Mann an Alonzos Stand und unterzog die Gratisgabe einer kritischen Untersuchung.

»Was ist Steakfisch?«, fragte er.

»Tilapia«, sagte Alonzo.

»Tilapia?«, sagte der Mann argwöhnisch.

»Das ist ein aus nachhaltiger Zucht stammender Ersatz für Pollack.«

»Auch nie gehört.«

»Er hat die Konsistenz von Steak«, erklärte Alonzo.

Der Mann probierte einen Happen. »*Das?*«

»Ich finde, er schmeckt fantastisch!«, sagte ich. »Ich nehme fünf Packungen.«

Der misstrauische Kunde schüttelte den Kopf, als ich meinen Stapel an mich nahm.

»Bis nächste Woche dann?«, sagte ich zu Alonzo.

»Gleiche Stelle, gleiche Welle.«

»Oh«, sagte ich, »welches Gedicht machen wir als Nächstes?«

»›Bei den Fischerhütten‹ von Elizabeth Bishop.«

»Klar doch«, sagte ich.

Manchmal klopft der Erfolg einfach an die Tür, auch wenn man ihm gar keine Einladung geschickt hat. Es war genauso gelaufen, wie ich es mir für heute vorgenommen hatte! Ich war präsent gewesen. Ich war freundlich gewesen. Ich hatte Fröhlichkeit ausgestrahlt. Okay, ich hatte vergessen, mich bei Alonzo zu entschuldigen. Aber ich hatte eine potenziell peinliche Situation in ein respektvolles, von Geist und Witz sprühendes Gespräch verwandelt. Ein Punkt für mich: Ich hatte die Welt besser gemacht, als ich sie vorgefunden hatte.

Aber was sollte ich jetzt mit diesem verdammten Steakfisch machen? Ich vergewisserte mich, dass niemand mich beobachtete, vergrub alle fünf Packungen in einem Wühlkorb mit losen T-Shirts und machte, dass ich wegkam.

Als ich hinaustrat, fühlte sich die Sonne wie ein Schlag ins Gesicht an. Huch, ich war eine Dreiviertelstunde drinnen gewesen. Spencer hatte nicht angerufen, was ich als ein kleines Wunder betrachtete. Dieser mittelalte Körper würde jetzt tun müssen, was ihn niemand tun sehen wollte: zum Skulpturenpark zurückrennen.

»Warten Sie!« Alonzo kam, an seiner Schürze zerrend, herausgerannt, als sei ein Bienenschwarm hinter ihm her.

»Alonzo?«

Er konnte sich endlich von der Schürze befreien und schleuderte sie auf den Boden. Einen Moment lang stand er gebückt da, die Hände auf den Oberschenkeln. Auch er war nicht der Sportlichste.

»Ich kann's nicht. Die Erniedrigung, die Entmenschlichung, die Pervertierung der englischen Sprache.« Er zog ein Päckchen American Spirits hervor, klopfte eine Zigarette heraus und zündete sie mit einem Mini-Bic an.

Es ist mir hoch anzurechnen, dass ich die nächsten fünf Minuten nicht damit verbrachte, ihm vorzuhalten, dass er ein ekliger, selbstzerstörerischer Raucher sei.

»Es war Ihr Gesichtsausdruck«, sagte er nach dem ersten Zug.

»Mein Gesicht war heiter und gelassen ... oder nicht?«

»Das war ja gerade das Schlimme. Sehen zu müssen, welche Anstrengung es Sie kostete, mir auch nur in die Augen zu blicken.« Die Zigarette im Mund, hob Alonzo seine Schürze auf, knüllte sie zusammen und kickte sie in einen nahen Müllcontainer.

»Oh, Alonzo«, sagte ich.

Ein Elektromotorsummen nahte, gefolgt von einer verwaschenen, hohen Stimme. »Tun Sie das lieber nicht.«

Es war ein Mann in einem Rollstuhl mit einem Sicherheitswimpel an einer langen Stange. Er trug ein Costco-Namensschildchen. JIMMY. Sein eines Ohr war an der Schulter festgefroren, und mit dem funktionierenden Arm bediente er einen Joystick.

»Auf der Schürze sind fünfundzwanzig Dollar Pfand«, sagte Jimmy und rollte viel zu dicht an Alonzo heran.

Alonzo rauchte weiter und hörte mit amüsiert-unbeteiligter Miene zu.

»Ich habe schon eine Menge Leute ausflippen und den Job hinschmeißen sehen«, fuhr Jimmy fort. »Meistens werfen sie ihre Schürze in den Container da. Wenn man sie nicht zurückgibt, wird das Geld vom letzten Lohn abgezogen.«

»Danke«, sagte Alonzo. »Aber das kümmert mich ehrlich gesagt einen Scheiß.«

»Hey«, sagte ich. »Sie sind Dichter. Also reden Sie auch wie einer.«

»Der Müll wird um zwölf, um drei und um sechs geleert«, sagte Jimmy. »Ich habe schon oft gesehen, wie Leute sich's doch noch mal überlegt haben und zurückgekommen sind, aber da war der Müll schon weg.«

»Ich stehe auf meiner kleinen Matte und spule meine Fischstory ab. Frisch aus Alaska! Auf der Packung ist ein tosender, eiskalter Fluss mit munter springenden Fischen. In Wirklichkeit ist es mit Antibiotika vollgepumpter Tilapia aus irgendeiner Fischfarm in Vietnam, der vielleicht mal in Alaska *zwischengelandet* ist. Aber, hey, der Preis ist heiß! Amerikaner. Man sieht's an ihrem Gang. Wenn sie was Billiges finden, kriegen sie sofort diesen widerlich federnden Schritt.«

»Okay!«, sagte ich.

»Und trotzdem schmerzt es mich wirklich, wenn Leute wie Sie meine Probierhäppchen ausspucken.«

»Ich hab's nicht ausgespuckt!«

»Ich hab's doch gesehen«, sagte er. »Gestern war es noch schlimmer. Da hatte ich luftgetrocknetes Straußenfleisch.«

»Das waren Sie?«, sagte Jimmy, und sein Rollstuhl zuckte mit einem erschrockenen Sirren zurück.

»Ich habe die Strauße nicht getötet. Ich habe sie nicht zum Trocknen aufgehängt und in Streifen geschnitten! Ich habe das Zeug nur verteilt. Ich bin Dichter!«

»Können wir das im Schatten fortsetzen?«, fragte Jimmy. Er sirrte rückwärts.

»Was im Schatten fortsetzen?« Ich sah, wie er sich weiter von dort entfernte, wo ich hinmusste, und zwar gestern: vom Skulpturenpark.

»Unser Gespräch!«, rief Jimmy von unter dem Costco-Vordach.

»Wir führen kein Gespräch!«, sagte ich.

Alonzo ließ sich auf den Bordstein hinab, ein dreistufiger Prozess, begleitet von einigem Ächzen.

»Nein, nicht da hinsetzen!«, sagte ich

Er hatte jetzt den Kopf in die Hände gelegt. »Costo hat die einzige Krankenversicherung, die In-vitro-Befruchtungen zahlt. Meine Frau bringt mich um. Aber nichts ist es wert, noch eine Stunde in diesem Laden zuzubringen.«

»Alonzo.« Ich tätschelte ihm den Rücken. »Jede Arbeit hat ihre Würde.«

»Sie hat recht«, rief Jimmy aus dem Schatten.

»Nicht diese!«, brüllte Alonzo zurück. Er drehte sich zu mir um. Sein Gesicht nahm einen irritierten Ausdruck an. »Moment mal. Wo ist denn Ihr Steakfisch geblieben?«

»Äh, also, er war wirklich köstlich, aber mein Sohn ist in der Obhut eines Fremden, der mich seit einer Stunde zurückerwartet, und die Schlange war so lang und...«

Jimmy kam angesirrt. »Wo haben Sie den Fisch gelassen? Ich melde Sie nicht. Es ist nur – er könnte auftauen.«

»In einem Korb mit T-Shirts.«

»Uuh«, sagte Jimmy. »Besser, Sie zeigen es mir.«

»Yeah«, sagte Alonzo. »Zeigen Sie's ihm.«

»Nein.« Ich langte zwischen meinen Beinen hindurch, zog den Saum meines Kleids nach vorn und machte einen Dreiwegeknoten. Von der Taille abwärts wie Gandhi aussehend, erklomm ich den Container.

»Mein Leben«, sagte ich, »ist es, meinen Sohn abzuholen, bevor jemand das Jugendamt einschaltet.«

Ich griff mir die Schürze und warf sie Alonzo an die Brust. Er ließ sie zu Boden gleiten.

»*Ihr* Leben«, sagte ich im Hinunterspringen zu Alonzo, »ist es, in diesen Costco zurückzugehen.« Ich schlang ihm die Schürze um den Hals.

»Jimmy?«, sagte ich.

»Ja, Ma'am?«

»Ihr Leben ist es, Alonzo zu seinem Steakfischstand zurückzubringen.«

»Wird gemacht.«

»Ich bin Dichter«, sagte Alonzo. »Ich schreibe einen Roman. Er heißt *Du meine Ringelblume*. Als ich vorhin zur Arbeit kam, stand da ein Ständer mit Ringelblumen. Genau in dem Moment, als ich dran vorbeiging, brach eine ab. Die hier. Es war ein Zeichen. Heute ist der Tag, an dem ich mich für meinen Roman entscheide.«

»Alonzo«, sagte ich. »Schmeißen Sie den Job morgen hin. Das ist mir egal. Aber besprechen Sie's zuerst mit Ihrer Frau.«
Ich drehte ihn zum Costco hin.
»Gehen Sie wieder auf ihren dunklen Plan«, sagte ich und gab ihm einen unterstützenden Schubs. »Alles wird gut.«
»Auf meinen was?«, fragte Alonzo und drehte sich um.
»Ihre kleine Draufstellmatte. Ihren dunklen Plan... tun Sie einfach so, als hätte ich's nie gesagt.«

Ich würde ja jetzt gern sagen, ich sei die halbe Meile zum Museum in stetem, wohldosiertem Tempo zurückgejoggt. Aber in Wirklichkeit spurtete ich los, mit flappendem Busen, wabbelnden Robert-Crumb-Waden, brennender Luftröhre und einer sich bildenden Blase an der rechten Ferse. Und blieb nach hundert Metern stehen.

Das Handy vibrierte in meiner Tasche. Spencer musste meine Nummer aus den hintersten Winkeln von Timbys Gehirn hervorgefoltert haben.

»Ja, hallo?«

»Spreche ich mit Eleanor Flood?«

Ich nahm das Handy vom Ohr.

JOYCE PRIMM.

»Joyce, hi! Ich wollte Sie auch schon anrufen!«

»Hier ist Camryn Karis-Sconyers«, sagte die Stimme. »Ich bin Lektorin bei Burton Hill.«

Was auch immer jetzt kommen würde, ich hatte die ausgeprägte Vorahnung, dass ich es nicht im Stehen hören sollte.

Ich kam an einen kleinen Anglerpier. Ein amerikanischer Ureinwohner in einer Jeansjacke saß auf einer Bank, auf dem Schoß ein Transistorradio. Zu seinen Füßen stand ein Eimer mit blutigem Schmodder. KÖDER ZU VERKAUFEN. Er deutete mit dem Kinn auf den freien Platz neben sich. Ich setzte mich hin.

»Freut mich«, sagte ich zu Miss Karis-Sconyers.

»Ich rufe an, weil wir mit dem Verlag nach Downtown umziehen. Ich bin unsere Akten durchgegangen und habe eine über *Die Flood-Girls* gefunden. Ich weiß nicht, wie wir damit verfahren sollen.«

»Oh. Joyce weiß es sicher.«

»Joyce?«

»Joyce Primm«, sagte ich. »Meine Lektorin. Verbinden Sie mich mit ihr.«

»Ähm, Joyce Primm ist nicht mehr bei Burton Hill.«

Deshalb also hatte Joyce angerufen, um mir zu sagen, dass sie zu einem anderen Verlag gehen würde.

»Wo ist sie denn jetzt?«, fragte ich.

»In einem Käsegeschäft in Nyack.«

»Oh.«

»Es soll ein sehr gutes Käsegeschäft sein«, sagte Camryn.

Dann war es also gar nicht Joyce Primm, die angerufen hatte. Mein Handy hatte nur *gedacht*, sie sei es, weil ich in mein Adressbuch die Zentralnummer von Burton Hill eingegeben hatte.

Welch einzigartiges Gefühl, wie sich die Faktengrundlage meiner Karriere auflöste und gleichzeitig neu formierte.

»Und was ist jetzt mit meinem Buch?«, fragte ich.

»*Die Flood-Girls?*«, sagte sie. »Da war der Abgabetermin doch vor acht Jahren?«*

»Sind Sie jetzt meine Lektorin?«

»Ich mache die Abteilung Junge Erwachsene.«

»Graphic Novels für junge Erwachsene? Sorry. Jetzt bin ich ein bisschen verwirrt.«

»Wir machen nicht mehr viele Graphic Novels«, sagte Cam-

---

* Sagte ich, ich sei ein bisschen in Verzug? Okay, wahrscheinlich bin ich acht Jahre in Verzug. Aber ich sagte ja auch, dass ich ein Problem mit Daten habe. Und mit Zahlen. Und Namen. Obwohl Camryn Karis-Sconyers einer ist, den ich nicht so schnell vergessen werde.

ryn. »Das war vor zehn Jahren ein großes Ding, aber wir hatten da einige Flops. Sie wissen ja, Joyce und der Käseladen.«

»Soll das heißen, mein Buch ist gecancelt?«, sagte ich. »Sie wollen meinen Vorschuss wiederhaben?«

»Wir könnten Sie vermutlich verklagen?«, steuerte sie hilfsbereit bei.

»Schon gut.«

»Tut mir wirklich leid«, sagte Camryn. »Vielleicht sollten Sie das mal mit Ihrem Agenten besprechen. Wer ist denn Ihr Agent?«

»Sheridan Smith«, sagte ich.

»Oh.«

»Was?«

»Jemand hat gesagt, sie sei jetzt Heilpraktikerin in Colorado.«

»Im Ernst?«

»Das Verlagswesen«, sagte Camryn. »Sie haben's ja wahrscheinlich gehört. Wir hatten es in den letzten Jahren nicht so leicht.«

»Du lieber Gott.«

»Sie können Ihr Buch ja immer noch schreiben«, sagte sie aufmunternd. »Nur wahrscheinlich nicht für uns. Oh!« Fast hätte sie es vergessen. »Die Akte. Ich weiß nicht, ob Sie sie zugeschickt haben möchten. Sieht aus wie Verträge, Korrespondenz, eine Weihnachtskarte an Joyce, die Sie gezeichnet haben und wo statt der Rentiere die *Looper-Wash*-Ponys drauf sind und statt des Weihnachtsmanns dieser Typ mit dem Dings, dessen Namen ich nicht mehr weiß...«

Ich legte auf und ließ mein Handy in den Ködereimer fallen. Ich spürte einen intensiven Blick auf mir. Der Ureinwohner.

»Nicht gut?«, sagte er.

»Nicht gut«, sagte ich und ging.

Meine Oxfords knirschten den Skulpturenparkweg hinauf, Richtung Glaspavillon. Mein Körper war taub und aus Federn. Menschen und Skulpturen wurden immer dichter, bis ich von zusammenpackenden Picknickern, hinter Kleinkindern herjagenden Müttern, posierenden Touristen und staksigen roten Calder-Eagle-Beinen umzingelt war.

Uups. Ich lag im Gras. Ich war über eine Bodenleuchte gestolpert.

»Ich brauche Hilfe.«

Das war eine Geschichte, die Joe mal erzählt hatte. Er hatte sich, als er beim NFL-Combine in Indianapolis war, eine Fischvergiftung geholt. Er verbrachte die ganze Nacht auf dem Fliesenboden seines Hotelbadezimmers, von Fieber glühend. Erbrechen, Schweißausbrüche, Durchfall: keine Körperöffnung, aus der nichts herauskam. Er fand sich dabei wieder, wie er jammerte: »Ich brauche Hilfe. So hilf mir doch jemand.« Als Arzt wusste Joe, dass er keine Hilfe brauchte. Er hatte einfach nur Erreger im Körper, und je schneller er sie ausstieß, desto besser. Aber er stellte fest, dass es ihm »irgendwie guttat«, einfach nur diese Worte zu sagen. »Ich brauche Hilfe. So hilf mir doch jemand.« Er sagte es immer wieder, bis er anfing zu lachen. Am nächsten Morgen beim Frühstück hörte er am Buffet jemanden sagen: »Habt ihr heute Nacht diesen armen Teufel gehört? Hoffentlich hat ihm jemand geholfen.«

Ich hasste diese Geschichte. Joe war mein kompetenter Reisender. Er war niemand, der nackt auf dem Badfußboden eines Holiday Inn Express lag und lachte. Er rief nicht hilflos nach irgendjemandem.

Ich hatte die ganze Episode erfolgreich vergessen. Bis jetzt.

*

Ich rappelte mich auf. Ich spurtete das letzte Stück, ein kleines rotes Rinnsal auf dem Schienbein.

Das Glas des Pavillons war schiere Spiegelung. Birkenblätter-Orange. Wolken mit flacher Unterseite, die über den Himmel huschten. In einem Stück tintendunklen Meers erkannte ich Spencer, der mit dem Rücken zu mir stand.

Ein Schild: GESCHLOSSEN WEGEN AUSSTELLUNGSAUFBAU. Die Tür stand offen.

Spencer konferierte mit einem Rudel von Kunstleuten. Zu ihren Füßen ein Patchwork aus Möbeldecken. Männer mit blauen Gummihandschuhen. Der Typ von vorhin, noch immer die Wasserwaage zwischen den Zähnen. Eine ältere Frau mit wildem grauem Haar und einer Strumpfhose mit Harlekinmuster redete mit den Händen. Spencer nahm mich über die Schulter wahr. Er warf mir einen *sehr* ärgerlichen Blick zu.

Ärger! Wie kurios!

Ich sichtete Timby in der Ecke, wo er, die Beine auf unmöglich scheinende Art unter sich gefaltet, in stiller Konzentration den Inhalt meiner Handtasche sichtete.

Timby mit seinen selbstgetöpferten Kerzenhaltern, seinem süßen Bäuchlein, seinen Papierfliegern und spiegelverkehrten Ypsilons, seiner Liebe zum Winter und zu Kohlehydraten und Stabheuschrecken und seiner ständigen Suche nach Hinweisen, die ihm helfen könnten, diese verquere Erwachsenenwelt besser zu verstehen. Timby, du kannst nichts dafür, dass meine Mutter starb, als ich so alt war wie du. Du weißt nicht, dass alle Zeit, die du von jetzt an noch mit mir hast, ein Geschenk ist. Es ist nicht deine Schuld, dass ich das selbst nicht in meinen Kopf reinkriege. Dass ich ein Flickwerk aus gebrochenen Puzzle-Versprechen und nie geöffneten Topflappen-Häkelsets bin. Deshalb liest Timby so gern Archie! Weil es eine gleichbleibende Gruppe von Charakteren ist, die sich vorhersagbar verhalten. Eine Welt mit der eingebauten Garantie überschaubarer Probleme. Wie soll ich dir beibringen, dass Menschen nicht vorhersagbar sind? Dass das Leben verwirrend und von sadistischer Grausamkeit ist? Dass das, was nach deinen Wünschen läuft, dich nie so glücklich macht, wie du dachtest, dass aber das, was deinen Wünschen zuwiderläuft, ein Eiswasserschock ist, eine empörende Kränkung, die du nie wieder loswirst. Aber ich kann verlässlich sein. Ich werde lieb zu dir sein und dir Schnee...

»Mom?« In Timbys Hand war der Schlüsselbund an dem Band mit den Babyklötzchen-Buchstaben.

D-E-L-P-H-I-N-E.

Aus der Schule. Der, den ich geklaut hatte. Und völlig vergessen.

Ich rannte auf ihn zu.

In meinem Augenwinkel die entsetzten Mienen Spencers, der Ausstellungsbauer und der hippen älteren Frau, Münder, die mich vor irgendetwas zu warnen versuchten. Aber ich musste Timby diesen grässlichen Namen aus der Hand reißen.

Ich hob den Kopf gerade noch rechtzeitig, um ein flaches Stück Metall mit Schichten von grünem Email, fleckig wie Schimmel, quer in meinem Gesichtsfeld zu sehen.

Kloink.

Das Letzte, was ich hörte, bevor ich zu Boden sank, war Timbys Stimme.

»Warum hast du die Schlüssel von Delphines Mom?«

DER TRAURIGE
TROUBADOUR

Schon lange, bevor sie Bucky persönlich begegnete, hörte Eleanor die Geschichten.

Barnaby Fanning war der einzige Spross einer ehelichen Verbindung zweier der besten Familien von New Orleans. Zukünftiger Erbe eines Zucker- *und* eines Baumwollvermögens, aufgewachsen in einer herrschaftlichen Villa im Garden District, die bei jeder Stadtrundfahrt vorgeführt wurde, herangereift in einem Zyklus aus Debütantinnenbällen während der Ballsaison und Überseereisen im Sommer: Es war der Stoff, aus dem wahre Südstaatengentlemen sind.

Doch Bucky lehnte grundsätzlich den ersten Tisch ab, der ihm im Restaurant angewiesen wurde. Er trug einen Taschenrechner bei sich, um exakt zwölf Prozent Trinkgeld geben zu können. Als ihn sein Vater nach dem (überaus mittelmäßigen) Collegeabschluss an der Vanderbilt aus dem Nest schubste, flatterte Bucky gerade mal bis ins Kutschenhaus, weil eine andere Adresse für ihn nicht infrage kam. Er kleidete sich von Kopf bis Fuß in Prada, erworben auf vierteljährlichen Wallfahrten zu Neiman Marcus in Dallas und bezahlt von Granny Charbonneau. Bei der kleinsten von ihm als solche wahrgenommenen Ehrenkränkung bekam er einen Wutanfall, in dessen Verlauf er so rot im Gesicht wurde und dermaßen zu geifern begann, dass sich selbst der Kontrahent um Buckys Gesundheit sorgte. Zu Weihnachten stand Bucky vor dem Papierkorb, ließ die Weihnachtskarten ungeöffnet hineinfallen und speicherte die Absender im Kopf ab. Er nahm nie eine Dinner-Einladung an, ohne vorher zu fragen, wer noch anwesend sein würde. Einen Dankesbrief hatte von Bucky Fanning noch nie jemand bekommen.

Einmal war da ein Mädchen aus einer ebenso prominenten Familie. Eine Verbindung der beiden wäre das gesellschaftliche Äquivalent der Vereinigung sämtlicher Schwergewichtsweltmeistertitel gewesen. Bucky verplemperte Stunden auf der Veranda damit, von ihrer Hochzeit und ihrem gemeinsamen Leben zu träumen. Das Mädchen war fünf Jahre jünger als er; Bucky studierte Jura an der Tulane, als sie aufs Bard College ging. Am ersten Thanksgiving, zu dem sie nach Hause kam, gab Bucky im Haus von Granny Charbonneau eine Party, auf der er ihr seinen Antrag machen wollte. Hundert Lokaleminenzen waren anwesend, ein Fotograf stand bereit, den großen Moment festzuhalten. Doch die junge Dame, die sich über den Status ihrer Beziehung zu Bucky offensichtlich nicht ganz im Klaren war, erschien am Arm ihres Freunds, eines Filmstudenten, der mit Nachnamen Geisler hieß. Kein Deutschkatholik. Es wurde allgemein davon ausgegangen, dass Bucky sich von dieser öffentlichen Demütigung nie erholen würde. Tatsächlich schmiss er sein Studium an der Tulane.

Bucky verbrachte jetzt seine Tage damit, im Williams Research Center im French Quarter an einer umfassenden Geschichte der Familie Charbonneau zu schreiben. Er arbeitete vormittags in der lichtdurchfluteten Bibliothek im Obergeschoss und ging mittags zu Fuß ins Arnaud's oder ins Galatoire's, die einzigen Lokale, wo er mit seinem geliebten Zwergspitz Mary Marge auf dem Schoß speisen durfte.

Neben dem Schreiben und Ämtern im Vorstand diverser lokaler Wohltätigkeitsorganisationen widmete sich Bucky seinen Aufgaben am Hof von Khaos. Khaos war wohl einer der exklusivsten Klubs von New Orleans, ein elitärer Karnevalsverein oder, wie man hier sagte, eine »Krewe«. Buckys Vater war König von Khaos gewesen, seine Mutter Königin, Bucky selbst an jedem Hof Page. Als er dafür zu alt wurde, wählte man ihn zum Captain. König mochte ja nach mehr klingen als Captain, aber Bucky erklärte immer gern, dass König eine rein zeremonielle Funktion sei, der Captain aber reale Macht ausübe: in Sachen Mitgliederaufnahme, Hofämter, Einladungen, Gestaltung des Karnevalswagens, Auszahlungen von Geld für karitative Zwecke etc. Während der Saison, von August bis Februar, beliefen sich die Khaos-assoziierten sozialen Events auf durchschnittlich fünf pro Woche, mit dem Höhepunkt an Mardi Gras, wenn die verschiedenen Krewes auf Karnevalswagen durchs French Quarter rollten und Perlen und Dublonen unters Volk warfen, ehe sie dann hinter geschlossenen Türen verschwanden, wo die Debütantinnen des Jahres auf üppigen Bällen »das gesellschaftliche Parkett betraten«. Hierarchie, Abschottung, Exklusivität, Prunk, Privileg, Tradition: Der Hof von Khaos war Buckys einheitliche Feldtheorie.

Buckys Leidenschaft für Debütantinnenbälle erinnerte zuweilen an eine Hochzeitsplaner-Figur aus einer romantischen Komödie der 80er Jahre – ein hyperkontrolliertes Es, das sich auf verquere Art Bahn bricht. Aber New Orleans hätschelt seine Exzentriker. Die Skoogs hatten einen Großvater, der glaubte, der Bürgerkrieg daure immer noch an, und meldeten ihm täglich Konföderierten-Siege. Eine der Nissley-Töchter verkleidete sich während des gesamten zweiten Schuljahrs als *der Tramp*. Dass der ungemein heiratswürdige Sohn der Fannings permanent die Debütantinnenszene abklapperte, es aber offenbar nie wagte, sich zu verlieben, sondern es vorzog, sich von der Seitenlinie aus über bestimmte ungeschickte Tänzer zu mokieren und offene Rechnungen über Sitzordnungen zu begleichen – das war doch auch nichts anderes.

»Dieser Typ ist einfach fantastisch!«, sagte Eleanor, von ihrem Leuchtpult im *Looper-Wash*-Studio aufblickend, zu Lester.

»Er ist wirklich eine Marke«, sagte Lester.

Die Geschichten kamen von Lester Lewis, der mit Bucky an der Vanderbilt zusammengewohnt hatte. Eleanor hatte Lester als ihre Nummer zwei eingestellt. Er war ein sorgfältiger Zeichner, der auf einer Pferdezuchtfarm in Kentucky aufgewachsen war, aber Angst vor Ponys hatte. Seine Idee war es gewesen, den Ponys von *Looper Wash* ihre widerborstigen Persönlichkeiten zu geben.

»Grrr«, sagte Eleanor und radierte die Augen einer lachenden Millicent aus. »Augen sind einfach nicht mein Ding.«

Es war 2003, *Looper Wash* würde erst in einem Monat gesendet werden, aber die Animatoren arbeiteten schon zwei Jahre in einem Loft am schmuddeligen Ende der Broome Street. Eleanor hatte ihr eigenes Büro, saß aber lieber im Großraum, zusammen mit ihrem New Yorker Team. Scharen weiterer Zeichner waren in Ungarn am Werk.

»Hat er irgendwas Sympathisches, dein Freund Bucky?«, fragte Eleanor.

Lester musste nachdenken. »Er ist loyal.«

»Aber du kannst ihn ja wohl nicht wirklich mögen«, sagte Eleanor und hob Millicents Unterlider etwas an, um ihr so vielleicht lächelnde Augen zu geben.

»Wir sind gute Freunde«, verwahrte sich Lester. »Wir telefonieren jeden Tag.«

»Weiß er, dass du dich hinter seinem Rücken über ihn lustig machst?«

»Ich mache mich auch vor seinen Augen über ihn lustig!«, sagte Lester fröhlich.

Eleanors Team hatte alle Hände voll zu tun: Farbkorrekturen und letzte Änderungen, insbesondere durch Einstreuen aktueller Witze, an Staffel eins, Erstellen von Animatics für Staffel zwei, Storyboarden von Staffel drei. Es bedeutete Stress und ewiges Sitzen, Vierzehnstundentage über dem Zeichenpult, gecancelte Urlaubsreisen, geplatzte Essensverabredungen mit eigens angereisten Eltern, verschobene Hochzeiten, verpasste Geburten.

Im Würgegriff der Deadlines entwickelten sie eine Bunkermentalität. Die Animatoren gegen die stupiden Senderleute, gegen die kapriziösen, überbezahlten Autoren, gegen die unfähigen, käuflichen Ungarn.

Der einzige Lichtblick des Animatoren-Arbeitstages war nach der Mittagspause, wenn Lester von seinem täglichen Telefonat mit Bucky kam und die Highlights in allen ergötzlichen Details wiedergab. Dann kehrte für eine Stunde Frieden im Arbeitsraum ein, während die Animatoren über ihre Leuchtpulte hinweg Bucky sezierten.

Liebten sie ihn? Hassten sie ihn? Sie diskutierten ausschweifend und mit Hingabe.

Wenn sie doch nur irgendwie seine Stimme hören könnten!

Eleanor schlug vor, den Telefonmann Lesters Nummer auf das Freisprechtelefon in ihrem Büro legen zu lassen, damit die Animatoren sich dort hineinquetschen und ihm und Bucky lauschen könnten.

»Bitte!«, beschwor Eleanor Lester. »Er ist doch alles, was wir haben.«

Ein Eilauftrag wurde erteilt.

*

Bucky enttäuschte sie nicht.

»Ich bin überaus missgestimmt.« Bucky, der es sich gerade nach einem besonders reichhaltigen Mittagessen zu Hause auf seinem Ruhesofa bequem machte. Seine Stimme war selbstsicher und verblüffend akzentfrei.

Eleanor schob Lester einen Zettel hin. *Warum hat er keinen Südstaatenakzent?*

Lester nickte und zwinkerte Eleanor zu.

»Bucky«, sagte Lester. »Neulich Abend wollte ich jemandem deine Einstellung zum Südstaatenakzent referieren, aber ich wusste nur noch, dass sie jeder Logik entbehrt.«

»Südstaatenakzent ist hinterwäldlerisch«, sagte Bucky gereizt. »Ein gebildeter Mensch, auch wenn er nie einen Fuß aus den Südstaaten hinausgesetzt hat, läuft nicht herum und redet wie Jubilation T. Cornpone. Wenn er's tut, ist es Pose. Und bitte, ich bin nicht in der Stimmung, Dinge zu erklären, die auf der Hand liegen. Ich hatte gerade einen handfesten Streit mit der Postbotin.«

»Im Ernst?«, sagte Lester.

»Wie du ja weißt, habe ich mir einen Briefkasten für das Kutschenhaus machen lassen. Letzte Woche habe ich einen Zettel angebracht, dass von jetzt an alle Post für Barnaby Fanning dort reinzustecken sei. Tag für Tag war der Briefkasten leer. Heute habe ich die Postbotin zur Rede gestellt, und sie sagte, es sei gesetzliche Vorschrift, dass alles, was an 2658 Coliseum addressiert sein, in Mummys und Daddys Briefkasten gesteckt werden müsse. Wenn ich Post in einen anderen Briefkasten gesteckt haben wolle, bräuchte ich eine andere Adresse. Sie hat mir allen Ernstes empfohlen, zur Stadtverwaltung zu gehen und dem Kutschenhaus die Adresse 2658 A zuteilen zu lassen. Kannst du dir sowas vorstellen? Barnaby Fortune Charbonneau Fanning, 2658 A! Sie hat offensichtlich keine Ahnung.«

(Dieser Bucky-ismus gelangte in *Looper Wash*, Staffel zwei, Folge zwanzig. Josh, der nette, geduldige weibliche Sheriff, weigert sich, einen Herumtreiber wegen Diebstahls der Steine-

Drehtrommel der Mädchen zu verhaften. Vivian stapft wütend davon und sagt über Josh: »Sie hat offensichtlich keine Ahnung.«)

»Vielleicht«, sagte Lester, »wäre die Postbotin ja entgegenkommender gewesen, wenn sie von dir zu Weihnachten Geld bekommen hätte statt eines weiterverschenkten Duftpotpourris.«

»Nächstes Jahr könnte ich wohl ein paar Autowäsche-Gutscheine drauflegen«, zog Bucky in todernstem Ton mit.

»Der Typ macht einfach süchtig!«, sagte Eleanor, als sie aufgelegt hatten.

Der Februar nahte. Die Spannung wuchs ins Unermessliche. Nicht nur wegen der Premiere von *Looper Wash*, sondern auch wegen Mardi Gras und Buckys Bericht über seine Umzugsteilnahme auf dem Khaos-Wagen. Würde er die ganzen hochgesteckten Erwartungen überhaupt noch erfüllen können?

»Dort oben zu stehen in meinen weißen Strumpfhosen und Glitzerschuhen, meiner kurzen Goldlamé-Hose, der Seidenmaske und der Remy-Perücke...«

Was ist eine Remy-Perücke?, kritzelte jemand auf das Whiteboard. Niemand wusste es.

»...und Perlen ins gemeine Volk zu werfen, das sich zehn Reihen tief zwischen mir und der blauen Wand von Dixi-Klos drängt, ganze Familien in ihren Deuce-McAllister-Trikots und säuregefärbten Shorts und mit ihren achtzehn-Dollar-Haarschnitten, all die Leute, die von ihren Klappstühlen aufspringen, den Schnabel aufreißen wie Spatzenjunge und mit den Fingern in die Luft greifen, in der Hoffnung, etwas zu erhaschen.« Er hielt inne, um in der Erinnerung zu schwelgen. »Ich weiß jetzt, wie sich Lindbergh gefühlt haben muss.«

Eleanors Boyfriend Joe war vorbeigekommen, um sie zum

Mittagessen abzuholen. Er betrat den Raum, als Buckys Monolog sich dem Ende näherte, und wurde mit vehementem *Pssst* zum Schweigen gebracht.

Als der Anruf beendet war, brach allgemeiner Jubel aus.

»Bucky«, erklärte Eleanor Joe. »Man muss ihn einfach lieben.«

»Muss man?«

*

Eine Woche später drängten sich die Animatoren in Eleanors Büro.

»Dein Dreißigster naht ja nun, Mr Lewis«, sagte Bucky über den Lautsprecher. »Wie werden wir ihn begehen?«

»Eleanor gibt bei sich zu Hause eine Party für mich.«

»Deine Chefin Eleanor?« Ein Schnauben kam aus dem Lautsprecher.

»Kriegst du Schnupfen?«, fragte Lester mit einem Augenzwinkern zu den Animatoren hin, die größte Mühe hatten, nicht laut loszuprusten.

»Wie hieß sie noch mal mit Nachnamen?«, fragte Bucky.

»Flood. Sie ist mit Präsident Tyler verwandt.«

»Eine direkte Nachfahrin?«

»Ihre Mutter hieß Tess Tyler«, sagte Lester und blickte zu Eleanor hinüber, um sich zu vergewissern, dass das korrekt war. »Eleanor hat zu Hause ein Paar Derringer-Pistolen von John Tyler.«

»Eine direkte Nachfahrin eines US-Präsidenten im Show-Business? Eine solche Travestie muss ich mit eigenen Augen sehen. Sag ihr, ich komme zu ihrer kleinen Fête.«

Der Captain von Khaos persönlich würde in New York erscheinen. Eleanors Team tat, was alle überdrehten und prokrastinierenden Animatoren tun: Sie erfanden eine Wette.

Jeder legte einen Zwanziger in den Topf, und derjenige, dessen gezeichneter Bucky dem Original am nächsten kam, würde alles einstreichen. (Im Internet wird seither heftig darüber debattiert, warum die vier Looper-Mädchen in der »Guitarzan«-Episode so schlampig gezeichnet waren. Die Antwort: Bucky Fanning.)

Die meisten eingereichten Buckys waren zwergenhaft klein. Es gab einige Gentlemen alten Stils mit Fliege. Einen sabbernden, von Fliegen umschwirrten Dorftrottel. Eleanor entschied sich für einen mittelgroßen Bucky mit Teilglatze, Fahrmokassins ohne Socken, Flanellhose, einem blumengemusterten Button-Down-Hemd und einem lose um die Schultern geschlungenen lavendelfarbenen Kaschmirpullover. Sie gab noch eine Versace-Pilotenbrille mit Verlaufsgläsern drauf.

Der große Moment war da: Bucky kam in Eleanors Büro spaziert. Der leibhaftige Bucky.

Er sah unbestreitbar gut aus: groß, makellose Haut, sinnliche Lippen, üppiges welliges Haar. (Lester hatte oft behauptet, Bucky sei attraktiv. »Warum hat er dann nie ein Date?«, hatte Eleanor gefragt. »Er will kein *Date*«, hatte Lester erklärt. »Er will eine Frau, die ihn nie verlässt.«)

Bucky trug Schwarz. Schwarze Bomberjacke, schwarzer Kaschmir-Rundhalspullover mit hervorlugendem schwarzem Seiden-T-Shirt, schwarze Leder-Knöchelboots mit dem roten Prada-Streifen an der Ferse. Ein bisschen lächerlich, aber nur, wenn man wusste, dass er ein Sozialkrüppel ohne Job war. Ansonsten sah er aus wie alle reichen Hipster in den Straßen von Soho.

Vor allem aber war Bucky von einer unübersehbaren Präsenz. Er war nicht wirklich dick. Er erinnerte Eleanor eher an eine in der Regenzeit geschwollene Papaya oder vielleicht auch an den Sportreporter Greg Gumbel, der aussah, als wäre sein großer Bruder Bryant Gumbel mit einer Fahrradpumpe aufgepumpt worden.

Buckys Blick blieb sofort an den Zwanzigern hängen, die einen Posteingangskorb füllten.

»Was für eine Wette ist hier im Gang?«, fragte er.

Panische Blicke richteten sich auf Eleanor.

»Hier ist keine Wette im Gang«, antwortete sie zu schnell.

»Hier ist eine Wette im Gang«, sagte Bucky ruhig.

Neben Eleanor auf dem Sofa stand ein Kaffeefilter, voll mit Honig-Senf-Brezelteignuggets. Ihre Hand griff nach einem Nugget. Bucky musterte Eleanor kurz und nickte dann, als hätte ihm dieser Blick alles gesagt, was er wissen musste. Er wandte sich an Lester.

»Ich habe uns zum Lunch einen Tisch im Balthazar reserviert, Mr Lewis. Ich nehme an, das genügt deinen mediokren Standards.«

Es hätte Eleanor eigentlich nicht überraschen dürfen, dass auf Lesters Geburtstagsparty ihre kleine Schwester Ivy – Ivy, die Gertenschlanke, Durchscheinende, mit der flirrenden Aura (sie war die Luft und Eleanor die Erde), Ivy, die in der neunten Klasse schon eins achtzig maß und einen Monat vor dem Highschool-Abschluss zum Modeln nach Paris und dann nach Japan ging, aber in New York, worauf es wirklich ankam, kein Glück hatte, Ivy, die einem Schauspielcoach in die Berkshires folgte, tatsächlich aber in einer Sekte landete und von Eleanor und ihrem Damals-noch-Boyfriend Joe gerettet werden musste, Ivy, die wundersamerweise für eine Dior-Kampagne gebucht wurde, sodass ihr Gesicht einen Sommer lang in jeder U-Bahn war, dann aber das ganze Geld und ihre Modeling-Kontakte durch ein Schneeballsystem verlor, das sich ironischerweise »Freunde helfen Freunden« nannte, Ivy, die zu einer Ayahuasca-Zeremonie nach Telluride trampte und dort drei Jahre mit dem Schamanen Mestre Mike zusammenlebte, um dann ihre Religion im *Antidiätbuch*, in *Vergiftete Kindheit* und *Das Kind in uns* zu finden, Ivy, die eine Ausbildung zur Masseurin machte, dann aber ausstieg, weil die permanente Übertragung negativer Energie sie schwächte, Ivy, die allergisch gegen Weizen war und sich zuckerfrei ernährte, bevor irgendjemand sonst allergisch gegen Weizen war und sich zuckerfrei ernährte, und die auch kein Fleisch mehr aß, weil jeder Bissen schreiende Tiere bedeutete, und Nüsse mied, weil an Nüssen Viren saßen, Ivy, die schuppige Haut und Falten unter den Augen bekam und den trockenen Husten nicht loswurde und von Eleanors Mittlerweile-Ehemann Joe, der eine schwerkranke Bulimikerin erkannte, wenn er sie sah, in eine Klinik für Essstörungen in der Second Avenue eingewiesen wurde, wo sie gleich nach ihrer Ankunft einen Hamburger in einem weißen Brötchen essen musste, auch wenn sie schluchzte und würgte und auf dem Linoleumboden zusammenbrach, Ivy, die jetzt die Anrufannahme für David Parry machte, den Rock-Manager und Ehemann von Violet, der Chefautorin von *Looper Wash*, die Eleanor diesen Gefallen getan hatte, Ivy, die jetzt dreiunddreißig war und gesund, wenn auch vielleicht allmählich ein bisschen zu alt für ihre Rolle – dass diese Ivy auf Lesters Party Bucky kennenlernte, ihn bezauberte, mit ihm ins St. Regis und am nächsten Tag nach New Orleans entschwand.

Ein Jahr später waren sie verheiratet.

Die Verlobung wurde in New Orleans gefeiert.

Eine von Joes Regeln: Wenn du in einer fremden Stadt bist, fahre als Erstes mit öffentlichen Verkehrsmitteln. Also zuckelten er und Eleanor in der überfüllten Straßenbahn die St. Charles

Avenue entlang. Von Weitem sah es aus, als hingen die Virginia-Eichen voll mit Spanischem Moos, aber von Nahem entpuppte es sich als Mardi-Gras-Perlen, die vor Monaten dort gestrandet waren.

Eleanor und Joe stiegen an der Third Street aus und überquerten die Avenue. Das Fanning'sche Anwesen lag auf der richtigen Seite der Avenue, Richtung Fluss.

2658 Coliseum nahm den ganzen Block ein. Der schmiedeeiserne Zaun war kunstvoll zu Zuckerrohrstengeln geformt. Eine Tafel erläuterte die Geschichte des Anwesens, aber es war zu dunkel, um sie lesen zu können.

Das herrschaftliche Haus erstrahlte von warmem Licht. Am Tor hätte Eleanor am liebsten gekniffen.

Die Ungläubigkeit war immer wieder in Wellen über sie gekommen, seit Ivy ihr mitgeteilt hatte, Bucky habe ihr im Flugzeug nach New Orleans einen Heiratsantrag gemacht. (»Die einzige Bedingung ist, dass du Austern magst«, hatte er ihr erklärt. »Aber ich mag keine Austern.« »Du wirst sie mögen.«) Als Eleanor an jenem Montag zur Arbeit gekommen war, hatten die Zwanziger noch allesamt in ihrem Posteingangskorb gelegen. Niemand brachte es über sich, Anspruch darauf zu erheben. Der Scherz war nicht mehr lustig.

Lester war mannhaft in Eleanors Büro marschiert. »Es besteht eine reelle Chance, dass nichts draus ...«

»Ich freue mich für die beiden«, hatte Eleanor gesagt und sich wieder ihrer Arbeit zugewandt. »Machst du bitte die Tür zu?«

Die Eingangstür der Villa öffnete ein stattlicher weißhaariger Schwarzer, der einen Frack und weiße Handschuhe trug. Es war Mister, der Ehemann des Dienstmädchens Taffy. Beide dienten bereits der zweiten Generation von Fannings und, so hoffte man jetzt, da Bucky aus New York nichts Geringeres mitgebracht hatte als eine Braut, bald einer dritten.

Eleanor und Joe traten ein. Der Salon war ein einziges seidiges Rascheln von Ballkleidern und Frackschößen. Als Eleanor gerade ein »Oh!« entfahren wollte – sie trug flache Schuhe und ein knielanges Kleid, das zu bügeln sie keine Zeit mehr gehabt hatte –, wurde ihr ein Mint Julep in die Hand gedrückt. Der eiskalte Silberbecher schockte ein Lächeln auf ihr Gesicht.

»Eleanor! Joe!« Es war Ivy, in einem plissierten Chiffonkleid, limonengrün mit orangefarbenem Blütenmuster und Ärmeln wie Calla-Lilien. Sie drehte sich um sich selbst. »Lilly Pulitzer 1972! Es ist von Buckys Mutter. Wusstet ihr schon: Wenn jemand etwas bewundert, das einem gehört, muss man es demjenigen schenken? So ist das hier in den Südstaaten Brauch.«

Ivy nahm Eleanor an der Hand und machte sie mit den Leuten bekannt. Sie war immer noch zerbrechlich, aber ohne die untergründige Unberechenbarkeit. Nein, Buckys Anbetung – und er betete sie an, keine Frage, wenn man sah, wie ruhig und entspannt sie unter seinem weichen Blick wurde, wie verzückt sie einander zuhörten, wie sein Arm sich in ihre Taillenkuhle schmiegte – hatte Ivys Unebenheiten geglättet. Man konnte es so ausdrücken: Sie war in ihre Zerbrechlichkeit hineingewachsen. Der Süden war dafür ein guter Ort.

Politiker und Ölbarone, Anwälte und Historiker, Reederei-Mogule und Taugenichtse: Alle waren begeistert von Ivy, hatten sie mit offenen Armen aufgenommen und dehnten diese Herzlichkeit auch auf Eleanor und Joe aus. Noch nie hatte sich Eleanor so faszinierend gefühlt. Im Gegenzug wurden ihre Gesprächspartner ebenfalls faszinierend, und so schraubte sich die Wohlgesonnenheit immer weiter empor. Man fühlte sich aufgehoben in dieser Atmosphäre von Freundlichkeit und Lachen, anders als in New York, wo die Leute, mit denen man redete, ständig den Raum nach jemand Wichtigerem absuchten. Vor einer Woche erst, auf einer Senderparty von Fox, hatte ein *Simpsons*-Autor Eleanor buchstäblich mitten im Satz beiseitegeschoben, als hinter ihr James L. Brooks auftauchte. Umgangsformen, erkannte Eleanor durch den leichten Mint-Julep-Nebel, waren keine Attribute des Snobismus und der Vornehmtuerei, sie waren Ausdruck echter Großherzigkeit.

Granny Charbonneau saß ernst und streng in der Ecke, den langen Griff ihres Gehstocks mit beiden Händen fest umfasst. Irgendwann winkte sie Eleanor zu sich.

»Sind Sie die Schwester?«, blaffte Granny Charbonneau. »Vielleicht können Sie Bucky dazu bringen, sich nicht immer wie ein Henker zu kleiden.«

Am Buffet konnte Eleanor gar nicht genug von dem heißen Spinat-Dip bekommen. Taffy beugte sich zu ihr und verriet ihr das Geheimnis: »Campbell's Champignoncreme.«

Buckys Mutter führte Joe herüber. »Den hier möchte ich am liebsten behalten.« An diesem Tag hatte sie sich beim Schärfen der Rasenmäherklinge in den Unterarm geschnitten. »Mister hat's am Rücken, und was wäre die Alternative? Einen Gärtnertrupp beauftragen? Ich kann meinen Rasen selbst mähen.«

Später fand Eleanor sich allein. Sie ließ sich auf ein verspieltes Zweiersofa fallen. Die Polster stützten ihr Kreuz genau an der richtigen Stelle. Mary Marge sprang ihr auf den Schoß und rollte sich zusammen.

»Hallo, du«, sagte Eleanor zu dem Hündchen und war verblüfft, wie schwerzüngig es herauskam. Sie war diesen ständigen Alkoholnachschub nicht gewohnt.

Dicke ledergebundene Erinnerungsalben lagen auf dem Couchtisch, und ihre gepolsterten Deckel bettelten förmlich darum, aufgeschlagen zu werden. Eleanor kam der Aufforderung nach. Auf der ersten Seite war ein äußerst schräges Foto.

Der Königshof von Khaos.

Erwachsene Männer und Frauen in bizarren Kostümen, die Gesichter todernst, eher wie von Wachsfiguren als von Menschen. Bucky, in einem perlenbestickten goldenen Satinhemd, goldenen kurzen Hosen, weißen Strumpfhosen, mit Wangenrouge, einer platinblonden Prinz-Eisenherz-(Remy-?)Perücke und einer Fontäne von Straußenfedern auf seiner goldenen Kopfbedeckung, stand zwischen anderen ähnlich schrillen Gestalten, bei denen es sich offenbar um König und Königin, Pagen und Hoffräulein handelte.

»Diese Partys gehen in einem Monat los.« Ivy, mit Bucky. »Ich bin ja so nervös. Bucky lässt mir beibringen, wie man einen Hofknicks macht, damit ich ihn nicht vor dem gesamten Hofstaat blamiere.«

»Ivy, meine Liebe«, sagte Bucky gespielt müde. »Es sind keine Partys. Es sind Bälle.«

»Endlich jemand, der das Denken für mich übernimmt!« Ivy tat, als ob sie ihren Kopf abnähme und ihn Bucky übergäbe.

»Bucky«, sagte Eleanor, um deutliche Artikulation bemüht. »Ich möchte dir dafür danken, dass du meine Schwester so glücklich machst.«

»Mein Leben wäre ein einziges Scheitern, wenn ich es damit verbrächte, deine Schwester *glücklich* zu machen«, verkündete Bucky. »Ich werde nicht rasten noch ruhen, ehe Sonne und Mond vor Scham erröten, weil Ivy sie beide überstrahlt.«

»Wir fliegen nach Italien, um mir weiße Handschuhe anmessen zu lassen«, sagte Ivy. »Wenn man in der ersten Reihe sitzt, müssen die Handschuhe bis über die Ellbogen gehen. Ist das nicht fantastisch?«

»In *vorderster Reihe steht*, Liebling«, sagte Bucky. »Darum geht es.«

Joe hatte einen Spitznamen für Ivy: »die Monstranz«. An bestimmten katholischen Feiertagen wurde die geweihte Hostie in einer sonnenförmigen Monstranz zur Schau gestellt, und rund um die Uhr hatten anbetende Blicke auf ihr zu ruhen. Als Ministrant hatte Joe oft die Nachtschicht übernehmen müssen. In Bucky hatte diese lebende Monstranz, Ivy, ihren ständigen Anbeter gefunden.

Eleanors Schultern schmolzen. Ihre Kiefermuskulatur entspannte sich. Ivy würde es gut gehen.

Ihre Mutter war im St. Vincent gestorben. Die Bilder jener letzten Besuche, die Eleanor einst so lebhaft vor Augen gestanden hatten, verblassten allmählich. Die alte Frau im Nachbarbett, die zu einer Hüftoperation hinausgerollt und eine halbe Stunde später wieder hereingeschoben wurde, weil sie nicht die richtigen Instrumente hatten. Die Beutel mit dunklem Urin, die am Bettgestell hingen. Ihre Mutter, der Broadwaystar, ausgedörrt und fern. Bei einem ihrer letzten Besuche hatte Eleanor ein Bild mitgebracht, das sie gemalt hatte: Tess mit einer erwachsenen Ivy und einer erwachsenen Eleanor, alle drei absurderweise im Brautkleid. »Sehr schön, Eleanor«, hatte ihre Mutter geflüstert. »Aber da wird nichts draus.«

Eleanor hatte wunderbare Erinnerungen an ihre Mutter: Tess, wie sie sie von der Schule abholte, im Tanzkleid mit blauem Filzhut und schwingender Fransentasche, Tess, Gigi und Alan, wie sie wilde Klatschgeschichten über die anderen Compagnie-Mitglieder austauschten, die sie, Eleanor, nicht ganz verstand – aber, oh, das erregende Gefühl mitzulachen! Die Partys, die damit endeten, dass alle ums Klavier herumstanden und Musicalsongs sangen. Die Stubenküken zum Dinner, der exotische Geruch von Erno-Laszlo-Kosmetika, der funkelnde Inhalt ihrer Schmuckschublade, die entspannten Nachmittage im Bowlmor.

Doch diese Erinnerungen brachten schwere Schuldgefühle mit sich. Eleanor als die Ältere konnte sich erinnern, wie sehr Tess das Zusammensein mit ihr genossen hatte, wie gemütlich die gemeinsamen Momente gewesen waren. Ivy erinnerte sich nur ans Verlassensein.

*

»Nimm es mir bitte nicht übel«, erklärte Bucky Eleanor, »aber die zukünftige Mrs Fanning und ich müssen uns jetzt entschuldigen. Die *Times-Picayune* ist da.«

Als Bucky gegangen war, erschien Joe mit geröteten Wangen.

»Wow«, sagte er, als das Polster sein Kreuz genau an der richtigen Stelle stützte.

»Ich weiß.«

»Rutscht mal.« Lorraine, Buckys Cousine zweiten Grades, zwängte sich zwischen sie. »Runter mit dem Rattenvieh.« Sie schubste die schlafende Mary Marge zu Boden und winkte Champagner herbei.

»Ihr wundert euch wohl, wie ernst alle das da nehmen?« Lorraine zeigte auf die Alben. Sie schlug ihr Jahr auf. Da war sie als Königin von Khaos. »Wahnsinn, wie schlank ich war! Ich weiß, ihr denkt, das ist ein verschrobener Reiche-Leute-Zeitvertreib, und das ist ja auch gar nicht falsch, aber ich kann euch sagen, es ist sowas von geil!«

Am anderen Ende des Raums arrangierte Bucky gerade Ivys Schleppe für den Fotografen. Hinter ihnen hing ein Gemälde, das Buckys Vorfahren P.G.T. Beauregard zeigte, den Konföderierten-General, der im Krieg zwischen den Staaten den ersten Schuss abfeuern ließ.

»Ach, unser Barnaby!«, sagte Lorraine mit einer Mischung aus Zärtlichkeit und Gehässigkeit. »Wenn er euch auf die Palme bringt, und das wird er tun, denkt einfach immer nur dran, er ist ein trauriger Troubadour. Den Spitznamen haben wir ihm gegeben. Wir saßen im Auto, als Kurt Cobain sich gerade erschossen hatte. Der Sprecher sagte: ›Der traurige Troubadour Kurt Cobain wurde tot aufgefunden.‹ Der Name blieb einfach hängen, trauriger Troubadour. Bucky ist gar nicht so übel, wenn man mal kapiert hat, dass es ihn einfach sehr beruhigt zu wissen, wo er steht.«

Jetzt gab es Irish Coffee, und wen würde es nicht beruhigen zu wissen, wo er steht? Die Vögel mit den wallenden Schwanzfedern auf der Tapete, die buttergelbe Zimmerdecke, die goldenen Spiegel und die Juteteppiche: Es hatte nichts Prätentiöses, war einfach nur behaglich, genau wie das blau-weiß gestreifte Zweiersofa. Wer hätte gedacht, dass Blau-weiß-gestreift mit Buttergelb und Vögeln und Gold und Jute zusammenpassen könnte, aber es war stimmig. So wie es stimmig war, dass einen die Leute ansahen, wenn sie mit einem redeten, und dass Teenager im Smoking Konversation mit Erwachsenen machten. Warum *nicht* befrackte Kellner mit weißen Handschuhen? Warum nicht Buckys Mutter und ihre Freundinnen in jahrzehntealten Abendkleidern, mit sonnengeschädigter Haut, perlmuttrosa Lippenstift und Blockabsätzen? Warum nicht Blumen aus dem Garten und abgewetzte Julep-Becher und Essen, das gut war, aber nicht fantastisch? Als plötzlich Dixieland erklang, verwirrten die hellen Klänge der Trompete und das Rülpsen der Tuba Eleanor zunächst, weil die Musik eindeutig live war, aber nicht von drinnen kam. Dann erkannte sie sie vage durch die Fenster zum Garten: fröhliche schwarze Jungs in kurzärmligen Hemden mit Schlips, die zur Party aufspielten, draußen, damit es nicht zu laut war. Sie konnten nach drinnen schauen, aber Eleanor praktisch nicht nach draußen. Warum nicht auch das?

Am nächsten Morgen riss das schrille Klingeln des Hoteltelefons Eleanor aus dem Schlaf. Es war Ivy, die sich erst mal erkundigte, wie Eleanor geschlafen habe, es aber eigentlich gar nicht wissen wollte. Bucky sei sauer wegen des Cachepots.

»Was ist ein Cachepot?«

»Du weißt nicht, was ein Cachepot ist?«, sagte Ivy. »Das ist so ein Porzellantopf, in den man was reinstellt, um es zu kaschieren. Gestern Abend sollte das Eis in einen reingetan werden. Stattdessen wurde es einfach in der Packung auf das Sideboard gestellt. In der *Times-Picayune* von heute Morgen sieht man es klar und deutlich mitten zwischen dem Charbonneau'schen Porzellan. Dreyer's Ice Cream.«

Eleanor erinnerte sich dunkel. Als die flambierten Bananen serviert wurden, hatte jemand nach Eis gefragt. Taffy hatte in dem Moment gerade auf Händen und Knien an einem Weinfleck herumgearbeitet, also war Eleanor in die Küche gegangen und hatte das Eis selbst geholt ...

»Ich weiß«, sagte Ivy. »Wir haben es schließlich aufgeklärt.«

Sollte das ein Witz sein?

»Du hast Bucky als Banausen hingestellt, an dem Abend, der die Feier unserer Verlobung hätte sein sollen.«

»Es *war* die Feier eurer Verlobung.« Eleanor setzte sich auf. Ihr wurde schlecht.

An Ivys Ende eine seltsame Verzögerung. War das Bucky, der ihr etwas zuflüsterte? »Es war ein Affront Bucky gegenüber«, sagte Ivy. »Es war ein Affront seiner Familie gegenüber und, schlimmer noch, ein Affront Taffy gegenüber.«

»Taffy?«, sagte Eleanor. »Ich wollte Taffy doch nur helfen.«

»Das ist es ja gerade«, sagte Ivy. »Taffy braucht deine Hilfe nicht.«

»Ich bin mir sicher, dass sie es nicht als Affront empfunden hat.«

»Bucky aber und ich auch.«

Joe war jetzt wach und schüttelte den Kopf.

»Gib mir Bucky«, sagte Eleanor, der jetzt Tränen über die Wangen liefen. »Ich werde mich entschuldigen.«

»Er will nicht ans Telefon.«

»Dann entschuldige ich mich persönlich, beim Frühstück.«

Wieder so eine komische Pause. »Wir hatten hier eine lange Nacht, weil wir auf die *Times-Picayune* gewartet haben. Außerdem ist das sowieso was, was man schriftlich machen sollte. Du kannst ja beim Portier einen Brief hinterlassen.«

Eleanor stürzte an den Schreibtisch und krallte an der winzigen Schublade herum, verzweifelt auf der Suche nach Briefpapier. Joe hatte seine Joggingschuhe an.

»Es hat bei Neville Chamberlain auch nichts gebracht«, sagte er. Und verschwand.

*

John Tyler, ein Senator aus Virginia, wurde vom Whig-Präsidentschaftskandidaten William Henry Harrison nur deshalb für die Vizepräsidentschaft nominiert, weil es die Stimmen der Südstaatenwähler bringen sollte. Als Harrison an einem eisigen Tag im Jahr 1841 vereidigt wurde, war Tyler bei der Amtseinführung zugegen. Am selben Abend noch kehrte er auf seine Plantage in Virginia zurück, weil er nicht damit rechnete, als Vizepräsident viel zu tun zu haben. Einen Monat später wurde ihm die Nachricht überbracht, dass Harrison einer Lungenentzündung erlegen war, was ihn, John Tyler, zum zehnten Präsidenten der Vereinigten Staaten machte. Tyler, der den Spitznamen »Seine Akzidenz« trug, vollbrachte wenig während seiner Präsidentschaft. Er beschloss, sich nicht zur Wiederwahl zu stellen, und begab sich nach Ende seiner Amtszeit wieder auf das Familienanwesen Sherwood Forest. Weil er sonst nicht viel vorzuweisen hatte, vermerken ihn die Geschichtsbücher hauptsächlich als den US-Präsidenten, der die meisten Kinder zeugte, nämlich fünfzehn. Und da er später in den Kongress der Konföderation gewählt wurde, kennt man ihn auch als den einzigen Präsidenten, bei dessen Tod die Nationalflagge nicht auf Halbmast wehte.

Sherwood Forest ist der Öffentlichkeit zugänglich, wenngleich sich nur wenige Touristen veranlasst sehen, die Fahrt auf der Route 5, dem John Tyler Highway, bis Charles City County, Virginia, zu machen. Erstaunlicherweise lebt ein Enkel von John Tyler noch und wohnt dort mit seiner Frau. Das Hauptgebäude von Sherwood Forest hat mit fast hundert Metern eine ungewöhnlich lange Frontfassade. Es beherbergt einen zwanzig auf vier Meter großen Ballsaal, speziell auf den Virginia Reel ausgelegt, Tylers Lieblingstanz. Auf dem über 600 Hektar großen Anwesen verteilen sich ehemalige Räucherhäuser, Stallungen und Sklavenquartiere. Im zehn Hektar großen Park stehen riesige Magnolien und Ahornbäume sowie der erste in den Staaten gepflanzte Gingko-Baum, ein Geschenk von Commodore Perry an Tyler.

Über die Jahre erhielt die Familie Tyler zahllose Anfragen, ob es möglich sei, Sherwood Forest für eine private Feier zu mieten, was jedes Mal verneint wurde.

Daher gab es, nachdem Bucky die Tylers dreimal vergeblich telefonisch ersucht hatte, seine Hochzeit auf Sherwood Forest begehen zu dürfen, und dann nach Atlanta geflogen und von dort sieben Stunden nach Charles City County gefahren war, um sein Anliegen persönlich vorzutragen, und die Tylers daraufhin Ja gesagt hatten, beim Probe-Dinner am Vorabend der Hochzeit keinen Toast, der das nicht als »typisch Bucky« gewürdigt hätte.

»Entweder man läuft mit den großen Hunden, oder man kann gleich auf der Veranda bleiben«, sagte jemand.

Bucky. Man musste ihn einfach lieben.

Die Partyplanerin von Khaos organisierte die im Juni stattfindende Hochzeit. Den großen Tag selbst verbrachte sie damit, auf Sherwood Forest eine Flotte von Lieferwagen zu empfangen, die Austern, Langusten, Milchbrötchen und das gesamte Jimmy Maxwell Orchestra direkt aus New Orleans heranschafften. Außerdem oblag ihr die heikle Aufgabe, damit umzugehen, dass von Seiten des Bräutigams einhundertvierundsechzig Gäste erwartet wurden, von Seiten der Braut dagegen zwei.

Am Nachmittag des Hochzeitstages faulenzten Ivy und Eleanor in Richmond-Inn-Bademänteln; Joe war gerade erst von einem Ausflug nach Monticello zurückgekehrt. In zwei Stunden würde sie der Braut-Shuttle nach Sherwood Forest bringen.

Ivy, immer das reinste Chamäleon, sprach mit einem singenden Südstaaten-Tonfall.

»Eines Vormittags lag ich im Bett. Du weißt ja, für mich gibt es nichts Schöneres auf der Welt als ein Schläfchen nach dem Frühstück...«

Ivy verwandelte den riesigen beigen Teppich in ihre Bühne. Ihre Augen funkelten von boshafter Belustigung. Hatte sie das von Eleanor gelernt – aus allem eine Geschichte machen zu können?

»Ich schwör's euch, die Tapete bewegte sich. Ich stand auf und legte die Hand auf die Stelle. Sie war warm! Ich fand ein abgelöstes Stückchen Tapetennaht und zog. Unter der Tapete waren Schlammschläuche, die sich wie Adern die Wand raufzogen. Ich schrie wie die Heldin in einem Teenie-Horrorfilm. ›Termiten!‹«

Ivys endlos lange Beine lugten durch den hohen Schlitz des Bademantels, was so sexy wirkte, dass es Inszenierung hätte sein können, aber bei Ivy ergaben sich solche verführerischen Details von allein.

»Keine Woche später wollte ich einen Brief wegbringen, und der Briefkasten fiel einfach von seinem Pfosten, zack, auf die Straße! Eine Gruppe Touristen stand herum und studierte diese alte Erklärungstafel, und es war so furchtbar peinlich!«

Joe griff sich die Videokamera, um es festzuhalten: Ivy in Bestform. Es hatte schwierige Zeiten gegeben, aber es gab auch gute.

»Am nächsten Tag war das ganze Kutschenhaus ein einziger Termitenschwarm, eine Wolke, durch die man nicht durchgucken konnte. So paaren sie sich nämlich, im Flug! Die arme Taffy musste mit dem Staubsauger dastehen und sie aus der Luft saugen. Sie hatte Termiten in den Augen und Ohren und Nasenlöchern! Sie musste immerzu welche ausspucken! Und wisst ihr was? Nach der Paarung fallen den Termiten die Flügel ab. Also hatte ich das ganze restliche Jahr Flügel in meinen Frühstücksflocken, Flügel in meinen Pantoffeln. Einmal habe ich mir Sonnencreme auf die Hand gedrückt, und was war drin? Flügel! Und das Verrückteste? Wenn man in New Orleans irgendjemandem gegenüber Termiten erwähnt, leugnet er schlichtweg deren Existenz. ›Welche Termiten?‹ Wir mussten den Termitenbekämpfer rufen, weil sie inzwischen in den Dachbalken waren. Bucky ließ ihn um die Ecke parken. Aber als der Nachbar heimkam und den Termitenbekämpfer-Wagen vor *seinem* Haus stehen sah, kam er anmarschiert, und Bucky und er hatten vorn auf dem Rasen einen Mordsstreit. Aber auch danach – wann immer das Wort Termiten fällt, sagt Bucky: ›Welche Termiten?‹«

Ivy setzte sich auf Joes Schoß und schlang die Arme um seinen Hals. »Oh, Joe.« Sie fielen aufs Bett. »Du warst immer für mich da. Die gute Nachricht ist, von heute Abend an bin ich Buckys Problem.«

Bucky war zur Tür hereingekommen. Es war unklar, wie viel er mitbekommen hatte.

Er sagte steif zu Eleanor: »Wie du ja weißt, wird nach Tyler'scher Tradition mein erster Tanz mit deiner Schwester der Virginia Reel sein.« Er legte ein Blatt Papier auf ein Schränkchen neben der der Tür. »Hier sind eure Plätze in der Aufstellung.«

Die Tür klickte ins Schloss. Drückendes Schweigen erfüllte die Suite. Eleanor sagte als Erste etwas.

»Okay, Joe, jetzt solltest du wohl schleunigst das Hotelbriefpapier in Anspruch nehmen.«

»Das ist nicht lustig.« Ivy setzte sich auf und schwang die Beine auf den Boden. Ihr Gesicht verdüsterte sich.

Joe zeigte auf den Koffer. Eleanor nickte, ging hin und entnahm ihm ein Geschenkpäckchen.

»Von mir für dich!«, sagte Eleanor und setzte sich neben Ivy. Zu Joe sagte sie: »Liebling, halt dir mal kurz die Ohren zu.« Sie fasste Ivys Hand. »Männer kommen und gehen. Aber wir werden immer Schwestern sein.«

Als Ivy das Gewicht des Päckchens fühlte, explodierte ein Lächeln in ihrem Gesicht.

»Ich weiß, was es ist, ich weiß es!«, sang Ivy. »John Tylers Derringers! Bucky hat schon mit mir gewettet!«

»Ehrlich gesagt, nein. Es sind nicht die Derringers.«

Eleanor hatte befunden, dass das junge Paar mindestens ein Erinnerungsalbum besitzen sollte, das Ivys Familie gewidmet war. Da ihr Vater keine Fotos aus ihrer Kindheit aufbewahrt hatte, hatte Eleanor welche gezeichnet und dazu noch eine Art Stadtplan von Aspen.

Monatelang hatte sie ihre gesamte Freizeit in das Projekt investiert. Den körperlichen Zoll spürte sie jetzt noch: die steife rechte Schulter, die brennenden Augen, die von Kaffee und Ibuprofen angefressene Magenschleimhaut.

Als i-Tüpfelchen hatte Eleanor das Lederalbum bei einem Schreibwarengeschäft in New Orleans bestellt. Für den Rücken hatte sie ein Silberschildchen gravieren lassen: DIE FLOODGIRLS, in der Fanning'schen Lieblingsschrift.

»Das ist auch schön«, sagte Ivy.

»Ich weiß da jemanden, den Sie unbedingt kennenlernen müssen!«, sagte Quentin.

Eleanor war wieder in New Orleans, in Buckys und Ivys Kutschenhaus. Die beiden waren jetzt ein Jahr verheiratet. Quentin, ein zerknitterter Herr mit einem starken Südstaatenakzent, nahm jedes Wort, das Eleanor sagte, mit einem verschmitzten Strahlen auf. Gerade hatte sie ihm erzählt, sie sei Ivys Schwester und Animatorin in New York.

Quentin eilte davon, um etwas zum Schreiben zu suchen, und Eleanor blieb im Wohnzimmer zurück, vor sich die Fensterdekoration: Schabracke, Vorhänge, Schal, Raffgardine und Verdunkelungsrollo. Fünf verschiedene Vorrichtungen. Sechs, wenn man die seidenen Troddelschnüre mitzählte.

Bucky kam, einen Screwdriver schlürfend, und stellte sich zu Eleanor ans Fenster.

»Kastanie und Elfenbein ist meine Lieblingsfarbstory«, erklärte er.

»Farbstory?«, sagte Eleanor, aus ihrer Trance gerissen.

»Eins ist eine Farbe«, sagte Bucky. »Zwei oder mehr sind eine Farbstory. Das weißt du doch wohl.« Und damit ging er.

Ein Dutzend Familienmitglieder und Freunde scharten sich vor den Derringers, die jetzt an der Wand hingen; eine darunter befindliche Tafel verkündete stolz deren Provenienz. Nachdem

Bucky und Ivy beschlossen hatten, ihr Baby auf den Namen John-Tyler taufen zu lassen, hatte Eleanor keine andere Wahl mehr gehabt, als ihnen die Pistolen zu schenken. Joe, der in einem tiefen Sessel in einer Ecke des mit Antiquitäten überfrachteten Wohnzimmers saß, war da anderer Meinung.

Quentin kam mit einer Papierserviette zurück.

»Wenn Sie in der Animationsbranche sind, ist das der Mann, den Sie kennenlernen sollten«, sagte er. »Guter Freund von Bucky von der Vandy. Er zeichnet diese tolle Fernsehserie mit den Mädchen auf den Ponys.«

Er reichte Eleanor die Papierserviette, auf der in schwarzer Markerschrift ein Name stand: *Lester Lewis.*

»Lester Lewis?«, sagte Eleanor. »Lester arbeitet für mich. Augenblick mal. Bucky hat Ihnen erzählt, dass sein Freund Lester bei *Looper Wash* arbeitet, aber nicht erwähnt, dass ich seine Chefin bin?«

»Uups, sieht aus, als hätte ich da einen Bock geschossen«, sagte Quentin und eilte davon.

Es gab keine Bücher im Haus, nur ein Bord mit Erinnerungsalben. Eleanor überflog die Rücken. LE DÉBUT DES JEUNES FILLES 1998, HOF VON KHAOS 1998, SHERWOOD FOREST 2004, GEBURT JOHN-TYLER 2005 ...

»Der Priester wartet!« Das war Ivy. »Wir haben nur ein sehr kurzes Zeitfenster.« Der winzige, rosige John-Tyler schlief in ihren Armen, und sein antikes Spitzentaufkleid war so lang, dass eine Kinderpflegerin in Schwesterntracht die Schleppe tragen musste.

St. Louis Cathedral, von den Einheimischen schlicht »die Kathedrale« genannt, ist die älteste, noch in Benutzung befindliche römisch-katholische Kirche der USA. Bei Touristen ist sie als kühles Plätzchen beliebt, und sie bleibt auch während Trauungen, Taufen und Trauergottesdiensten für die Allgemeinheit geöffnet.

Vorn standen dreißig Familienmitglieder mit Gesangbüchern. Joe, der unbeugsame Atheist, wartete draußen.

Es war nicht leicht, Father Bowmans Taufworte für John-Tyler Barnaby Fortune Gammill Charbonneau Fanning zu verstehen, während draußen auf dem Jackson Square diverse Bands konkurrierten. Sooft die Kirchentür aufging, drang ein Schwall des allgegenwärtigen »When the Saints Go Marching In« herein. Die Zeremonie musste unterbrochen werden, als ein Huhn im Kirchenschiff gesichtet worden war und Touristen hereinströmten, um Fotos zu machen. Einer stieß Granny Charbonneaus Krückstock um. In der so entstandenen Pause fand Eleanor sich neben Bucky, und es ließ sich nicht umgehen, etwas zu sagen.

»Du steigst wirklich voll auf diese John-Tyler-Connection ein.«

Es war Eleanors Ton, der das Ohrenmerk der Familie erregte. Bucky sah sie nur kühl an, sein Blick eine einzige Provokation weiterzumachen.

»Dumm nur, dass er der schlechteste Präsident von allen war«, sagte Eleanor. »Wusstest du schon, dass er sogar der einzige Präsident war, bei dessen Tod die Flagge auf dem Capitol nicht auf Halbmast gesetzt wurde?«

Jetzt spitzten selbst Touristen die Ohren. Eleanor entschloss sich zu einer kleinen Dreingabe, einer *lagniappe*, wie man das hier in New Orleans nannte.

»Bei fünfzehn Kindern«, sagte Eleanor, »lautet die Frage nicht, wer ein direkter Nachfahre von John Tyler ist. Sie lautet, wer *keiner* ist. Ich meine, die Hälfte der Leute hier…« Sie deutete lässig auf die Touristen in ihren Tanktops.

Buckys Gesicht lief rot an. Es gab keinen Blickkontakt mehr.

Draußen auf den Stufen stand Joe in der Bruthitze, an eine Säule gelehnt.

»Du hast es richtig gemacht«, sagte sie und küsste ihn.

Ivy kam herausgeflitzt und drückte ihnen kurz den Arm.

»Hört mal, J.T. war heute Nacht zwischendurch wach. Wir gehen jetzt besser nach Hause, nur wir drei.«

Plieräugige Touristen mit Daiquiris in riesigen Bong-artigen Behältnissen trotteten die Bourbon Street entlang. Es roch immer noch nach der Kotze der letzten Nacht, trotz des morgendlichen Konvois von Sprengwagen, gefolgt von einer Brigade schrubbender Straßenreiniger. Drei Jugendliche in Shorts und mit Porkpie-Hüten mäanderten durch das Getriebe, behängt mit einer Zugposaune, einer Trompete und einem weißen Eimer, in dem Trommelstöcke klapperten. Kellner im Smoking und Köche in weißer Arbeitskleidung lehnten an Restaurantfassaden und rauchten oder betrachteten einfach nur den trägen Menschenstrom. Im French Quarter gab es keine Alleys hinter den Häusern, deshalb verbrachten Servierpersonal, Köche und Ladenbesitzer ihre Pause vorn auf dem Bürgersteig. Auf einer Straßenseite hatte ein Halbwüchsiger Limodosendeckel unter seinen schnürsenkellosen Air Jordans befestigt. Er steppte eruptiv und kurz los, hielt dann inne. Sein Kumpel auf der anderen Straßenseite antwortete in gleicher Weise. Beide schienen nicht gerade leidenschaftlich bei der Sache. Ein Mann fuhr auf einem zu kleinen Fahrrad vorbei, die Beine wie Hähnchenflügel gefaltet, eine Hand am Lenker, in der anderen ein Bündel Angelruten. Drei Plastikmilchkästen lagen herrenlos am Straßenrand. Die Jugendlichen mit den Instrumenten zuckten die Schultern und ließen sich darauf nieder. Die Hitze setzte allen zu.

Joe und Eleanor gingen immer weiter, auf der Suche nach der Preservation Hall, der ehrwürdigen Heimstatt des New Orleans

Jazz. Joe machte sich nichts aus New Orleans Jazz – er fand ihn kitschig und vergangenheitsverklärend –, war aber entschlossen, die Reise dadurch zu retten, dass er sich etwas historisch Bedeutsames ansah. Eleanor trottete ihm hinterher, und bei jedem Schritt sank ihr Schuh im heißen Asphalt ein.

»Meinst du, Bucky hätte sie auch geheiratet, wenn sie keine Nachfahrin eines Präsidenten wäre? Weißt du noch, bei der Hochzeit, wie mir alle zur Emmy-Nominierung gratuliert haben? Ich habe Bucky beobachtet. Er konnte es kaum ertragen! Er hat das, was ich mache, kein einziges Mal anerkannt. Aber mit seinem Freund Lester von der Vanderbilt schmückt er sich natürlich. Und überhaupt, was ist schon die Vanderbilt?

Ich wusste kaum, dass es sie gibt.«

»Bevor du diesem Typen begegnet bist, hattest du immer nur gehört, dass er ein Arschloch sei«, sagte Joe. »Seine Cousine hat uns gewarnt, er sei ein Arschloch. Auf seiner Hochzeit spielte praktisch jede Rede auf seine Arschlochhaftigkeit an. Und jetzt wunderst du dich, dass er wirklich ein Arschloch ist?«

»Ich wollte, ich hätte ihm die Derringers nicht geschenkt«, sagte sie.

»Ich will nicht über die Derringers reden.«

An der Ecke Bourbon und St. Peter Street war ein Schild: MAISON BOURBON FOR THE PRESERVATION OF JAZZ. Eleanor wollte hineingehen.

»Das ist es nicht«, sagte Joe.

»Da steht doch ›Preservation‹ ...«, sagte Eleanor.

»Es ist nicht die Preservation Hall.«

»Aber da spielt eine Band ...«

»In der Preservation Hall gäbe es keine neonfarbenen Daiquiris mit Namen wie Irische Autobombe. Und die Band dort würde nicht ›Sara Smile‹ spielen.«

»Du brauchst mich nicht anzuschreien.«

Joes Kiefermuskeln arbeiteten.

»Ich werde die Preservation Hall finden«, sagte er. »Komm mit oder lass es bleiben. Aber zu allem, was dieser widerliche Lackaffe sich erlaubt hat, wird er's nicht auch noch schaffen, dass ich mich mitten auf der Bourbon Street mit meiner Frau streite!« Er stapfte davon.

Eleanor wäre Joe vielleicht hinterhergelaufen, aber in dem Moment sah sie Lorraine mit ihren beiden Söhnen eine Ecke weiter die Bourbon Street überqueren. Wegen Lorraines Hut ließ sich nicht sagen, ob sie zu ihr hergeschaut hatte.

Gleich darauf bog eine ältere Frau in einem langen Pucci-Kleid in dieselbe Querstraße ein. Das Kleid hatte Eleanor in der Kirche gesehen.

Komisch. Eleanor ging an die betreffende Ecke. Beide Frauen waren nicht mehr zu sehen. Vielleicht waren sie ja in einem Restaurant namens Antoine's verschwunden.

Eine Tür unter dem Restaurant-Schild führte in einen riesigen Speisesaal mit Spiegeln an den Wänden, Steinfußboden und Zehnertischen, auf denen weiße Tischtücher lagen. Er war leer bis auf ein paar Kellner mit Weste und schwarzer Fliege, die in einer Ecke saßen und Servietten falteten. Nahe der gegenüberliegenden Ecke befand sich eine gelb verglaste Tür. Dahinter bewegten sich Menschen. Eleanors Schritte hallten, als sie auf die Tür zuging. Die Kellner sahen auf und falteten dann weiter.

Hinter der Tür lag ein noch riesigerer Speiseraum mit einer Holzdecke; hier herrschte pulsierendes Leben: plaudernde Gäste, das Klappern von Geschirr, Heiterkeit. Prominenten-Fotos in staubigen Rahmen pflasterten die roten Wände und Pfeiler. Kellner mit wadenlangen Schürzen balancierten auf einer Hand ein Tablett und tupften sich mit der anderen die Stirn.

Eleanors Blick huschte von Tisch zu Tisch. Keine Lorraine, keine Frau in Pucci.

Hinter ihr eine weiße Kugellampe, darauf die Silhouette einer Frau mit hochgestecktem Haar. FEMMES.

Im Vorraum der Damentoilette ließ Eleanor sich in einen durchgesessenen Samtsessel fallen und schloss die Augen. Sie konnte nicht richtig denken. Der Streit mit Joe. Die verbale Rempelei mit Bucky. Die verdammte Hitze.

Sie öffnete die Augen.

Eine Frau in einem Wickelkleid wusch sich die Hände. Der Waschtisch war so abgenutzt, dass sich eine Pfütze darauf gebildet hatte. Die Frau trocknete sich die Hände ab und warf das Papierhandtuch in einen überquellenden Mülleimer. Im Spiegel ihr Plastikdiadem. Darauf in Glitzersteinen die spiegelverkehrten Buchstaben *J. T.*

Wie konnte das sein?

Die Tür schloss sich.

Eleanor ging hinterher. Die Frau mit dem Diadem hatte den lauten Speiseraum schon fast durchquert. Ehe Eleanor sie einholen konnte, verschwand sie durch eine Wand von Zeitungsausschnitten. Eine Tapetentür. Eleanor drückte sie auf.

Sie befand sich in einem schummrigen Gang, der noch dichter mit Fotos gepflastert und durch Vitrinen auf beiden Seiten zusätzlich verengt war. Der Boden aus versiegeltem Backstein, die Wände aus dunklem Holz. Türen aus dickem rotem Glas und kunstvollem Schmiedeeisen. Zu ihrer Linken ein Foto von Papst Johannes Paul II., wie er mit Antoine persönlich in der Küche stand. In der Vitrine der Teller, von dem der Papst gegessen hatte.

Die Frau war wieder verschwunden, diesmal im Dunkel am Ende des Gangs. Stimmen zogen Eleanor weiter. Über den Türen rechts und links Schilder mit REX und PROTEUS. Ein

Raum war grün, der andere weinrot. Eleanor erkannte goldene Schaukästen mit Regalien: Hermelincapes, Kronen, Zeptern. Selbst im Dunkeln funkelten die Juwelen.

Um die Ecke, am Ende des Gangs, eine halboffene Tür. Darüber in geisterhaft weißen Lettern: KHAOS.

Die Nachricht von Eleanors Nahen war ihr vorausgeeilt. Ivy erschien in der Tür und verstellte Eleanor den Blick auf die Menge von Leuten – weit mehr als bei der Taufe.

»Du hast doch gesagt...«, stammelte Eleanor. »Ich dachte, ihr drei wolltet nach Hause.«

Quer durch die Menge sah Bucky, Mary Marge im Arm, mit der Spur eines Lächelns herüber und wandte sich dann wieder der Konversation zu.

»Ich wusste nicht, wie ich's dir sagen sollte«, sagte Ivy. »Wir fanden, dass das hier nur en famille sein sollte.«

※

Eleanor floh über die Straße in ein extrem herunterklimatisiertes Pralinen-Geschäft. Es war minimalistisch eingerichtet und leer. Sofort gefror ihr der Schweiß auf der Haut, und sie fröstelte.

»Möchten Sie mal probieren?«, fragte eine spitzknochige Frau mit glattem schwarzem Haar.

»Gern«, sagte Eleanor, bemüht, wie eine normale Kundin zu klingen. Die Frau reichte ihr eine kandierte Pekannuss. Eleanor kamen die Tränen. Sie drehte der Frau den Rücken zu und stellte sich zu dicht vor ein Regal voller Gläschen mit Praliné-Sauce.

Die Tür klimperte. Ivy fasste Eleanor am Ellbogen und drehte sie zu sich.

»Du ahnst ja nicht, wie schwer es für mich ist, immer in dem

Konflikt zwischen dir und Bucky zu stehen«, sagte Ivy mit flehender Miene.

»Zwischen mir und Bucky?«, sagte Eleanor. »Was habe ich ihm denn angetan? Dass ich hierhergeflogen bin und das letzte Animatic der Staffel verpasse? Dass ich meinen Mann zu einer Taufe geschleppt habe, obwohl wir beide Atheisten sind?«

»Es geht nicht darum, was du ihm angetan hast«, sagte Ivy. »Es geht darum, was du mir angetan hast. Du bist nicht zu meinem Geburtstag gekommen.«

Noch ehe Eleanor diese Information verarbeiten konnte, ruderte Ivy bereits zurück. »Ich weiß, ich weiß – ich hab's ja auch gar nicht erwartet. Aber so denkt Bucky nun mal.« Sie seufzte bekümmert und stieß dann hervor: »Er hat es einfach nicht verwunden, dass du unsere Verlobungsfeier ruiniert hast.«

»Wir sind immer noch bei Cachepotgate?«, sagte Eleanor. Die kandierte Pekannuss hatte sich in ihrer heißen Hand in eine klebrige Masse verwandelt.

»Es fing schon vorher an«, sagte Ivy. »Als du angekommen bist. Du hast gesehen, wie die Leute angezogen waren, und gefragt, wo sie denn alle hinwollten.«

»Habe ich nicht«, sagte Eleanor, die sich deutlich an den Moment erinnerte. »Ich habe es mit Sicherheit *gedacht*, weil sie alle aussahen wie auf einer Gala-Premiere in der Oper. Aber *gesagt* habe ich nichts, das weiß ich hundertprozentig.«

»Bucky hat es gehört.« Damit war eine Linie gezogen. Mit Linien kannte Eleanor sich aus, sie waren ihr tägliches Brot.

Sie ging an die Kasse und setzte ein Lächeln auf. »Könnte ich bitte eine Papierserviette haben?«

Die Frau griff unter den Ladentisch und riss ein Stück Küchenpapier von einer Rolle ab. Eleanor rieb sich das klebrige Zuckerzeug von den Fingern. Sie packte die Pekannuss in das Küchenpapier und gab sie der Frau. »Danke.«

»Oh nein!« Ivy beugte sich um sie herum, um ihr Gesicht zu sehen. »Bist du verrückt?«

»Was jetzt kommt, könnte laut werden, und das wäre dem Pralinenladen gegenüber nicht fair.« Damit marschierte Eleanor an ihrer Schwester vorbei nach draußen.

»Okay, also los«, sagte Eleanor auf dem Bürgersteig zu Ivy. »Wo ist das Album, das ich für dich gemacht habe? Wo ist mein verdammtes Hochzeitsgeschenk?«

»Wie du weißt, hatten wir die Pistolen erwartet.«

»Dir ist doch klar, dass es nicht du bist, die da spricht?«

»Es waren Moms Pistolen«, sagte Ivy. »Sie gehören mir genauso wie dir. Sie sind alles, was wir noch von ihr haben. Bei dir sind sie doch nur herumgelegen.«

»Was sollte ich denn tun? Sie dir an Mestre Mikes Jurte schicken?«

»Bucky und ich haben auf John Tylers Anwesen geheiratet, da war es doch wohl naheliegend«, sagte Ivy unerschüttert.

»Du hast die Pistolen doch bekommen!«, sagte Eleanor. »Als ich das letzte Mal hingeguckt habe, hingen sie an eurer Wohnzimmerwand.«

»Wir hätten sie schon früher bekommen müssen.« Ivy reckte trotzig das Kinn – eine für sie völlig untypische Geste, die Eleanor noch nie gesehen hatte.

»Du hast meine Frage nicht beantwortet«, sagte Eleanor. »Wo sind *Die Flood-Girls*?«

»Bucky und ich fanden *Die Flood-Girls* beleidigend.«

»Ivy, ich warne dich: Tu's nicht.«

»Wir wissen nicht, was so charmant daran ist, dass ein Bär in einem Haus herumtobt, wo Kinder schlafen ...«

»Es ist unser Leben, Ivy. Es sind wir.«

»... oder dass kleine Mädchen im Auto warten müssen, während Ted Bundy frei herumläuft. Und warum in aller Welt musstest du mich dran erinnern, wie Parsley überfahren wurde? Du weißt doch, wie sehr ich diesen Hund geliebt habe.«

»Ich habe Parsley auch geliebt!«, sagte Eleanor. »Okay, ich verstehe. Bucky lebt davon, sich beleidigt zu fühlen, und dich hat er jetzt auch schon so weit gebracht.«

»Ich habe endlich einen Mann gefunden, der mich behandelt, wie ich es verdiene«, sagte Ivy. »Dir steht das zu, aber mir nicht? Und wo war Joe während der Taufe?«

»Jetzt hat Bucky auch noch ein Problem mit Joe?«

»Eleanor, *alle* haben mitgekriegt, dass Joe nicht mit reinkommen wollte.«

»Joe wurde als Kind von Nonnen gequält und ist kein Fan der katholischen Kirche. Das weißt du doch!«

»Und du«, sagte Ivy, »machst dich vor Touristen über den Namenspatron unseres Sohnes lustig. Oh, Eleanor, nicht mal ich konnte deinen Sarkasmus verteidigen. Ich seh's in deinen Augen, wenn du zum tödlichen Hieb ausholst. Du schwelgst in deiner Gehässigkeit und lässt sie immer auf die los, die schwächer sind als du. Ich habe die Nase voll davon und Bucky auch.«

»Du kannst dieser Lachnummer etwas ausrichten...«

»Eleanor«, sagte Ivy. »Du sprichst von meinem Mann. Bucky ist mein Mann.«

»Sag ihm, er hat gewonnen«, sagte Eleanor und lief rot an. »Ihr beide müsst euch jemand anderen suchen, an dem ihr permanent Anstoß nehmen könnt. Weil du mich nämlich nicht wiedersiehst. Du wirst sehen, wie ernst ich das meine.«

Die Preservation Hall war zehn mal zehn Meter groß. Die Wände waren stockfleckig und mit gelochten Hartfaserplatten verkleidet. Die dicken Fußbodenbohlen hatten einige Überschwemmungen hinter sich. Eine Bühne gab es nicht. Gerade mal fünfzig Zuhörer konnten sich in den Raum quetschen; die, die auf abgewetzten Kissen in der ersten Reihe saßen, hatten praktisch Fußkontakt mit der Band. Joe war einer der Glücklichen, die einen Stuhl ergattert hatten. Er saß an der Wand, und sein knochiger Körper bewegte sich zu dem munteren, blechlastigen Dixieland. Eleanor setzte sich ihm zu Füßen.

»Versprich mir«, formten ihre Lippen während des Trompetensolos. »Versprich mir, dass wir uns nie wieder streiten.«

Einen Monat später schlug Katrina zu. Eleanor griff zum Telefon. Ivy war dran. Der Streit vor Leahs Pralinenladen wurde nie wieder erwähnt.

Die Telefonate mit Ivy wurden herzlicher und seltener. Ivy hatte jetzt einen Job als Museumsführerin. Mary Marge wurde nach einer erfolglosen Rückenoperation eingeschläfert. John-Tyler feierte drei Geburtstage, zu denen Eleanor Geschenke nach Ivys Anweisungen schickte.

Eines späten Abends klingelte das Telefon, eine Nummer mit der Vorwahl 504. Es war Lester, aus einem Hotel in New Orleans. Er hatte den Tag mit Bucky und Ivy verbracht.

»Damals auf meiner Geburtstagsparty«, sagte Lester. »In New York. Als Ivy mit ihm ins Hotel ging. Da wusste ich schon, das war's für dich.«

»Wieso sagst du das?«, fragte Eleanor. »Was ist passiert?«

»Wann hast du die beiden das letzte Mal gesehen?«

Es war drei Jahre her. »Warum?«, fragte Eleanor, und Angst schnürte ihr die Brust zusammen. »Was ist los?«

»Kapierst du's denn nicht?«, sagte Lester, betrunken und nicht sonderlich kohärent. »Er versucht, seine Schuld dir in die Schuhe zu schieben.«

Am nächsten Tag rief Eleanor Ivy an und fragte, wie es ihr gehe. Wie es ihr *wirklich* gehe. Ivy gab eine unerwartete Antwort: Sie sei auf Pillen.

»Drogen?«, fragte Eleanor.

»Medikamente«, berichtigte Ivy. »Ich sag dir, Eleanor, das ändert wirklich alles! Früher war's so, dass irgendwas Winziges passierte, dass Taffy zum Beispiel das Glas mit der Himbeermarmelade zu fest zugeschraubt hatte, und ich hab versucht, es auf die Arbeitsplatte zu schlagen und unters heiße Wasser zu halten, und dann hab ich John-Tyler fragen hören: ›Warum weinst du, Mama?‹ Und ich dachte, ich kann nicht mal ein Glas Marmelade aufmachen, ohne dass mein Elend in die Welt hinausquillt. Aber jetzt, wo ich auf den Tabletten bin, ist es einfach nur ein Glas Marmelade! Dann esse ich meinen Toast eben mit Zimt und Zucker! Was für ein erstaunliches Produkt der modernen Zeit ich geworden bin! Sie sollten einen Film drüber machen. Eine medikamentierte Frau, die durch ihren Alltag geht und ganz normal auf ganz normale Sachen reagiert, und daneben ihr früheres Selbst, das wegen der gleichen Sachen total zusammenbricht.«

»Gwyneth Paltrow könnte beide Rollen spielen«, sagte Eleanor trocken.

»Siehst du, schon wieder ein Beispiel«, sagte Ivy. »Mein altes Ich wäre jetzt in Tränen ausgebrochen, weil *ich* Schauspielerin bin. *Ich* sollte beide Rollen spielen. Aber mein neues Ich? Das denkt, ja, Gwyneth Paltrow wäre auch super in der Rolle.«

Matthew Flood starb mit sechsundsechzig an Leberversagen, nachdem er zehn Jahre trocken gewesen war. Die Frau aus Dallas, in deren Gästehaus Matty und die Mädchen gewohnt hatten, konnte nicht zum Trauergottesdienst kommen. Aber sie hatte dafür gesorgt, dass ein Konvoi von roten Jeeps die Trauergemeinde am Wagner Park abholte und in die Aspen Highlands hinaufbrachte. Dort würden sie Mattys Asche auf seiner Lieblingspiste mit dem schönen Namen »Augenblick der Wahrheit« verstreuen.

Ein Dutzend AA-Freunde von Matty sowie Ivy, Eleanor und Joe schraubten sich im Frühlingsschneematsch die Pistenwalzenwege hinauf und gelangten zu der Picknickbank, die schon immer dort oben stand. Empfangen wurden sie von einem orange-blauen Broncos-Fankranz, Barbecue aus dem Hickory House und der Bobby Mason Band, die Mattys Lieblingssong »Please Come to Boston« spielte. Die Frau aus Dallas blieb bis zuletzt mysteriös, aber loyal.

Es stand Sekt für fünfzig Personen bereit, aber nur Ivy trank welchen.

Eleanor fand, dass sich diese Freunde von Matty wohltuend unvoreingenommen gegenüber den beiden Töchtern verhielten, die ihn nie besucht hatten. Joe weinte, als er den Behälter mit der Asche auf dem Bett von limettengrün knospenden Espenzweigen stehen sah. Eleanor fühlte nichts.

Der frühe Tod ihrer Mutter hatte Eleanor gelehrt, sich emotional abzuschotten. Tief drinnen war ihr klar, dass sie als empfindsamere Seele zur Welt gekommen sein musste. Sie war nicht von Natur aus so autark. Einmal hatte Matty vergessen, die Mädchen vom Tagesferiencamp abzuholen, und sie hatten die fünf Meilen von der T-Lazy-7 Ranch zurücklaufen müssen. Als Matty nach Thekenschluss nach Hause kam, wurde ihm klar, was er getan hatte. Er kroch zu Eleanor ins Bett und heulte. »Ich bin so schwach«, sagte er. »Ihr seid so viel besser, als ich es je sein werde.« Der schmelzende Schnee von Mattys Stiefeln machte Dreckflecken auf Eleanors Herzchen-Bettwäsche.

»Alles okay?« Joe nahm Eleanors Hand, als sie sich in den Stuhlkreis setzten, um Erinnerungen an Matty auszutauschen.

»Ich bin total vernarrt in dich, Joe«, flüsterte Eleanor.

Eine Frau mit verwittertem Gesicht und einer Trachtenjacke hob zu einer Anekdote an. »Ich werde nie vergessen, wie Matty einmal mit dieser Ziege in die Jerome Bar kam!«

Inmitten des allgemeinen Schmunzelns murmelte Ivy finster: »Er war ein nichtsnutziger Mistkerl.«

Eleanor hatte es gehört, die Frau aber nicht. Sie fuhr fort: »Ich glaube, er hatte sie von Jim Salter gewonnen.«

»Jim Salter hatte ein Pony, keine Ziege!«, mischte sich Ex-Bürgermeister Bill Stirling lachend ein. »Aber ich will euch sagen, wer eine Ziege hatte ...«

»Er war ein Säufer und ein illegaler Buchmacher«, knurrte Ivy. »Er hat uns wochenlang uns selbst überlassen.«

Jetzt sahen alle Ivy an, aber ihr Blick war auf ein Grasbüschel einen halben Meter von dem Aschebehälter entfernt geheftet. Sie hielt ein Sektglas schief in der Hand. Neben ihr auf dem Boden stand ihre persönliche Sektflasche.

Ivy hob den Kopf und sagte zu der verdatterten grauhaarigen Frau: »Wir lebten von Zeug aus dem Drugstore.«

»Ich wollte nicht ...«

»Er wusste nicht, in welcher Klasse ich war«, sagte Ivy und beugte sich vor. »Meine Zähne waren locker von der Mangelernährung. Er ließ mich Brieffreundschaften mit Strafgefangenen aus den Kleinanzeigen im *Rolling Stone* eingehen. Tut mir leid, aber ich weiß wirklich nicht, was so lustig daran ist, mit einer Ziege in der Jerome Bar zu erscheinen.«

Eleanor legte ihr die Hand auf den Arm, aber Ivy sprach weiter, jetzt zur gesamten Gruppe.

»Und weil euer geliebter Matty mich gar nicht zur Kenntnis genommen hat, musste ich einen Mann heiraten, der mich auf Schritt und Tritt kontrolliert. Schaut mich doch an.« Ivy stand auf, und ihr Stuhl kippte um, sodass feiner Dreck aufstob. »Wisst ihr, warum ich so aussehe?«

Eleanor und Joe hatten sich das schon gefragt. Ivy trug ein langärmliges Shirt und einen knöchellangen Seidenrock, durch den sich ihre Hüftknochen abzeichneten wie ein Paar Autoscheinwerfer. Ihr Haar war von einem unvorteilhaften Rot, das mit ihrer rotfleckigen Gesichtshaut korrespondierte.

»Haarfärbemittel enthalten Giftstoffe, die dem Fötus schaden, falls ich je wieder schwanger werden sollte, also besteht Bucky darauf, dass ich Henna nehme. Er glaubt, dass ich mich jedem Mann, der mir über den Weg läuft, an den Hals werfe, so wie ihm damals, als wir uns kennengelernt haben. Und wie dir, Joe, an meinem Hochzeitstag. Jetzt darf ich nur noch aus dem Haus, wenn ich von Kopf bis Fuß verhüllt bin wie eine orthodoxe Jüdin!«

Selbst diese Gruppe, die doch gegen schockierende Äußerungen desensibilisiert war, zog bei diesem Anklang von Antisemitismus die Köpfe ein.

»Mein Leben lang«, sagte Ivy, und jetzt kamen ihr die Tränen, »konnte ich mir, so beschissen die Situation auch war, doch wenigstens sagen, ich habe es besser gemacht als Matty.«

Eleanor stand auf. Ivy wich aus. »Aber schaut mich jetzt an!« Ivy riss ihren Arm weg, obwohl niemand danach gegriffen hatte. »Wie der Vater, so die Tochter, Bürger zweiter Klasse, den Launen der Leute im Herrenhaus ausgeliefert!«

»Ich weiß, Ivy.« Eleanor trat auf ihre Schwester zu, doch Ivy rannte weg und brüllte den Rest aus sieben Metern Entfernung wie ein Geiselnehmer. »Wenn ich ihn verlasse, bekommt Bucky das alleinige Sorgerecht für John-Tyler! Bucky giert regelrecht nach einem Gerichtsstreit. Seine Familie hat jeden Richter in New Orleans in der Tasche. Er behauptet, ihm sei defekte Ware angedreht worden. Er sagt, du und Joe, ihr hättet ihn reingelegt und euren Schrott bei seiner reichen Familie abgeladen. Als wäre ich die Irre auf dem Dachboden.«

Joe trat von hinten an Ivy heran und fasste sie an den Oberarmen. In seinem festen Griff erschlaffte sie. Er bugsierte sie in einen Jeep, borgte sich vom Fahrer die Schlüssel und erklärte Eleanor, sie träfen sich später im Hotel.

Während Joe fuhr, hielt Ivy das Gesicht abgewandt. Sie bewegte sich nur, um den Überrollbügel zu umklammern, sooft Joe in eine steile Haarnadelkurve ging. Erst als sie unten und auf dem Asphalt der Maroon Creek Road waren, machte Ivy den Mund auf.

»Du fragst dich bestimmt, was mit mir los ist«, sagte sie, ohne ihn anzusehen. »Ich auch.«

Joe fuhr zum Campus des schicken Aspen Institutes mit der geodätischen Kuppel von Buckminster Fuller und den Skulpturen von Herbert Bayer und Andy Goldsworthy. Joe parkte den Jeep. Er und Ivy gingen einen Fußweg zum Musikzelt entlang, vorbei an tipptopp gepflegten, bis zu drei Meter hohen Grashügeln. Auf einem davon stand eine Frau in einer Daunenweste und spielte mit ihrem Terrier König des Berges. Am Rand des Rasens gab es einen Geheimpfad durchs Gebüsch, den nur Einheimische kannten. Er führte zu einem Halbkreis aus Bänken, umgeben von Espen. Hierher waren Eleanor und Ivy als Kinder immer gegangen. Es war ihr Lieblingsplätzchen gewesen.

Ivy setzte sich hin, wieder zu Hause.

»Ich nehme alles ernst, was du gesagt hast«, sagte Joe. »Wir werden eine Lösung finden, wie wir immer eine gefunden haben.«

»Du hast dort oben geweint«, sagte Ivy.

»Sterblichkeit und Natur«, sagte Joe. »das erwischt mich immer. Du kannst dein Bestes tun oder auch nicht. Dem Berg ist das egal.«

»Boah«, sagte Ivy.

Joe lachte. »Sorry.«

Ivy brach einen Zweig von einem Salbeistrauch und zerrieb die Blätter zwischen den Fingerspitzen. Sie hielt Joe die Finger zum Schnuppern hin.

Joe beugte sich vor. Ivy berührte sein Gesicht. Joe entzog sich.

»Ich glaube, ich habe nach meiner Ankunft hier nicht genug Wasser getrunken«, sagte Ivy.

»Wir sind auf zweieinhalbtausend Metern Höhe«, sagte Joe. »Auf dem Berg waren es über dreitausend.«

»Wärst du so nett, mir welches zu holen?«, fragte Ivy.

»Wenn ich wiederkomme, können wir über alles reden. Ich möchte dir gern zuhören.«

Joe ging die fünfzig Meter zum Musikzelt. Es war Mai, alles leer und verlassen. In einem nicht verrammelten Getränkestand fand er einen Stapel Pappbecher. Er nahm sich vier, suchte eine Herrentoilette und füllte die Becher mit kaltem Leitungswasser.

Joe ging zurück zum Geheimplätzchen, sorgsam darauf bedacht, keinen Tropfen zu verschütten.

Er kam zu dem Halbkreis von Bänken. Leer.

Joe trat aus dem Espenhain. Von Ivy war nichts zu sehen. Die Frau und der Hund waren ebenfalls weg. Joe hatte das Gefühl, dass noch etwas fehlte. Der rote Fleck. Der Jeep. Er hatte die Schlüssel auf dem Wagenboden liegen lassen.

Joe stapfte den Highway 82 entlang, in Richtung Stadt. Es hatte zu regnen begonnen. Die Berggipfel waren puderzuckrig von Schnee.

Der fröhliche Jeep-Konvoi, auf dem Rückweg von der Gedenkfeier, rollte an ihm vorbei. Ein Jeep machte eine Vollbremsung. Es war Eleanor.

»Das war das letzte Mal«, sagte Joe. »Hörst du? Ich bin endgültig fertig mit ihr.«

Sie fuhren ins Limelight Hotel zurück. Ivys Zimmer war verlassen, ihr Gepäck weg. Eleanor bekam einen Anruf. Der verschwundene Jeep war am Flughafen von Aspen gefunden worden, in einer Feuerwehrzufahrt, mit laufendem Motor.

Ein paar Monate vor der Gedenkfeier hatten Eleanor und Joe beschlossen, dass es Zeit war, die Pille abzusetzen. Am Morgen des Trauergottesdiensts, auf dem Weg zum Wagner Park, war ihr plötzlich so übel geworden, dass sie in ein Weinfass mit braunem Petunien-Geschlängel vom letzten Jahr kotzte. Sie hatte es der dünnen Luft zugeschrieben.

Am nächsten Tag, auf dem Rückweg nach Seattle, würgte Eleanor in der Damentoilette des Flughafens von Denver Galle hervor.

»Alles in Ordnung«, fragte Joe, als sie herauskam.

»Bestens«, sagte Eleanor. »Nur eine lange Schlange.«

Joe flog nicht mit seiner Frau nach Seattle weiter, sondern von Denver nach Nairobi. Er würde bereits mit einem Tag Verspätung zu zwei anderen Ärzten stoßen, mit denen er dort kostenlose Operationen durchführen wollte. Er hatte das ganze letzte Jahr Spenden gesammelt und organisatorische Vorbereitungen getroffen.

Eleanor wusste, wenn er dächte, sie sei vielleicht schwanger, würde er die Reise abblasen. Sie verabschiedete ihn an seinem Gate mit einem Kuss und hoffte, ihn bei seiner Rückkehr mit guten Neuigkeiten überfallen zu können.

In Seattle gab es dann tatsächlich gute Neuigkeiten in Form eines kräftigen Unterwasserherzschlags und eines Ultraschallbilds, ausgedruckt auf empfindlichem Thermopapier. Das Baby würde um Thanksgiving kommen. Doch wie Dr. Koo sagte, Eleanor war vierzig und gerade mal in der achten Woche ihrer ersten Schwangerschaft. »Besser nichts übereilen.«

Auf dem Weg aus Dr. Koos Praxis bekam Eleanor einen Anruf von Ivy.

»Es ist aus«, sagte Ivy. »Ich verlasse ihn.«

In den folgenden Wochen meldete sich Ivy, sobald sie Buckys Kontrolle mal kurzzeitig hatte abschütteln können – auf dem Markt, auf dem Spielplatz, im Auto, während sie angeblich Fitnesstraining machte – mit Geschichten über seine rasende Eifersucht und sein theatralisches Getue.

Es war nicht das Ende des Bucky-Spuks, das Eleanors Leben zu einem Fest machte. Es war das Gefühl, wieder Schwester zu sein. Nichts tat so wohl, wie von dem Menschen geliebt zu werden, den man am längsten kannte. Eleanors Herz lachte vor schierer Überfülle: so viel Wohlwollen, so viel Bereitschaft zu teilen und sich auszutauschen, so viele Möglichkeiten, zu helfen und sich helfen zu lassen. Sie ging hinaus in die Welt, und alles, was sie tat, war eine Darbietung für ihre Mitverschwörerin Ivy. Es war Eleanor in strahlender Bestform.

»Oh, Eleanor«, seufzte Ivy, als Bucky gerade etwas zu essen holen war. »Ich habe mich selbst verloren und in der Verwirrung dich weggestoßen. Wie kannst du mich nicht hassen?«

»Wichtig ist nur, dass wir uns wiederhaben.«

Beiden war klar, dass Bucky Ivy nicht einfach gehen lassen würde. Also heckten die Schwestern einen Plan aus. Während Bucky eine Ehrung der Stadt dafür entgegennahm, dass er Strafgefangene mit guter Führung zum Ziehen des Khaos-Wagens angeheuert hatte, würde Ivy in aller Heimlichkeit mit John-Tyler zum Flughafen fahren. Eleanor hatte dort zwei bezahlte Flugtickets hinterlegen lassen. Sie hatte einen Scheidungsanwalt aufgetrieben. Sie hatte die Mietkaution für ein Townhouse in West Seattle gezahlt. Ivy würde in Joes Praxis arbeiten können.

Ivy konnte nur schwer glauben, dass Joe sich darauf einlassen würde. »Er ist doch bestimmt nicht gerade ein Fan von mir, nach dem, was ich in Aspen mit ihm gemacht habe.«

»Joe ist voll und ganz an Bord«, sagte Eleanor.

Joe war nicht an Bord. Joe war in Afrika, ohne Telefon und Internet.

Es war Wahnsinn, der Konflikt, den Eleanor da vorprogrammiert hatte. In ihrer Fantasie fand sie sich unter Beschuss von beiden Seiten.

Ivy: Aber, Eleanor, ohne guten Anwalt verliere ich das Sorgerecht für meinen Sohn!

Joe: Ich soll einen Sorgerechtsstreit zwischen Ivy und Bucky finanzieren, das ist nicht dein Ernst!

Ivy: Hast du nicht dein eigenes Geld von *Looper Wash*?

Joe: Wenn ich Geld verdiene, ist es »unser« Geld, aber wenn du welches verdienst, ist es »dein« Geld?

Ivy: Joe hat nie verstanden, was wir beide füreinander sind.

Joe: Ich habe sechs Geschwister. Und null Drama. Das nennt man Abgrenzung.

Ivy: Ich verspreche, ich zahle das Geld zurück, wenn meine Scheidungsregelung durch ist.

Joe: Wir wissen doch beide, dass Bucky deiner Schwester nie auch nur einen müden Cent geben wird.

Ivy: Ich kann es ja abarbeiten, als euer Kindermädchen.

Joe: Ein unzurechnungsfähiges Kind, das uns mit dem Baby hilft? Nie und nimmer.

Ivy: Entscheidend ist doch, dass wir diesen Kerl schlagen.

Joe: Niemand schlägt den Traurigen Troubadour.

Dann hupte es wild, und Eleanor kam zu sich. Sie stand an einer grünen Ampel.

Ivys Flieger landete um zwölf Uhr mittags. Eleanor hatte einen Kindersitz gekauft und auf die Rückseite eines großen Umschlags gemalt: *Willkommen in Seattle, Ivy und J. T.!* Sie stand an der Gepäckausgabe zwischen den Chauffeuren und hielt Ausschau.

Ivy erschien, in einem ärmellosen Etuikleid und jetzt wieder blond.

»Huhu!«, rief Eleanor.

John-Tyler war nicht an ihrer Seite. Eleanors Blick ging zum nächsten Abteil der Drehtür. Ein kleiner Junge im marineblauen Blazer trat heraus, an der Hand seines Vaters Bucky.

Sie standen alle drei vor Eleanor.

»Das war meine Entscheidung«, sagte Ivy. »Bucky hat nichts damit zu tun. Die künstliche Befruchtung und die Pillen hatten mich emotional aus dem Gleichgewicht gebracht. Ich brauchte Hilfe, das ist mir jetzt klar. Und die bekomme ich auch.«

John-Tyler, in Mini-Gucci-Schühchen, war ein eigener kleiner Mensch. Er hielt einen Plastikdinosaurier im Arm und hatte Buckys Kinn. Wobei Eleanor gar nicht bewusst gewesen war, dass Bucky ein Kinn hatte, bis sie es jetzt an seinem Sohn sah.

Wortlos überreichte Bucky Eleanor eine Liste von Bedingungen. Wie betäubt überflog sie sie. Wenn sie Ivy sehen wolle, könne sie nach New Orleans kommen und im Hotel wohnen. Ins Haus werde man sie nicht lassen. Und sie dürfe auch nie mit John-Tyler allein sein.

Eleanor suchte Ivys Gesicht nach irgendetwas ab: einer zerdrückten Träne, einem verzweifelten Aufflackern in den Augen, das da sagte, *ich ruf dich später an*, einem Zittern der Unterlippe. Aber da war nichts.

Bucky streckte ihr eine Neiman-Marcus-Plastiktüte hin. »Das hier brauchen wir nicht.«

In der Tüte ein schweres, ledergebundenes Buch. Auf dem Rücken: *Die Flood-Girls*. Der doppelte Schock – das Album und Ivys stillschweigendes Einverständnis – lähmten Eleanor.

Ohne die Hand zu senken, ließ Bucky die Tüte los. Sie plumpste auf den Boden.

»Lass uns mal die Abflugebene suchen, ja?«, sagte Bucky,

den Arm jetzt um Ivys Taille. »Unsere Maschine geht in einer Stunde, und ich fürchte, man wird uns noch mal die ganze Sicherheitsprozedur zumuten.«

»Ja, Liebster.«

Bucky wandte sich an Eleanor. »Du gibst natürlich mir die Schuld. Eines Tages wirst du begreifen, dass das einzig und allein dein Werk ist. Du hast mir nie eine Chance gegeben. Ja, ich lebe ein nicht sehr aufregendes Leben in New Orleans. Und ja, man könnte sagen, ich beschäftige mich zu sehr mit dem Karneval. Aber du musst wissen, ich liebe meine Familie. Wenn ich mit deiner Schwester schwierige Phasen durchmache, dann rührt das nur daher, dass ich das Beste für sie und unseren Sohn will. Ich bin der Erste, der zugibt, dass es in unserer Ehe bisweilen Probleme gab. In welcher Ehe gibt es die nicht? Aber schon die elementarste emotionale Intelligenz sagt einem doch, was man tut, wenn einem jemand mit einseitigen Schauergeschichten kommt – man hört zu. Man arbeitet nicht darauf hin, dass die Person sich scheiden lässt. Wahr ist, du und ich, Eleanor, wir haben einen sehr unterschiedlichen Stil. Aber soweit ich informiert bin, kommt sowas auf der Welt nun mal vor. Es gibt da ein buddhistisches Sprichwort: ›Nur weil ein Floß dir hilft, den Fluss zu überqueren, brauchst du es nicht dein Leben lang auf dem Rücken zu tragen.‹ Mit anderen Worten, Eleanor, du bist das Floß, und Ivy hat beschlossen, dich abzulegen.«

Und dann waren da drei Rücken, die sich entfernten.

Es dauerte ein paar Sekunden, bis Eleanor etwas herausbrachte.

»*Wo sind die Derringers?*«, hörte sie sich kreischen, als sie hinter ihnen herstürmte. »Ich will meine Pistolen! Ich will meine Pistolen wiederhaben!«

Zehn Minuten später saß Eleanor in einem Polizeiauto draußen vor der Gepäckausgabe. Sie erklärte dem jungen Cop, es habe sich um einen Familienstreit gehandelt und die Pistolen seien emotional wertvolle Antiquitäten, mit denen man gar nicht schießen könne, sozusagen Metaphern. Und selbst wenn man damit schießen könnte, hingen sie an einer Wand in einem anderen Bundesstaat.

»Sie müssen sich beruhigen, Ma'am.« Es war der Cop, der durch einen Spalt der Trennscheibe sprach. »Ich will Sie nicht mit aufs Revier nehmen. Aber Sie müssen sich wirklich abregen.«

Bitte, Gott, mach, dass diese ganze giftige Angst und Wut dem Baby nicht schadet. Bitte mach, dass Joe, wenn er aus Kenia zurückkommt, nicht feststellen muss, dass ich verhaftet worden bin. Ich verspreche dir, Gott, wenn ich hier rauskomme, mit einem gesunden Baby und ohne dass Joe was erfährt, dann werden Joe und das Baby meine Familie sein. Dann werde ich nie wieder an Bucky und Ivy denken.

»Jetzt kommen Sie mal runter, Ma'am. Zählen Sie bis drei und lassen Sie's hinter sich. Okay?«

»Eins, zwei, drei.«

In der ersten Zeit nach Timbys Geburt war es am schwersten, keine Schwester zu haben. Stillen. Schlaferziehung. Eleanor hatte einen Mütterkurs gefunden, dessen Leiterin der Ansicht war, dass Hochstühle, Tragetücher und Bauchliegezeit von Übel seien, ja, geradezu an Kindesmisshandlung grenzten, und natürlich hätte Eleanor sich gern mit ihrer Schwester ausgetauscht, die ja schon vor ihr Mutter geworden war. Im Alltag lauerten überall Erinnerungsauslöser. (Blaubeeren: Wie Eleanor und Ivy damals in ihrer aufzuglosen Wohnung in der Bank Street nach dem *Silver-Palate-Kochbuch* Blaubeerkaltschale gemacht und alle Gäste davon lila Zähne bekommen hatten.) Doch sobald ein Gedanke an Ivy getriggert wurde, zog Eleanor an einem Gummiring um ihr Handgelenk und ließ ihn zurückschnipsen, und wenn sie keinen Gummiring hatte, schalt sie sich selber laut: »Nein!«

Als Eleanor wieder zu Hause war, nachdem der nette Cop sie hatte gehen lassen, säuberte sie die Wohnung von allem, was mit Ivy zu tun hatte. (Kidney-Bohnen: Damals in New York hatten sie beschlossen, eine Chili-Party zu geben, und weil die Küche so winzig war, hatten sie die Bohnen schon am Vorabend gekocht, dann aber ungekühlt stehen lassen, wodurch sie angefangen hatten zu gären, sodass es am Ende Essen vom Chinesen gab.) Eleanor entfernte alle Kleidungsstücke, die sie an Ivy erinnerten, aus ihrem Schrank. Ein Fiorucci-T-Shirt, tausendmal gewaschen und weich wie Seide, ging an den Wohltätigkeitsladen. Ebenso die Conran-Schürze, die sie in ihren Bank-Street-Zeiten am Astor Place gekauft haben mussten.

Bücher. *Jane Eyre* flog raus. *Das Drama des begabten Kindes* mit Ivys Unterstreichungen. *Weg in die Wildnis*, auf einem Campingtrip in zwei Teile gerissen, damit sie es beide lesen konnten, und dann mit Isolierband wieder zusammengeklebt. Ein *Vanity-Fair*-Heft mit Daryl Hannah auf dem Cover und Ivys Dior-Reklamefoto innendrin. Schuhkartons mit Fotos, die Eleanor in Alben hatte kleben wollen: Alle, auf denen Ivy war, flogen in den Müll, und der Müll flog in den Müllschlucker.

Die Flood-Girls sahen sie an.

Vor Jahren hatte Joyce Primm, eine junge Verlagslektorin, Interesse daran bekundet, dass Eleanor die Illustrationen zu einem Graphic Memoir ausbaute. Eleanor hatte gezögert.

Aber wenn sie sie nun doch veröffentlichte …?

Wenn sie die Geschichte ihrer gemeinsamen Kindheit detaillierter ausarbeitete? Wie sie mit neun Jahren ihre geliebte Mutter verloren hatte und die Mutter für Ivy geworden war. Es gab tausend Situationen, die sich ihr aufdrängten! Wie sie und Ivy zu Matty gesagt hatten, sie gingen die Midnight Mine erkunden, und er kaum von der Zeitung aufgeschaut und »War nett, euch zu kennen« gesagt hatte. Oder wie Tess nach ihrer Diagnose oft in ihrem geparkten Auto zu finden gewesen war, wo sie immer wieder »Frank Mills« auf der *Hair*-Achtspurkassette hörte.

Eleanor zog sich an der Vorstellung hoch, wie Bucky in eine Buchhandlung im Garden District spazierte und *Die Flood-Girls* als Graphic Memoir vorfand. Der Affront! Die Demütigung! Sie sah ihn im Geist panisch alle Exemplare in ganz New Orleans aufkaufen, damit niemand das Buch zu Gesicht bekam. So konnte sie ihm doch noch eins auswischen! Leute würden zu Ivy sagen: »Ich wusste ja nichts von Ihrer schrecklichen Kindheit. Ein Glück, dass Sie und Ihre Schwester einander haben.« Und Ivy müsste dann lügen oder zugeben, dass sie Eleanor weggeworfen hatte wie ein Stück Müll. Im einen wie im anderen Fall – süße Rache!

Ja, Eleanor hatte diese zwölf Illustrationen aus Liebe gezeichnet. Aber das hieß nicht, dass sie sie nicht als Waffe benutzen konnte.

Als sie Joyce Primm bei Cocktails im W Hotel dazu brachte, einen Buchvertrag mit ihr zu machen, fühlte Eleanor sich gleichzeitig aus den Angeln gehoben und euphorisch, wie eine Frau, die sämtliche Kleidungsstücke ihres Freundes zur Haustür hinauswirft.

Doch als es darum ging, sich hinzusetzen und das Memoir tatsächlich zu verfassen, war die aus Rachsucht geborene Energie weg. Eleanor versuchte, sie um der Kunst willen wiederzufinden, aber vergebens. Sie packte *Die Flood-Girls* ganz hinten in einen Schrank, um sich später damit zu befassen.

Acht Jahre vergingen.

Irgendetwas würde sie immer an Ivy erinnern. Je nach Tagesform machte es Eleanor wütend, wehmütig oder todtraurig, oder aber sie fühlte gar nichts. Eleanor konnte nicht verhindern, dass sie an Ivy erinnert wurde. Aber sie konnte kontrollieren lernen, wie lange sie brauchte, um sich davon zu erholen. Nach so vielen Jahren Übung brauchte sie jetzt höchstens noch fünf Minuten.

Letztes Wochenende erst waren Eleanor, Joe und Timby in einem Gasthaus auf Lummi Island gewesen. Es gab dort eine kühle, dunkle Bibliothek mit einer Teebeutelkiste und Zeitungen in Holzhaltern. Perfekt, um einen frühen Oktobernachmittag zu verbringen, während Timby und Joe Kajak fuhren. Eleanor würde die *New York Times* so lesen, wie es gedacht war, in Muße, von der ersten bis zur letzten Seite. Sie würde nicht mal die Nachrufe überblättern.

In einem ging es um eine Frau, die zuerst ein Vermögen mit dem Import von Bananen aus der Karibik gemacht hatte und dann noch ein zweites mit dem Pflanzen von Baumwolle. Es klang irgendwie vertraut. Eleanor blickte noch mal auf die Überschrift.

ARMANITO TRUMBO CHARBONNEAU
SÄULE DER NEW ORLEANSER GESELLSCHAFT
VERSTORBEN MIT 92

Bevor Eleanor es verhindern konnte, war ihr Blick zur letzten Zeile gerutscht.

»Sie hinterlässt den Enkel Barnaby Fanning, Historiker, und die Urenkel John-Tyler und Delphine.«

NEBEL IM KOPF

»Man sollte ihr was unter den Kopf legen«, sagte jemand.

Ich öffnete die Augen und sah mich von einem Kranz besorgter Gesichter umgeben. Spencer, Timby, ein Museumswächter und eine stylishe alte Frau knieten neben mir. Die Frau wickelte gerade einen langen blumengemusterten Schal von ihrem Hals. Sie faltete den Schal immer wieder zusammen, bis er gerade die richtige Größe hatte, um unter einen Kopf zu passen. Meinen Kopf, wie sich herausstellte. Ich hob ihn brav, und sie schob den Schal darunter. Ein Nachteil von superfeinem Kaschmir? Sooft man ihn auch faltet, als Polster taugt er ungefähr so viel wie Druckerpapier. Aus einem zweiten Ring um mich stehender Personen: »Ich habe einen Krankenwagen gerufen.«

»Für mich?«, sagte ich. »Ich brauche keinen Krankenwagen.« Obwohl – ein bisschen benebelt fühlte ich mich schon...

»Einfach nur entspannen und atmen«, sagte die Frau, die das Ganze managte... die Museumsdirektorin? Sie musste um die achtzig sein, der dünnen Haut, den dichten Furchen und dem fliegenden weißen Haar nach zu urteilen. Riesige schwarzumrandete Brillengläser dominierten ihr schmales, trotzig ungeschminktes Gesicht.

»Sehen Sie ihre Pupillen?«, flüsterte jemand.

»Mama!« Timby warf sich auf mich.

»Bitte!« Ich tätschelte ihm den Rücken. »Mir geht's gut.«

Jemand weiter links erzählte aufgeregt den Hergang. »Ich habe gerade nach meinen Aktien geschaut, da sehe ich diese Frau hereinrennen, und plötzlich, *bumm*, liegt sie am Boden.«

»Steh auf«, sagte Timby.

»Yeah«, sagte jemand. »Sie steht nicht auf.«

»Falls Sie von mir sprechen«, sagte ich um Timbys Kopf herum, »liegt es daran, dass ich nicht aufstehen will.«

»Möchten Sie einen Schluck Wasser?«, fragte ein Ausstellungsbauer.

»Mm-mm.«

Er wandte sich an Timby. »Möchtest du Wasser?«

»Ist es Vitaminwasser?«

»Jemand sollte eine nahestehende Person anrufen«, sagte eine aufgeregte Frau. »Kleiner, hast du einen Vater?«

»Natürlich hat er einen Vater«, sagte ich. »Was glauben Sie denn?«

»Weiß jemand, wie er zu erreichen ist?«

»Die Nummer ist auf ihrem Handy«, sagte Timby.

»Eleanor?« Spencer kam herein. »Können wir mal kurz dein Handy haben?«

»Ich hab's in einen Ködereimer fallen lassen.«

Kollektives Unverständnis.

»Es war mir nicht mehr von Nutzen.«

»Wow«, sagte Spencer und noch mal »Wow!«, jetzt auf drei Silben verteilt.

»Wow was?«, fragte die Museumsdirektorin Spencer, wofür ich dankbar war, weil es bedeutete, dass ich es nicht tun musste.

»Sie sagt manchmal Sachen«, präzisierte er... mehr oder weniger.

»Ist sie immer so?«, fragte jemand und erntete allgemeines Achselzucken. Diese Leute waren mit ihrer Weisheit ganz schön schnell am Ende.

»Erinnert mich dran, nie mit euch bei *Familien-Duell* anzutreten«, sagte ich.

Ein Rudel hatte sich um eine mächtige grüne Skulptur gebildet.

»Hatte sie diese Delle immer schon?«, fragte eine Stimme.

»Delle?« Spencer fuhr herum.

»Sie können gehen«, beschied ich ihn, weil es das zu sein schien, was er wollte. »Ich entbinde Sie.«

Spencer stürzte zu der Skulptur. Jetzt reckte auch die Museumsdirektorin den Hals danach.

»Sie können auch gehen«, erklärte ich ihr. »Alle, die gehen wollen – nur zu.«

Die Museumsdirektorin und der Ausstellungsbauer eilten hin, und Timby und ich blieben allein zurück.

Ich strich ihm übers Haar. »Wie geht's, Schätzchen?«

»Ich will, dass du aufstehst.«

»Dann werde ich aufstehen.« Ich setzte mich auf. »Zufrieden?«

»Ganz auf«, sagte er und zog an meinem Arm.

»Dieser Stahl ist einen Achtelzoll dick«, sagte jemand drüben bei der Skulptur. »Und sie hat diese Delle reingemacht.«

Alle sahen mich mit widerwilliger Bewunderung an.

»Brett Favre!«, verkündete ich triumphierend.

»Legen Sie sich wieder hin«, sagte Spencer.

»Brett Favre heißt der Quarterback, der mir nicht mehr eingefallen ist, der mit dem Daumen.«

»Das ist wirklich sehr gut«, sagte Spencer. »Aber legen Sie sich wieder hin.«

»Tu's nicht«, sagte Timby drohend.

»Wenn man einen Namen vergisst und er einem nicht wieder einfällt«, erklärte ich Spencer, »kann es früh einsetzender Alzheimer sein. Aber wenn er irgendwann plötzlich im Kopf aufpoppt, ist alles okay.«

»Das habe ich auch gehört«, sagte die Museumsdirektorin.

Sie hatte eine tadellose Haltung. So würde ich auch altern. Alles loslassen, mich aber mit Chic kleiden und gerade halten. »Sein Leben laut leben«, nannte man das. Und diese schwarzrandige Riesenbrille: So würde ich es auch machen, definitiv! Wie Elaine Stritch. Oder Frances Lear. Oder Iris Apfel. Woher kamen nur alle diese Namen? Ich sprudelte von nutzlosen Referenzbeispielen!

»Gehen, wenn man kann, nicht wenn man muss«, sagte ich.

Alle sahen mich an.

»Ratschlag für den Toilettenbesuch«, sagte ich. »Guter Rat.«

Sie schrieben mich jetzt komplett ab und wandten sich wieder ihrer panischen Skulpturinspektion zu.

»Kein Problem«, erklärte die Museumsdirektorin jemandem ruhig. »Wir haben eine Haftpflichtversicherung.«

»Für die Ausstellung«, sagte der mit den blauen Handschuhen. »Aber die hat ja noch nicht angefangen.«

»Das ist nicht das Wesen der Versicherung«, fauchte die Museumsdirektorin zurück.

»Ich würde mein Geld auf sie setzen«, rief ich hinüber. »Mit dem Alter kommt die Weisheit.«

Spencer sah mich mit zusammengekniffenen Augen an. Der gesamte Schadensbegutachtungstrupp postierte sich so, dass ich nur Rücken sah.

Auf dem Boden. Meine Handtasche. Das Schlüsselbund.

D-E-L-P-H-I-N-E.

Oh Gott.

»Komm«, flüsterte ich Timby zu. Ich griff mir die Schlüssel und stand auf. Mein Kopf war bleischwer und saß irgendwie falsch auf meinem Hals. Ich blinzelte ein paarmal, justierte meinen Schwerpunkt. »Siehst du?«

Timbys Antwort wurde von einer nahenden Sirene übertönt. Spencer und die übrigen waren zu sehr von ihrem Flüsterdisput absorbiert, um zu bemerken, dass wir uns hinausschlichen.

Ach, Spencer, armer Spencer. Hoffentlich würde er es eines Tages zu etwas bringen.

Oh...

Das einzige Zeichen von Leben, als wir die Stufen der Galer Street hinaufstiegen, war ein Häschen, das auf dem vorderen Rasen umherhoppelte.
»Süüüß«, sagte Timby.
»Wo sind denn alle?«, fragte ich.
»Hinten, Laub zusammenrechen.«
»Die ganze Schule?«
»Mit unseren obdachlosen Freunden«, sagte er.
Ein leeres Schulgebäude! Das fügte sich perfekt in meinen feigen Plan: mich ungesehen hineinzuschleichen, die Schlüssel zurückzulegen und wieder zu verschwinden.

Was ich getan hatte, war wirklich unverzeihlich. Meinetwegen hatte eine junge Mom den ganzen Tag wie wahnsinnig ihre Schlüssel gesucht. So dünn und selbstgefällig sie auch sein mochte, das hatte sie nicht verdient.

Zu der Frage, warum ich nicht einfach zugeben konnte, dass ich aus der verdammten Zeitung von der Existenz einer Tochter meiner Schwester hatte erfahren müssen und deshalb in einem fehlgeleiteten Versuch, dieser Schwester eins auszuwischen, die Schlüssel einer Frau mit einer gleichnamigen Tochter gestohlen hatte ...

Wer macht sowas?

Das Ganze erschütterte mich schwer. Ich war ja schon oft als verrückt bezeichnet worden, aber immer im Sinne von liebenswert-verrückt, abgefahren-verrückt, wir-sind-doch-alle-ein-bisschen-verrückt-verrückt. Dieser Frau die Schlüssel zu stehlen –

das konnte nicht mal die Trickkünstlerin als irgendetwas anderes verkaufen denn als gruselig-verrückt.

Ich zog die Tür auf und ging durch die Eingangshalle. Der Konferenzraum war dunkel, der Tisch, das sah ich durch die Glasscheibe, bot noch immer eine verlockende Vielzahl von Stellen, an denen ich die Schlüssel verstecken konnte, um mich dann schleunigst zu verdrücken. Ich drückte die Türklinke nach unten. Abgeschlossen.

»Zum Geburtstag viel Glück...«, tönte es von fern durch die Flure.

Ich ging den Stimmen nach, zu den Räumen der Schulleitung. Das Sekretariat, Lilas Reich, war leer.

»Zum Geburtstag, liebe Gwe-en, zum Geburtstag viel Glück!«

Sie waren alle in Gwens Büro und aßen Kuchen. Perfekt! Ich griff über Lilas Tisch und nahm einen Marker aus ihrem Stiftebecher. Dann schnappte ich mir einen Umschlag und schrieb in dicken Großbuchstaben darauf: FUNDSACHE.

Doch plötzlich eine Stimme... eine laute Stimme... im selben Raum wie ich: »Ich hole ein Messer!«

Es war Stesha, die Koordinatorin der Nachmittagsaktivitäten.

»Hi, Eleanor!« Stesha tat, was sie immer tat, wenn sie mich sah: ihren T-Shirt-Ärmel hochziehen, um mir ihr *Looper-Wash*-Tattoo zu zeigen. Sie war offensichtlich eine Vivian.

»Da ist es wieder!«, sagte ich. Was sollte ich schon sagen?

»Möchten Sie zu Lila?«, fragte Stesha.

»Nein, nein...«

»Oh, hallo.« Jetzt auch noch Lila! »Wie geht's Timby.«

»Viel besser.«

Zu dritt standen wir da.

»Kann ich irgendwas für Sie tun?«, fragte Lila.

»Ich wollte Timby noch vom Unterricht abmelden«, sagte ich. »Habe ich heute Morgen vergessen. Und Sie haben doch eine Rundmail verschickt, dass man die Kinder abmelden soll, wenn sie früher gehen, Schulordnung und so?«

»Ach, da hätten Sie nicht extra noch mal herkommen müssen«, sagte Lila. »Ich war ja hier, als Sie Timby abgeholt haben.«

»Das gilt nur für Eltern, die ihre Kinder direkt aus dem Klassenraum holen«, ergänzte Stesha.

Der Reigen von trockener Information hatte eine seltsam paralysierende Wirkung.

»Ist das für mich?«, fragte Lila schließlich und deutete auf den Umschlag in meiner Hand.

»Nein!«, sagte ich und riss ihn in Fetzen.

»Sagen Sie Timby, wir wünschen ihm gute Besserung.«

Ich ging hinaus in den Flur, wo mein Sohn vor einer Plexiglasbox kniete, die mit einem Vorhängeschloss abgeschlossen und mit Ein-Dollar-Scheinen gefüllt war.

»Mom, guck mal! Da sind bestimmt tausend Dollar drin!«

Über der Box ein Schild: JEDER DOLLAR HILFT. Daneben ein Post-it-Zettel: LETZTER TAG!

»Davon kaufen wir Socken und Decken für eine Obdachlosenunterkunft«, sagte Timby.

»Meine Güte«, sagte ich. »Das mit den Obdachlosen verstehe ich ja. Ich verstehe nur nicht, warum es die ganze Zeit immer nur um Obdachlose geht.«

»Heute zählen die Eltern das Geld«, sagte Timby. »Wenn die Galer Street mehr zusammengekriegt hat als die anderen Schulen, dürfen wir in den Vergnügungspark.«

Im Konferenzraum brannte jetzt Licht. Zwei junge Moms und ein junger Dad waren im Einsatz. (Dieselben? Das fragen Sie *mich*?) Sie machten auf dem Tisch Platz für die Geldzählaktion. (Galer-Street-Prinzip: Wenn man für eine Aufgabe zwei Freiwillige braucht, warum dann nicht eindringliche E-Mails rausschicken, dass sich sechs melden sollen?)

Es brachte mich auf eine Idee.

»Timby, geh an dein Fach und hol deinen Rucksack.«

»Ich hab meinen Rucksack hier.«

»Hol deine Turnschuhe.«

»Warum?«

»Damit wir sie waschen können.«

»Wie wäscht man denn Turnschuhe?«

»In der Waschmaschine.«

Timby verzog das Gesicht. »Lieber nicht.«

»Ich will nicht darüber diskutieren«, sagte ich. »Geh.«

Timby trottete nach oben zu seinem Fach.

Fünftklässlerzeichnungen zur Lewis-und-Clark-Expedition hingen an der Wand. Interesse mimend, nahm ich die Schlüssel aus meiner Handtasche und ließ sie in die Sammelbox fallen. Es machte fast kein Geräusch, so viele Dollars hatten diese Gutmenschen eingeworfen.

In wenigen Minuten würde einer der Freiwilligen die Box leeren, die Schlüssel finden und sie Delphines Mom zurückgeben. Kein Schaden, kein Verbrechen ... quasi.

Durchs Fenster des Zweitklässerraums konnte ich aufs Schulgelände hinausblicken. Winzlinge mit geschulterten Rechen stellten sich auf, um nach drinnen zu marschieren.

Zeit, zu verschwinden. Ich grabbelte in der Handtasche nach meinen Schlüsseln. Sie fühlten sich komisch an. Ich schaute hin.

D-E-L-P-H-I-N-E.

Oh Gott! Ich fuhr herum.

Meine Schlüssel! In der Sammelbox! Der *abgeschlossenen* Sammelbox.

Flashback: die Zeit meiner Mitgliedschaft in einem New Yorker Fitnessclub. Es gab eine Epidemie von Spindeinbrüchen. Wie sich herausstellte, hatte ein kriminelles Element die Vorhängeschlösser gewaltsam geöffnet. Wie? Indem es ein Handtuch durch den Bügel gezogen, beide Enden gepackt und ruckartig nach unten gezogen hatte. Ich hatte das immer schon mal ausprobieren wollen.

Weiter hinten an der Lewis-und-Clark-Wand hatten die Kids Tomahawks aufgehängt: Stöcke und Steine, zusammengebunden mit... Lederstreifen!

Und da glauben manche Leute nicht, dass Gott für uns sorgt.

Ich wickelte den Lederstreifen von einem Tomahawk ab und faltete ihn mehrmals zusammen.

Die Luft war immer noch rein, aber die Kinder waren jetzt unterwegs. Gleich würden sie hereinstürmen.

Ich fädelte den Lederstreifen durch den Bügel des Schlosses und packte beide Enden. Ich ruckte einmal fest und...

Die Box kippte vom Tisch und krachte auf den Boden!

Ich fiel auf die Knie. Die verdammte Box war immer noch abgeschlossen. Ich griff mir noch einen Tomahawk und hämmerte auf das Schloss ein. Das dämliche Ding wollte einfach nicht kapitulieren. Schließlich fielen die Schräubchen der Scharniere heraus. Ich stemmte den Deckel auf und grabbelte in dem Kästchen herum, wobei Dollarscheine hervorquollen. Ich erwischte meine Schlüssel, sprang auf und warf D-E-L-P-H-I-N-E auf die Dollarlawine. Geklappt! Und niemand hatte mich gesehen.

Außer Timby, der mit seinen dreckigen Turnschuhen dastand.

»Hast du schon mal vom *Unbewussten* gehört?«, fragte ich Timby via Rückspiegel, als mein Wagen den Queen Anne Hill hinabtauchte.

»Nein.«

»Das Unbewusste ist ein Teil von einem, der Dinge denkt und tut, die einem gar nicht richtig bewusst sind.«

»Ah.« Timby hatte den Kopf abgewandt; er blickte aus dem Seitenfenster.

»Es ist fast, als ob da jemand eigenes in einem drin wäre, der seine eigenen Ideen hat. Und oft sind das keine guten Ideen.«

Timby verzog den Mund. Die vorbeisausenden großen Backstein-Wohnhäuser fesselten ihn immer noch.

»Ich glaube, was ich sagen will, ist: *Ein Teil von mir* hat sich heute Morgen die Schlüssel von Delphines Mom geschnappt.«

»Deine Hand.«

Ich justierte den Spiegel.

»Was würdest du gern tun, wenn wir zu Hause sind?«, fragte ich. »Mogeln spielen? Pizza machen? Wir können auch *Voll total hundertpro* gucken.«

»Kann ich's allein gucken?«

Wir hielten an einer Ampel vor der Key Arena. Ein halbes Dutzend Mönche mit kahlrasierten Köpfen, safranfarbenen Gewändern und diesen Stoffumhängetaschen, die man im Handarbeitsunterricht in der Unterstufe produziert, überquerten vor uns die Straße. An einer anderen Ecke warteten Fußgänger, die Rot hatten, obwohl kein Auto kam.

»Seattle«, sagte ich. »Ich kenne keine andere Stadt, wo die Fußgänger so wenig dransetzen, über die Straße zu kommen.«

»Vielleicht sind sie ja einfach zufrieden«, sagte Timby.

Ich reichte den Geschenkkorb nach hinten. »Hier, du kannst dich drüber hermachen.«

Erschreckend zielstrebig versuchte Timby, die Schleife abzustreifen, aber sie zog sich nur fester zusammen. Er versuchte, sie aufzuziehen, aber der Knoten war verklebt. Er probierte, durch die offenen Falten des Zellophans vorzudringen, schaffte es aber lediglich, einen Finger hindurchzubohren. Schließlich griff er sich einen Stift aus dem Rucksack und stach brutal auf die Umhüllung ein.

»Mann«, sagte ich, »das war wirklich konsequent durchgezogen.«

Die Mönche erreichten einen Food-Truck und stellten sich an. Auf dem Kühler war ein Chrom-Schweinskopf. SAUMÄSSIG war der Teil der Aufschrift, den die Schlange nicht verdeckte.

»Weißt du, was wir Lustiges gucken könnten?«, sagte ich. »*Looper Wash.*«

»Kate O. guckt *Looper Wash*«, sagte Timby und biss in ein Olivenbrötchen. »Ihre Moms haben die DVDs. Es ist ihre Lieblingsserie.«

Ich fuhr in unsere Einfahrt und öffnete die Tiefgarage per Fernbedienung.

»Was bedeutet das überhaupt?«, fragte Timby. »*Looper Wash?*«

»Die Frau, die die Pilotepisode geschrieben hat, hat vier Töchter.«

»Violet Parry«, sagte Timby. »Sie ist deine beste Freundin.«

»Stimmt. Die Älteste ist ihr Kind, und die anderen sind adoptiert, aus Äthiopien, Kamboscha und noch irgendwoher.«

»Wenn sie adoptiert sind, sind sie auch ihre Kinder«, korrigierte mich Timby.

Ich fuhr auf unseren Stellplatz und stellte den Motor ab. »Violets Pilotepisode handelte von vier Mädchen, die immer in einem trockenen Flussbett in einer Ortschaft namens Looper rumhängen. Dem *Looper Wash*.«

»Wieso Wash?«, fragte er.

»Ein *Wash* ist ein trockenes Flussbett.« Ich stellte den Rückspiegel so, dass wir einander sehen konnten. »Ich weiß, es ist ein bisschen ausgefallen. Man muss es immer erklären. Die Mädchen sind urkomisch. Sie hassen alles, was mit Technologie und Fortschritt zu tun hat. Und sie hassen Hippies und Lebensmittelverschwendung.«

Timby, der jetzt Kekse aß, schien nicht sonderlich überzeugt.

»Glaub mir«, sagte ich. »Es ist witzig.«

»Klingt eher fies.«

»Wenn man älter wird, ist fies witzig.« Ich drehte mich um. »Weil Violet und ich als Frauen eine Serie machten, die Erwachsene und Kinder toll fanden, eine Serie, die von Gesellschaftssatire *und* Girlpower strotzte – es war ein Riesending.« Ich drehte mich nach vorn.

»Weinst du?«, fragte Timby.

Ich machte die Tür auf und stieg aus.

»Wir brauchen es nicht zu gucken, wenn du nicht willst«, sagte Timby. Er umklammerte immer noch den Geschenkkorb, der jetzt eine zerfledderte Karkasse aus Bast, leeren Verpackungen, offenen Gläschen und lose herumrollenden Pfefferminzkugeln war.

»Ich will aber«, sagte ich. Wir stiegen in den Lift. Ich drückte Erdgeschoss, und die Tür schloss uns ein.

»Wir fangen mit der Pilotepisode an«, sagte ich. »Die ist ein bisschen lahm, aber es gibt lustige Sachen, auf die man achten kann.«

»Was zum Beispiel?«

Die Tür ging auf, und wir gingen um die Ecke zu den Briefkästen.

»Die Serie wurde in Ungarn handkoloriert...« Ich öffnete den Briefkasten. Werbung, Werbung, Werbung. »Und laut Skript sollten die Mädchen ihren Ponys Junior Mints zu fressen geben.«

»Echt?«

»Wir hatten einen Zeichner im Studio, der behauptete, dass Ponys auf Junior Mints stehen...«

Ein großer Umschlag vom Jazz Alley. INLIEGEND SAISONTICKETS. Trotz meiner Einwände musste Joe das Abo erneuert haben. Immerhin hatte er mich so weit erhört, nur ein kleines Konzertpaket genommen zu haben.

»Jedenfalls«, sagte ich zu Timby und klemmte den Ticket-Umschlag unter den Arm, »haben die Ungarn unser Material bekommen, aber sie wussten wohl nicht, was Junior Mints sind, und befanden, dass es eine Fleischsorte sein musste.«

Timby hing an meinen Lippen.

»Wir hatten keine Zeit, es zu korrigieren«, sagte ich. »Es ist nur ganz kurz zu sehen, aber wenn man es in Zeitlupe laufen lässt, erkennt man, dass Millicent ihrem Pony blutige Fleischbrocken zu fressen gibt.«

»Das will ich sehen!«, sagte Timby.

Plötzlich ein Schrei quer durch die Lobby.

»Da ist sie ja!«

Sydney Madsen! Sie kam auf mich zugestürmt, mit ihrem schlanken Läuferinnenkörper und ihren komischen Badeschuhen.

Siedend heiß fiel es mir wieder ein.

Ajay, der Portier, war bei ihr. Was auch immer Sydney Madsen gerade mit ihm veranstaltet hatte, es gehörte nicht zu dem, was er für sein lausiges Gehalt auf sich nehmen musste.

»Eleanor, du bist okay!« Sydney packte mich an den Armen und schüttelte mich. »Was ist los?«

»Ich habe totalen Mist gebaut! Ich dachte, wir wären zum Lunch verabredet.«

»Das habe ich den zahlreichen Sprachnachrichten entnommen, die du mir hinterlassen hast.« Dank ihrer schwerfälligen Sprechweise brauchte sie dafür doppelt so lange wie ein normaler Mensch. »Mein Handy war aus, weil ich in einer zweieinhalbstündigen Konferenz war. Als ich rauskam, hatte ich fünf Sprachnachrichten von dir.«

In Wasservergnügungsparks steht an manchen Fahrgeschäften ein Schild: HIER WERDEN SIE NASS. Sydney sollte ein Schild um den Hals haben müssen: HIER WERDEN SIE GELANGWEILT.

»Ist mir wirklich peinlich«, sagte ich. »Es geht mir bestens.«

Doch Sydney Madsen war noch nicht fertig. »Ich wollte dich auf dem Handy anrufen, aber du bist nicht rangegangen. Ich habe bei dir zu Hause angerufen. Ich habe im Restaurant angerufen. Ich bin hierhergekommen, und dieser junge Mann hat mich raufgebracht, damit ich an deine Tür klopfen konnte, aber er wollte mich nicht in deine Wohnung lassen. Ich habe in Joes Praxis angerufen, und die haben gesagt, er sei im Urlaub.«

»Sie hat sich den Kopf angehauen«, mischte sich Timby ein. »Im Museum. Sie war ohnmächtig. Sie hat ihr Handy weggeworfen.«

Sydney strich meinen Pony beiseite und guckte erschrocken. Ich fasste mir an die Stirn.

»Autsch!« Ich zuckte zusammen. Eine gänseeigroße Beule hatte sich gebildet.

»Warst du im Krankenhaus?«, fragte Sydney.

»Ist schon okay«, sagte ich. »Ich muss jetzt nur raufgehen und mich hinlegen.«

»Genau das wirst du nicht tun«, sagte sie. »Eleanor, es gibt strenge Verhaltenssregeln bei Verdacht auf Gehirnerschütterung. Hast du dich mit der Gehirnerschütterungsapp getestet?«

»Gibt's wirklich eine Gehirnerschütterungsapp?«, fragte Timby.

»Moment«, sagte Sydney. »Bitte sag, dass du nicht mit einer Kopfverletzung Auto gefahren bist.«

»Ähmmm«, sagte Timby mit einem liebreizenden Lächeln.

»Ich habe meine Zunge jahrelang im Zaum gehalten«, setzte Sydney zu einem neuen langsamen, aber unaufhaltsamen Vortrag an. »Doch jetzt ist dein Verhaltensmuster so besorgniserregend, dass ich nicht anders kann, als es auszusprechen: Du musst endlich Handlungsverantwortung für dein Leben übernehmen.«

Gibt es etwas Abtörnenderes, als von jemandem eine Predigt über *Handlungsverantwortung* gehalten zu bekommen? Reden Sie von *Handlungsverantwortung*, so viel Sie wollen, aber seien Sie sich darüber im Klaren, dass Sie Ihre Zeit nicht mit mir verbringen werden.

»Du bist immer halb in dieser Welt und halb weiß Gott wo«, leierte Sydney weiter. »Ich bin ein vielbeschäftigter Mensch. Ich habe einen Termin sausen lassen, um dich zu suchen. Ich habe die ganze Tiefgarage nach deinem Auto abgesucht. Joes Auto habe ich gefunden, aber deins nicht. Ich war krank vor Sorge. Man könnte meinen, du denkst überhaupt nie an andere.«

»Sie hat dir das hier gekauft.« Timby überreichte Sydney den verwüsteten Geschenkkorb mit dem zerfetzten Zellophan und dem halbaufgegessenen Inhalt.

»Ich bringe dich jetzt ins Krankenhaus.« Sydney hielt mir die Handfläche entgegen. »Du fährst nicht.«

»Okay.« Ich gab ihr meine Autoschlüssel. »Ich komme mit.«

»Echt?«, fragte Timby.

»Ich gehe nur schnell rauf und hole meine Versicherungskarte. Bin gleich wieder da. Komm, Timby.«

Oben in der Wohnung ging ich direkt in die Abstellkammer. Ich öffnete die Vintage-Mehldose, in der wir unsere Ersatzschlüssel aufbewahrten.

»Was machst du, Mom?«

»Was Lustiges.«

Als wir wieder im Fahrstuhl waren, wollte Timby Erdgeschoss drücken. Ich konnte ihn gerade noch rechtzeitig stoppen. Ich drückte Zweites Tiefgaragengeschoss.

»Sydney hat gesagt, sie hat Dads Auto gesehen«, erklärte ich. »Wenn das stimmt, ist das eine bedeutsame Entwicklung.«

»Echt?«

Timby folgte mir in die Garage hinaus.

Tatsächlich stand Joes Wagen auf seinem Stellplatz. Joe parkt eine Ebene unter mir (ist es nicht süß von ihm, mir den besseren Parkplatz zu überlassen?), deshalb hatte ich den Wagen vorhin nicht gesehen. Mit Joes Ersatzschlüssel entriegelte ich die Türen.

»Einsteigen?«, fragte Timby.

Ich startete den Motor und wartete, dass die Elektronik hochfuhr. Aus den Lautsprechern dröhnte nervige Jam-Band-Musik von dem Sirius-Kanal, den Joe gern hört.

»Bah«, sagte ich und machte das Radio aus. »Live-Musik muss man live hören. Sonst ist es, wie Salat von gestern zu essen.«

Hinten brüllte Timby vor Lachen.

»Was ist?«, fragte ich.

»Salat von gestern! Das ist echt witzig!«

»Nanu«, sagte ich. »Ich dachte immer, du kapierst meine Witze nicht.«

»Ich kapier sie schon«, sagte er. »Sie sind nur meistens nicht witzig.«

Unser Wohnviertel erschien auf dem Navi. Ich ging die Menüoptionen durch, bis ich GEFAHRENE STRECKEN ANZEIGEN fand.

Auf dem Display wieder unser Viertel, aber diesmal mit gepunkteten Linien für die Strecken, die Joe gefahren war. Ich zoomte aus, um einen Überblick über Joes Wege zu bekommen.

Die dickste Linie führte von unserer Wohnung zu seiner Praxis. Aber da war noch eine, fast so dick, zwischen unserer Wohnung und einem mysteriösen Fahrziel etwa fünf Meilen entfernt. In Magnolia, einem verschlafenen Stadtteil auf einem Hügel, wo wir nie hinfuhren. Weil es keinen Grund dafür gab.

»Was machst du?«, fragte Timby.

Ich zoomte ein. Eine Wohngegend. Nicht gut.

»Los geht's«, sagte ich. »Anschnallen.«

Wir preschten die gewundene Rampe hinauf und in den Verkehr hinaus. Ich konnte mir einen Blick nicht verkneifen. In der Lobby stand Sydney Madsen mit dem Rücken zu uns und redete, mit den Armen fuchtelnd, auf den armen Ajay ein. Seine Augen weiteten sich, als er sah, dass es Timby und ich waren, die da die Third Avenue entlangschossen.

»Weißt du noch, wie ich dir erklärt habe, dass das Unbewusste ein verborgener Teil von uns ist, der manchmal auf Ideen kommt, die nicht gut sind?«, sagte ich zu Timby. »Das hier ist was anderes. Das bin ich, deine Mom, die etwas tut, wovon sie ganz genau weiß, dass es keine gute Idee ist.«

Der Spur von elektronischen Brotkrümeln folgend bog ich nordwärts auf die Denny Avenue ab. Die Sonne schien grell. Hektisch klappte ich die Sonnenblende herunter. Ein Foto fiel herab. Wir drei letztes Jahr auf dem State Fair in Puyallup, wie wir gerade Angorakaninchen streicheln. Eine Welle der Verunsicherung: retrospektives Glück.

»Süß«, sagte Timby. »Kann ich mal sehen?«

Ich streckte das Foto über meine Schulter.

Kurz nachdem Joe und ich nach Seattle gezogen waren, besuchten wir den State Fair – für mich der erste überhaupt. Seither ist das bei uns Tradition. Natürlich war ich als gebürtige New Yorkerin entsetzt über die Freigänger-Aura und das Durchschnittsgewicht der Leute, die dort herumliefen. Überall kleine, tropfenförmige Trailer, aus denen Himbeer-Scones verkauft wurden. WASHINGTONS STOLZ verkündeten die Schilder. Ich dachte, er kann einem leidtun, dieser Bundesstaat, wenn er auf so wenig so stolz ist.

Das Gleiche galt auch für das Unterhaltungsangebot. Man erwartete von uns, dass wir Ziegen in Pferchen bewunderten, Gemüse bestaunten, das in Form der Bundesstaatsflagge arrangiert war, und Silberputzmittelvorführungen verfolgten. Ich war wohl zu lange auf den Beinen, oder vielleicht lag es auch an der Septemberhitze, aber als ich die aufrichtige Begeisterung sah, mit der Joe seinen Favoriten beim Schweinerennen anfeuerte (»Schau dir das an! Die jagen einem Schokodoppelkeks hinterher!«), brach meine Abwehr einfach in sich zusammen. Ich fühlte mich plötzlich eins mit der teigig-weißen Masse Mensch, diesen Washingtonern mit ihren Gewehren, ihrem Jesus und ihren BlueBlocker-Sonnenbrillen.

Und ich dachte, *du*, New York, kannst einem leidtun, du egozentrische Cracknutte mit deinen statusfixierten, nervös umherhuschenden Augen, deinen verstopften Bürgersteigen, deinen sich wie Krebszellen vermehrenden, von Stararchitekten designten Prada-Shops, deinem permanenten Geschwätz über Immobilienpreise, das jede zivilisierte Unterhaltung verunmöglicht, deinen ohrenbetäubend lauten Restaurants, in die man nicht reinkommt, deinen billigen TV-Stars, die echte Talente am Broadway verdrängen, deinen stinkenden Straßen, voll von immer schwärzeren SUVs mit immer dunkler getönten Scheiben und immer reicheren Hedge-Fonds-Armleuchtern an Bord. Und was hat es dir gebracht? Du jagst immer noch dem Profitrausch von gestern hinterher.

In dem Moment wusste ich, ich liebte unser neues Leben im bodenständigen Staat Washington, und ich liebte vor allem Joe, weil er mich hierhergeschleppt und vor meinem Manhattanzentristischen schlimmsten Selbst gerettet hatte.

»Weißt du noch, wie du mir letztes Jahr keinen Trichterkuchen gekauft hast?« Das war Timbys zentrale Erinnerung. Er gab mir das Foto wieder. »Warum bist du traurig?«, fragte er.

»Ich mache mir Sorgen, dass ich deinem Dad nicht genug Aufmerksamkeit geschenkt habe«, sagte ich.

»Ist schon okay, Mom. So bist du eben.«

Ich fuhr rechts ran und lehnte die Stirn ans Lenkrad. Mein Atem flatterte ganz oben in meiner Brust.

»Ich will aber nicht so sein«, sagte ich mit tränenerstickter Stimme. »Ich will's wirklich nicht.«

Ich öffnete meinen Gurt und drehte mich um.

»Was machst du?« Timby klang jetzt beunruhigt.

Ich war ganz Hinterteil, als ich in den Fond zu klettern versuchte.

»Ich muss dich umarmen«, grunzte ich, während ich darum rang, den Fuß hoch- und hinüberzubekommen.

»Nicht«, sagte Timby, hilflos in seinem Kindersitz. »Hör auf, Mom.«

»Ich will deiner wert sein«, sagte ich, hechelnd wie bei einer Geburt. »Du verdienst was Besseres als mich.« Ich steckte in einer uneleganten Wasserspeierhaltung zwischen Konsole und Dach fest.

»Oh Gott, schau mich an«, jammerte ich. »Ich weiß nicht, was ich tue!«

»Ich auch nicht«, sagte er. »Geh wieder zurück.«

Mühsam schraubte ich die Schultern herum. Timbys Fuß schubste mich auf den Fahrersitz.

Ich raufte mir das Haar. »Und zu allem benehme ich mich jetzt auch noch total verrückt.«

»Lass es einfach hinter dir«, sagte Timby.

Ich fuhr an und die Elliott Avenue entlang, eine vielbefahrene Durchgangsstraße, gesäumt von Güterbahngleisen, stillgelegten Fabriken und Abrisshäusern, die sich demnächst allesamt in umweltverträgliche Technologiezentren verwandeln werden. Mit anderen Worten, eine Gegend ohne Fußgänger.

Weshalb mir die eine massige Gestalt, die da nordwärts stapfte, ins Auge sprang.

Das konnte nicht sein. Ich bremste ab. Es *war*.

»Oh, *nein*.« Ich ließ das Fenster hinunter und fuhr im Schritttempo neben ihm her.

»Was ist?«, fragte Timby. »Warum hältst du an?«

»Alonzo!«, sagte ich. »Steigen Sie ein!«

Seine obere Hälfte glitt weiter voran.

»Ich konnte es nicht«, sagte er laut, um den Verkehr zu übertönen. »Ich gehe nicht zurück.«

»Ich bin auf der Busspur«, sagte ich. »Einsteigen!«

Alonzo gehorchte mit verbissener Miene. Er war stinkwütend, hielt die Arme verschränkt und weigerte sich, mich anzusehen. Ich gab wieder Gas. Die Anschnallaufforderung piepte zuerst fürsorglich, dann ärgerlich.

»Gurt«, sagte Timby.

Alonzo rührte sich nicht.

»Hat er besondere Bedürfnisse?«, fragte mich Timby.

»Was für Bedürfnisse?«, fragte Alonzo.

»Nichts«, sagte ich, »sie können einfach nur nicht ›zurückgeblieben‹ sagen.«

Timby tippte Alonzo an. »Entschuldigung. Kann ich mal Ihr Handy borgen?«

Alonzo reichte es ihm nach hinten und saß dann wieder reglos da.

»Alonzo!«, sagte ich. »Was ist passiert?«

»Ich bin zurückgegangen, und das Erste, was ich sah, war ein sofagroßer Packen Weihnachtsschleifen. Mir wurde ganz schlecht, und ich habe kehrtgemacht. Wussten Sie, dass ich seit Jahren an einem Roman arbeite? Ben Lerners Agentin hat gesagt, ich könne ihn ihr schicken, wenn er fertig sei.«

»Das ist ja toll!«

»Aber ich kann ihn nicht fertigschreiben, weil meine Seele ein Schlachthof ist.«

»›Ich habe mein Leben mit Kaffeelöffeln ausgemessen‹«, sagte ich mitfühlend.

Alonzo presste den Rücken gegen die Beifahrertür, um mich besser sehen zu können. »Danke. Aber das ist meine private Hölle.«

»Oder auch nicht«, sagte ich. »Dieser Buchvertrag, den ich hatte? Er ist geplatzt. Meine Lektorin ist nicht mal mehr im Verlagswesen. Sie ist jetzt in der Käsebranche, in Nyack.«

»Oh nein!«, rief Timby. »Sind wir jetzt arm?«

»Sie und ich?«, sagte ich zu Alonzo. »Wir sind Künstler. Wir haben einen Weg gewählt, der zu neunundneunzig Prozent Mühsal und Ablehnung ist. Aber wir teilen dieses Schicksal. Das ist es, was zählt.«

»Sparen Sie sich's«, sagte Alonzo. »Sie sind eine Frau mit einem reichen Ehemann. Alles, was ich habe, ist eine Assistenzprofessur. Und aus der versuchen sie mich auch gerade rauszukriegen.«

»Wer versucht das?«

»Die Diversitätsapostel«, erklärte er. »Oder besser gesagt, so ein Berufsopfer aus Tacoma mit einem Social-Media-Megafon. Auf ihrer Facebookseite steht unter Beruf ›Kommunikationsstifterin‹. Kommunikationsstifterin! Ihre Welt beschränkt sich auf den Echoraum der sozialen Medien. Sie würde ein Gedicht nicht erkennen, wenn sie sich den Mund damit abwischen würde.«

»Was hat sie denn gegen Sie?«

»Irgendwie hat sie mein Poesie-Kursprogramm in die Hände bekommen. Zu viele tote weiße Männer für ihren Geschmack. Und jetzt betreibt sie eine E-Petitionskampagne, die meinen Rücktritt erzwingen soll. Langston Hughes steht auf meiner Lektüreliste. Gwendolyn Brooks ebenfalls. Aber das hat natürlich nur eine Alibifunktion.«

»Sie kann doch nicht wirklich erreichen, dass Sie gefeuert werden?«

»›Den Besten fehlt jede Überzeugung, doch die Bösesten sind voll leidenschaftlicher Kraft‹«, sagte Alonzo melancholisch. »Dass Yeats das gesagt hat, werden die Studenten jetzt nicht mehr erfahren, weil er die Wurzel allen Übels ist. Gemeinsam mit Walt Whitman und Allen Ginsberg. Ach, ja, und mir. Meine weiße Person nicht zu vergessen. Ich bin auch übel. Ich würde mich ja erbieten zu sterben, wenn es etwas nützen würde. Aber nein, sie will partout, dass ich mein Haus verliere. Sie hat die Wahrheit gepachtet. Sie ist wütend, also muss sie recht haben.«

»Ich habe das Gefühl, dass man das Ganze auch anders sehen könnte«, sagte ich. »Aber zufällig ist Diversität eins der Themen, um die ich mich proaktiv nicht kümmere.«

»Wisst ihr, was ich mache, wenn Leute sich streiten?«, piepste Timby von hinten. »Ich finde immer das richtig, was der gesagt hat, der zuletzt was gesagt hat.«

Was-ist-länger-eine-Katze-oder-ein-Dounut?, tönte eine Computerstimme auf dem Rücksitz.

Vor Schreck verriss ich das Steuer und verfehlte nur knapp den Bordstein.

»Das ist die Gehirnerschütterungsapp«, sagte Timby und hielt das Handy hoch. Er wandte sich an Alonzo. »Mom hat sich den Kopf angehauen.«

»Ach.«

»Sie stellt einem alle fünf Minuten eine Frage«, sagte Timby. »Und sobald man was nicht beantworten kann, muss man ins Krankenaus.«

»In den meisten Fällen die Katze«, sagte ich. »Zufrieden?«

Ich war dem GPS jetzt in eine nichtssagende Wohngegend gefolgt. »Du liebe Zeit, Magnolia. Wer will denn hier wohnen?«

»In einem Sechshunderttausend-Dollar-Haus?«, fragte Alonzo. »Ich.«

»Joe hat nie was von Magnolia gesagt«, murmelte ich.

»Entschuldigung«, sagte Alonzo. »Was tun wir hier?«

»Daddy ist immer irgendwohin gefahren, ohne es Mommy zu sagen, darum hat sie sich seine Autoschlüssel genommen.«

Alonzo blickte zwischen Timby und mir hin und her.

»Seit sie sich den Kopf angehauen hat, macht sie komische Sachen«, sagte Timby.

Ich parkte an der Stelle, wo die gepunktete Linie endete. Wir waren in einer Siedlung aus gleichförmigen Grundstücken mit »modernen« Backsteinhäusern. Das Ganze atmete den Charme der 1950er Jahre, erstaunlich, dass es die Hipster noch nicht entdeckt hatten. Vielleicht würde ich es ja entdecken, wenn ich diesen Tag lebend überstand. Es sah aus wie der perfekte Ort, um seinen Lebensabend zu verbringen und im Schlaf zu sterben, oder zumindest, um an Halloween von Haustür zu Haustür zu ziehen.

Ich stieg aus.

Die Gegend war auf eine unheimliche Art ruhig, und die Vorgärten mit ihren Rhododendren und einem einzigen japanischen Ahorn hatten etwas seltsam Steriles.

Was in aller Welt sollte Joe hier wollen? Ich sah nicht den leisesten Hinweis.

Ich blickte zum Auto zurück. Auf dem Armaturenbrett, durch die Windschutzscheibe sichtbar: JAZZ ALLEY. Der Umschlag mit unseren Abo-Tickets. Er hatte sich so leicht angefühlt...

Ich griff in den Wagen und fand den Umschlag.

»Was willst du damit?«, fragte Timby.

Ich drehte ihm den Rücken zu und riss den Umschlag auf.

Nur *ein* perforiertes Blatt. Ein Ticket pro Konzert.

Joe *hatte* beschlossen, im Alleingang weiterzumachen.

»Oh nein«, sagte ich. »Oh-nein-nein-nein.«

Die Autotür knallte. Alonzo ging gelassen auf ein Rasenstück außer Hörweite des Autos und wartete auf dem schwammigen Gras auf mich.

»Vielleicht möchten Sie ja drüber reden, was los ist?«, sagte er.

Gedämpfte Musik, ein wummernder Beat, eine aufgesexte Sängerin mit geautotunter Stimme: Timby war auf den Beifahrersitz geklettert und wippte glücklich zu »seiner« Musik.

Ich holte Luft.

»Irgendwo unterwegs«, sagte ich zu Alonzo, »hat sich meine Ehe in eine Art Unternehmen verwandelt.« Zum Beweis wedelte ich mit den Tickets. »Joe und ich sind zwei Erwachsene geworden, die gemeinsam dem Geschäft nachgehen, ein Kind großzuziehen. Als wir uns kennenlernten, wäre ich diesem Mann überallhin gefolgt. Ich lauschte verzückt allem, was er sagte. Jede kleine Geste von ihm begeisterte mich. Sie glauben gar nicht, wo wir überall Sex hatten! Wir heirateten, und ich dachte, das ist das Leben! Aber es war nicht das Leben, es war die Jugend. Und jetzt geht Joe allein zu Jazzkonzerten, und ich reiße Witze darüber, wie kalt und launenhaft ich geworden bin. Vor zwanzig Jahren war ich Johnny Appleseed und verstreute überall Charme und Bonmots. Wenn man mir mit dem Finger auf die Wange stippte, federte er zurück wie von einem elastischen Biskuitkuchen. Jetzt ist mein Gesicht ein Moo-Shu-Pfannkuchen, und die Leute gehen auf die andere Straßenseite, wenn sie mich kommen sehen. Und dieser Bauch. Einfach widerlich.«

»Falls es für irgendwas gut ist«, sagte Alonzo. »Ich finde Sie toll.«

»Das kann nicht sein.«

»Niemand rezitiert Gedichte wie Sie«, sagte er. »Sie gehen sie so nüchtern an, so unprätentiös und ohne Bedeutungshuberei.«

»Aber ich bin dumm.«

»Sie haben den Anfängergeist«, sagte Alonzo. »Aber es ist ein wacher Geist. Sie weisen mich immer auf etwas hin, das mir noch gar nicht aufgefallen ist.«

»*Nur*«, sagte ich, bezogen auf meine Beobachtung an diesem Morgen.

»*Nur*«, pflichtete mir Alonzo bei.

Die gedämpfte Popmusik wurde jetzt zu schallend lauter Popmusik.

Timby hatte die Wagentür geöffnet. »Mom! Ich hab's rausgefunden.«

Alonzo und ich sahen einander fragend an und gingen hinüber.

Auf dem Navi-Display stand unter ZULETZT EINGEGEBENE ZIELE eine Liste von Straßennamen und Hausnummern.

»Die Adresse, die Dad eingegeben hat, ist Nummer 900.«

»Verteufelt clever, Mr Holmes«, sagte Alonzo.

Ich sah mich um. Wir standen vor Nummer 915.

Alonzo zeigte über die Straße. An der Ecke eine riesige Rasenfläche. Am Bordstein in schwarzen Schablonenziffern: 900.

Jenseits des Rasens ein niedriges Backsteingebäude. *Begegnungsstätte Magnolia.* Ein Klappstuhl hielt die Tür offen.

»Ich weiß nicht mal, was eine Begegnungsstätte ist«, sinnierte ich.

»Hey, Timby«, sagte Alonzo, ins Auto gebeugt. »Kannst du Rad schlagen?«

»Klar.«

»Prima«, sagte Alonzo. »Dann kannst du mir's ja beibringen.«

Ich nickte Alonzo dankbar zu und ging über die Straße.

Eine Stimme aus dem Handy in Timbys Hand.

Welche-Farbe-hat-Sellerie?

»Er ist selleriefarben«, rief ich über die Schulter.

Ich ging schräg über die Rasenfläche zu der offenen Tür. Auf dem Klappstuhl ein Marmeladenglas mit frisch gepflückten Anemonen.

Von drinnen leichter Applaus.

Ich marschierte weiter und platzte in …

… einen wesentlich kleineren Raum, als ich erwartet hatte.

»Herzlich willkommen«, sagte ein Glatzkopf mit einer Lederweste. »Sind Sie neu bei uns?«

An der Wand Poster: EILE MIT WEILE. DAS WICHTIGSTE ZUERST. EINEN TAG NACH DEM ANDEREN. KOMM WIEDER, ES FUNKTIONIERT.

O-oh.

Alle Blicke waren auf mich gerichtet. Die Gesichter waren so voller Mitgefühl und Demut, dass ich nicht anders konnte, als mich zu öffnen.

»Ich suche meinen Mann«, sagte ich. »Er ist eins achtundachtzig groß. Haare bräunlich mit Grau drin. Augen blau. Er kann kein Alkoholiker sein. Glaube ich jedenfalls. Aber ich weiß nicht mehr weiter. Ich habe mir den Kopf angeschlagen. Ich habe meinen kleinen Sohn dabei. Er ist draußen und übt Rad schlagen mit einem Dichter, der im Grunde ein bezahlter Freund von mir ist. Ich weiß, das hier ist alles anonym und so, und Sie verpetzen einander nicht. Aber ich will meinen Mann unbedingt finden. Wenn ich Ihnen seinen Namen sage, brauchen Sie ja gar nichts zu sagen, Sie können ja vielleicht einfach nur nicken wie in *Die Unbestechlichen*?«

Unsichere Blicke huschten umher und blieben schließlich an dem Mann mit der Weste hängen.

»Wenn Ihr Leben durch eine süchtige Person belastet wird«, erklärte er freundlich, »haben wir dafür Literatur.«

Er zeigte auf einen Tisch mit Broschüren und Büchern. Daneben eine Kaffeemaschine, ein zusammengewürfeltes Sortiment Becher und ein Karton Haselnuss-Kaffeeweißer, beschriftet mit NUR FÜR SEXSUCHT-MEETINGS.

»Oh!«, sagte ich. »Sie sind Sexsüchtige. *Das* ist mein Mann nicht.«

Vielleicht hatte sich etwas Abscheu in meine Stimme geschlichen, denn eine Frau begann, leise zu weinen.

»Ich glaube, ich geh dann mal«, sagte ich im Rückwärtsgehen. »Viel Glück bei ... auf der Reise.«

Ich ging hinaus, schlug die Hände vors Gesicht und stand stöhnend da.

»Du bist!« Timbys Stimme im leichten Wind.

Ich sah auf.

Alonzo rannte ihm hinterher, in ein rundes Gebäude am anderen Ende eines überdachten Gangs.

In grooviger 70er-Jahre-Schrift: FRIEDENSFÜRST.

Eine Kirche. Ich folgte dem breiten, einladenden, von frisch gepflanztem Zierkohl und lila Stiefmütterchen gesäumten Weg.

Ich zog an einem Türgriff, so groß wie ein Cricketschläger, und betrat einen niedrigen, mit Teppichboden ausgelegten Narthex. Jawohl, Narthex. Das stand vor Jahrzehnten auf einem Wortkalender, und so viele Wörter ich auch vergessen hatte, Narthex gehörte nicht dazu.

Alonzo saß an einem Klavier, das an der Wand stand.

»Was ist dein Lieblingssong?«, fragte er Timby.

»›Love You Hard‹.«

»Das kenne ich nicht.«

»Ist von Pansy Kingman«, sagte Timby. »Der von *Voll total hundertpro?*« Er bemerkte mich. »Wo warst du?«

»Nirgends«, sagte ich. Meine Augen schmerzten. Vielleicht, weil ich von der Sonne ins Dunkel gekommen war ... Ich musste mich hinsetzen.

»Augenblick noch, ja?«, sagte ich zu Alonzo.

Ich zog die Tür zum großen Hauptteil der Kirche auf (der hatte offenbar *nicht* im Wortkalender gestanden).

»Du gehst in die Kirche?«, fragte Timby.

»Ich gehe in eine Kirche.«

Alonzo spielte ein munteres Intro auf dem Klavier und begann zu singen.

»*If it hadn't been for Cotton-Eyed Joe, I'd a been married long time ago. Where did you come from? Where did you go? Where did you come from, Cotton-Eyed Joe?*«

*

Ich ging durch die Tür. Die Kirche tat sich vor mir auf. Von hoch oben fiel Licht durch das Buntglas. Noch mehr Licht kam durch die klaren Fenster an den Seiten. Halogenlämpchen hingen grazil an langen dünnen Drähten. Kerzen brannten in roten Votivleuchten. Weihrauch hing in der Luft.

Ich setzte mich in eine Kirchenbank, und die Gedanken fluteten herein.

Bucky, der Buddha zitiert! Und ich bin der Einkaufswagen mit dem blockierenden Rad, der immer im Kreis fährt; kein noch so großes Aufgebot an Kraft oder Entschlossenheit kann diesen Zirkel durchbrechen. Ivy, die einfach nur dasteht, dort am Flughafen. Ihr Schweigen die Bestätigung, dass ich ein Floß war und es Zeit ist, mich abzulegen.

Es ist klar, warum sie's getan hat: Buckys Welt ist auf Ausschluss gegründet. Der Preis dafür, eingelassen zu werden, ist sklavische Ergebenheit. Nachdem Ivy die Wahrheit über ihre Ehe enthüllt hatte, hieß es, er oder ich.

Verstehen!

Violet hat mir mal erklärt: »Veränderung ist das Ziel. Verstehen ist der Trostpreis.« Natürlich hatte sie recht.

Ich will nicht verstehen. Ich will meine Schwester wiederhaben.

Es tut mir leid, Eleanor, sagt Ivy, wenn sie mir um drei Uhr morgens erscheint, während Joe neben mir friedlich schläft. *Es war eine abscheuliche Entscheidung, die ich treffen musste. Du sollst wissen, dass ich dich immer als das sehen werde, was du bist. Du bist meine Familie. Ich vermisse dich auch.*

Dann wache ich auf, schweißgebadet, gestrandet, ein Monster, dem alles genommen wurde, Sanftheit und Stärke, jede gute Eigenschaft, die es je besessen hat. Am nächsten Morgen wende ich mich wieder meinem täglichen Leben zu, das nur die Attrappe eines täglichen Lebens ist, wegen meiner heimlichen Schmach: Ich bin auf ein Etwas reduziert, das Ivy vermisst.

※

Ich berührte die leere Bank neben mir, etwas, wobei ich mich öfter ertappe, wenn ich mich nach meiner Schwester sehne.

Wie tröstlich, wie wunderbar, sie an meiner Seite zu haben. Eine Schwester, die »immer vorbeikommt«, wie Spencer es ausgedrückt hatte. Schon bei der Vorstellung, Ivy leibhaftig neben mir zu spüren, stieg ein erhebendes Gefühl in mir auf – die Flood-Girls wiedervereint, bereit, die Welt zu erobern.

»Entschuldigung?« Timby. Er hatte die Tür einen Spalt breit geöffnet und steckte den Kopf herein. »Kannst du drei Länder in Europa nennen?«

»Spanien, Frankreich und Luxemburg.«

Timby gab mir das Daumen-hoch-Zeichen und schloss die Tür wieder.

Diese Woche war ich bei einem neuen Therapeuten. Ich habe ihm die Geschichte vom Traurigen Troubadour erzählt, die, die ich in all den schlaflosen Nächten ausgefeilt hatte. Darin war Bucky der Schurke, ich das Opfer und Ivy die Schachfigur. Die Geschichte kam so emotionslos heraus, als würde sie von einer unbeteiligten Dritten erzählt. (Die Trickkünstlerin schlägt wieder zu!) Der Therapeut meinte, das Schlimmste, was ein Mensch erleben könne, sei, »sich gehasst und verkannt zu fühlen«.

»Und wenn es noch was Schlimmeres gibt?«, fragte ich ihn. »Sich gehasst und *erkannt* zu fühlen?«

Was Bucky an jenem Tag am Flughafen über mich gesagt hatte – nichts davon war falsch.

Möchten Sie einen nussigen Gouda probieren? Tut mir leid, Joyce Primm, du verkaufst jetzt Käse, weil du die wahre Geschichte meines Lebens wolltest, die ich aber schon gelöscht hatte.

*

Ich hob den Kopf.

Die Farben des staubigen Lichts waren herbstlich, 70er-Jahre-Farben: Orange, Ocker, Braun, Olivgrün. Das Buntglas schien eher von Peter Max oder Milton Glaser inspiriert als vom christlichen Glauben. Eine Hand mit einer Taube. Das Wort *Freude* in Bell-Bottom-Schrift. Der einzige dargestellte Jesus hatte regenbogenbuntes Haar wie Bob Dylan auf dieser einen Plattenhülle. Eines Sonntagmorgens kam Mom vor Optimismus strahlend aus der Kirche zurück, weil der Chor »Day by Day« aus *Godspell* gesungen und der Priester verkündet hatte, dass von jetzt an Frauen in Hosen in die Kirche kommen dürften. Ein Jahr später war sie tot.

Daddy nannte uns drei immer »meine Girls.« Mom nannte Ivy und mich »meine Girls«. Welch schändliche Missachtung unserer beiden Eltern, dieses Zerwürfnis der Flood-Girls.

Eine Wand um Ivy, Bucky und die Scherben der Vergangenheit zu errichten: Das schien damals die einzige Lösung. Und jahrelang hatte es ja funktioniert. Mehr oder weniger! Aber heute brach die Wand zusammen.

Ich stand auf. Mein Herz war so schwer wie ein Asteroid.

Im Mai würde ich fünfzig werden. Was ich vorzuweisen hatte? Für die meisten Leute wäre es der Stoff, aus dem Wunschträume gemacht sind. Alles, was ich in meinem Leben angegangen war, hatte ich mit Grandezza erreicht. Außer die Menschen, die ich am meisten liebte, gut zu lieben.

Es war Zeit, etwas anderes zu versuchen. Aber was?

Alonzo und Timby standen sich gegenüber; zwischen ihnen strömte eine starke spielerische Energie hin und her.

»Wo ist er denn nur?«, sagte Alonzo. »Ah, Moment, da ist er ja!«

»*Wo?*« Timby hüpfte auf der Stelle.

Alonzo machte eine Handbewegung hinter Timbys Ohr und zog einen Vierteldollar hervor. »*Da* ist er! Das ist nicht fair!«

Timby schnappte ihm die Münze aus der Hand.

»Das ist nicht fair!«, sagte Alonzo und drehte sich zu mir um. »Irgendwas rausgefunden?«

»Nichts«, sagte ich.

Alle drei blinzelten wir in die Nachmittagssonne. Wir gingen den Weg entlang zurück zum Wagen.

Das Zwölf-Schritte-Treffen war zu Ende. Mehrere Süchtige standen Kaffee trinkend und rauchend herum. Ich trat auf sie zu.

»Hi«, sagte ich. »Ich wollte mich noch mal für die Störung entschuldigen.«

»Piemand ist nerfekt«, sagte der mit der Weste.

Die zerbrechliche Frau beobachtete mich misstrauisch und nahm einen Schluck von ihrem Kaffee. Sie trank ihn aus einem Color-Me-Mine-Becher. Die Dickwandigkeit und die schlampige Glasur waren unverwechselbar.

Ich dachte, ich hätte Halluzinationen.

»Kann ich mal die andere Seite Ihres Bechers sehen?«, fragte ich.

Sie drehte ihn: die kindliche Darstellung einer Stabheuschrecke und das Wort *Daddy*.

Mit Timbys spiegelverkehrtem Y.

»Joe«, sagte ich. »Er war hier.«

Alle schauten schnell weg.

Frustriert rief ich: »Gibt es hier irgendwo jemanden, der *nicht* nach irgendwas süchtig ist? Ich habe eine einfache Frage.«

»Sie sind heute alle früher gegangen und mit dem Bus zur Key gefahren«, sagte eine Frau, die sich gebückt hatte, um eine Katze zu streicheln.

»Key?«, fragte ich.

»Key Arena.«

Die Key Arena war Teil des Seattle Center, einer dreißig Hektar großen, mitten in der Stadt liegenden Anlage, die die Weltausstellung von 1962 beherbergt hatte. Der tadellos gepflegte Campus bietet jetzt fünf Museen, sieben Theater, ein Dutzend Restaurants und null Parkplätze. Ich biss in den sauren Apfel und nahm den Parkservice in Anspruch.

Magisch angezogen glitt mein Blick die fantastisch hohe Space Needle hinauf, deren grellweiße Scheinwerfer sich allmählich gegen den dunkelnden Himmel durchsetzten.

»Kann ich mal pinkeln gehen?«, fragte Timby.

»Aber beeil dich.«

»Ich gehe mit ihm«, erbot sich Alonzo, und sie verschwanden im Kindertheater.

Ich spazierte auf eine Terrasse, lehnte mich an die Brüstung und blickte auf das weite Gelände hinaus.

Der Sommer war vorbei: Der fröhlich-rote Popcorn-Wagen war abgeschlossen und lag umgekippt an einer Betonwand. Der hängende japanische Ahorn war sanft lachsfarben. Täglich erschienen ganze Heerscharen, um jedes Anzeichen von Herbst am Boden zu beseitigen, nur an den Bäumen nicht. Der Rasen war frisch gemäht und gestreift wie ein gesaugter Teppich. Männer in den Zwanzigern mit Bart, Dutt und baumelndem Technologiefirmenausweis schoben ihre Fahrräder vorbei. Der riesige Springbrunnen in der Mitte spie nach außen gerichtete Fontänen, fünfzig himmelwärts zeigende Spritzdüsen, alle synchronisiert mit Musik, etwas Dramatisch-Klassischem, wie es sich von meiner entfernten Warte aus anhörte. Mehr oder weniger bekleidete Kinder rannten die schräge Brunneneinfassung rauf und runter und versuchten, den unberechenbaren Strahlen zu entkommen. Viele schnatterten, weil sie es nicht immer schafften. Der Winter stand vor der Tür.

Die Key Arena stand dräuend da. Hässlich, gedrungen, Beton. Es fiel schwer zu glauben, dass das Ding mal als schön gegolten haben sollte, selbst 1962. Die Beatles hatten dort gespielt. Und Elvis. Dort waren die Sonics NBA-Meister geworden. Doch diese Zeiten waren vorbei. Die Sonics waren nach Oklahoma City gegangen. Kein NBA-Team wollte etwas mit der Arena zu tun haben. Bands weigerten sich, dort zu spielen. Logisch wäre es gewesen, sie abzureißen. Aber dagegen gab es immer einen Riesenaufschrei. Wobei selbst die Verteidiger des Dings keine anderen als sentimentale Gründe finden konnten.

Alonzo trat zu mir an die Brüstung.

»Ich will nach Hause«, sagte ich in einem plötzlichen Anfall von Angst. »Ich will nicht wissen, wo Joe immer war.«

»Ich schon!«, sagte Alonzo lachend.

»Komm, Timby, wir gehen.«

Aber Timby war schon weg. Er rannte den Hang hinab, auf eine Gruppe von Leuten zu, die dort mit Starbucks-Bechern entlangspazierten.

»Daddy!«, rief er.

Und einer von ihnen war Joe.

Meine Mutter wurde von dem jungen Theateragenten Sam Cohn vertreten, bevor er der legendäre Sam Cohn wurde. Sie gab für ihn in unserer großen, mietpreisgebundenen Wohnung in der Upper West Side eine Geburtstagsparty. Der Clou: Jeder Gast musste eine Person mitbringen, der Sam noch nie begegnet war. Während Sams eigentliche Freunde sich auf der Hintertreppe versteckten, betrat Sam einen Raum voller Fremder, die alle »Überraschung!« riefen.

*

Jetzt war ich es, die die unbekannten Gesichter überflog, in der Hoffnung, es würde mich erleichtern, diese Leute zu sehen, die mir absolut nichts sagten.

Sie lächelten und unterhielten sich angeregt, als wollten sie immer noch einen guten Eindruck aufeinander machen. Das Schweigen der Vertrautheit hatte sich noch nicht eingestellt.

Joe entdeckte jetzt Timby. Sein Gesicht hellte sich auf. Er drückte seinen Kaffee gerade noch rechtzeitig einem der Fremden in die Hand, bevor Timby in seine Arme sprang. Timbys Beine waren so lang, dass es aussah, als umarmte Joe einen Erwachsenen.

Joe sah sich um und entdeckte mich an der Terrassenbrüstung.

Ich winkte.

Joe schüttelte den Kopf, aber weder überrascht noch schuldbewusst. Es war fast, als ob er – es ließ sich nicht anders ausdrücken – ein freudiges Wunder bestaunte.

DER PLAN

Von Joes Standort aus gesehen, war Eleanor wieder dreißig, in Cutoff-Jeans und einem geblümten Hemd, die nackten Füße sandverkrustet.

Joe war damals im zweiten Jahr seiner Assistenzzeit und hatte Nachtschicht im Southside Hospital auf Long Island. Freitagnachts kamen immer Leute mit alkoholassoziierten Verletzungen herein, aber noch nie war jemand so Faszinierendes darunter gewesen wie die Flood-Schwestern.

Ivy war die, die den Blick auf sich zog: eins achtzig groß, ätherisch und geschmeidig, die Haut milchweiß, das leuchtend gelbe Kleid am Saum schwärzlich, weil es die ganze Zeit über den Boden schleifte. Irgendetwas an ihr löste den Impuls aus, sie zu berühren, um sich zu vergewissern, dass sie real war. Aber die Verletzte war Eleanor: Ihr rechter Arm ruhte in einer Schlinge aus einem Bettlaken.

»Dann erzählen Sie mal, was passiert ist«, sagte Joe.

Eleanor hatte grüne Augen und leichte Sommersprossen. Hübsch, aber nicht die Hübsche von beiden.

»Sie wissen doch, manchmal geht man am Strand spazieren«, sagte sie und rülpste erst einmal. »Tschuldigung. Und da sieht man diese Sommerhäuser mit den klapprigen Veranden und denkt, welcher Idiot wäre so blöd, sowas zu betreten, geschweige denn, darauf eine Bierparty mit dreißig Leuten zu feiern?«

»Die Antwort lautet …« Ivy zeigte auf Eleanor.

»Dann wollen wir den Schaden mal begutachten.« Joe legte ihren Unterarm auf einen Behandlungstisch und löste vorsichtig das Betttuch.

Eleanor sah sich um, als grase sie den Untersuchungsraum nach Details ab, die ihr irgendetwas sagten. Joe beobachtete sie dabei. Dann riss er sich zusammen und senkte den Blick. Der landete auf einem nackten Stück ihrer Taille, das zwischen zwei Hemdknöpfen hindurch sichtbar war. Er sah schnell weg.

Ihr Handgelenk war böse geschwollen.

Joe streckte ihr die Hand hin. »Können Sie die drücken?«

Eleanor zuckte zusammen, außerstande, auch nur die Finger zu bewegen.

»Ich bin Rechtshänderin!«, sagte sie. »Mit dieser Hand verdiene ich meinen Lebensunterhalt. Wenn ich keinen Stift mehr halten kann, ist mein Leben zerstört.«

»Oder jedenfalls beeinträchtigt«, warf Ivy ein. Und zu Joe sagte sie, als wäre Eleanor gar nicht im Raum: »Sie neigt zur Übertreibung.«

»Da fällt mir ein Job in den Schoß, der mein Leben verändern würde, und was mache ich, bevor ich auch nur den Vertrag unterschrieben habe?«, sagte Eleanor. »Ein Haus auf Fire Island mieten und eine Party schmeißen.«

»Ich wollte ja eine Mottoparty«, sagte Ivy schmollend. »Wir haben Mittsommer, den einundzwanzigsten Juni.«

»Du gehst doch sowieso jeden Tag als Titania«, schoss Eleanor zurück. Dann wandte sie sich an Joe: »Wie dämlich ist das denn? Geld, das ich nicht habe, für eine Party und Bier auszugeben?«

»Jetzt röntgen wir Sie erst mal«, sagte er.

»Oh. Mein. Gott«, sagte Eleanor. »Was ist das für ein T-Shirt?«

Joe öffnete seinen Arztkittel, um nachzuschauen. Das Shirt, das er am Morgen im Dunkeln angezogen hatte, war osterglockengelb mit einem lachenden blauen Clown und der Aufschrift *Meyer Mania*.

Ivy kam um den Untersuchungstisch herum. Jetzt hatten ihn beide Schwestern im Fadenkreuz.

»Meyer Mania?«, fragte Ivy.

»Ja«, sagte er, ohne die Erregung nachvollziehen zu können. »Ich hab's schon ewig.«

»Aber was *ist* das?«, fragte Eleanor.

»Meine Theorie ist, dass eine Familie Meyer diese Shirts für ein Familientreffen hat drucken lassen, und weil man ein Motiv gratis bekam, haben sie sich den lachenden Clown ausgesucht.«

»Aber wie ist es bei Ihnen gelandet?«, fragte Eleanor.

»Ich hab's auf dem College im Trockner gefunden.«

Eleanor griff mit der gesunden Hand nach Ivy. Ivy griff nach ihr.

»Was ist?«, fragte Joe.

»Wir könnten Sie mögen«, sagte Ivy.

Die Röntgenaufnahme zeigte eine signifikante Colles-Fraktur. Als Joe wieder in den Untersuchungsraum kam, schwatzten die Schwestern über die Party.

»Es wundert mich, dass Sie nicht stärkere Schmerzen haben«, erklärte er Eleanor.

»Oh, ich *habe* Schmerzen«, sagte sie. »Mit Schmerz bin ich gut. Nur mit Unbehagen kann ich nicht umgehen.«

»Punkt für dich!«, sagte Ivy und stippte Eleanor mit dem Zeigefinger an.

Eleanor jaulte auf; kurz gab es für die lachenden Schwestern nur einander.

Ivy erklärte Joe: »Wir haben einen Wettstreit laufen. Wer die meisten Charakterschwächen hat.«

Joe versuchte sich vorzustellen, wie das ging.

»Du kriegst zwanzig Bonuspunkte«, sagte Eleanor zu Ivy. »Mein Leben ist zerstört, und du begaffst dich.«

Ivy stand gerade auf Zehenspitzen und betrachtete über die Schulter ihr Spiegelbild in einem hochsitzenden Fenster.

»Kann jemand Miss Narziss einen Handspiegel geben, bevor sie auf die Liege da steigt?«, fragte Eleanor.

»Das ist doch nicht das Ende ihrer Karriere, oder?«, fragte Ivy.

»Nein«, sagte Joe. »Ich lege ihr einen kurzen Gips an, und in zwei Wochen kann sie schon wieder einen Stift halten.«

»Einen Gips?«, rief Eleanor entsetzt aus. »Hallo, Violet Parry? Ich war auf einer einkrachenden Veranda und habe mir das Handgelenk gebrochen, deshalb müssen Sie sich jetzt eine andere Animationsregisseurin suchen.‹« Ihre Stimme rutsche eine Oktave höher. »Warum jetzt? Warum die rechte Hand? Endlich ließ sich mal alles gut an...«

»Hören Sie auf«, sagte Joe, selbst erstaunt über seinen energischen Ton. Und noch erstaunter darüber, dass Eleanor tatsächlich verstummte.

»Wahnsinn«, flüsterte Ivy.

»Die Welt ist nicht Ihre Freundin«, erklärte Joe Eleanor. »Sie ist nicht darauf angelegt, in Ihrem Sinn zu funktionieren. Alles, was Sie tun können, ist, sich durchzukämpfen und sich nicht unterkriegen zu lassen.«

Über Eleanors Gesicht breitete sich ein Lächeln. »Und Sie am Montag anzurufen.«

»Und mich am Montag anzurufen.«

»Wahnsinn.« Diesmal sagte Ivy es laut.

Jetzt, zwanzig Jahre später – zwanzig Jahre, in denen sie Timby bekommen, Wohnungen ge- und verkauft, ihre Habseligkeiten ein- und wieder ausgepackt, sich für den Umzug ans andere

Ende des Landes entschieden, Eltern begraben, berufliche Triumphe und Fehlschläge erlebt hatten – wie sollte Joe da Eleanor sagen, dass sein Weg einen Verlauf genommen hatte, mit dem sie nichts zu tun hatte?

Dass es fünfzig Jahre eine verborgene Struktur in seinem Leben gegeben hatte, so ähnlich wie die Fluchtwegmarkierung am Boden eines Flugzeugs, die immer da ist, eingebettet in die Normalität der Kabine, unauffällig, bis dann ein Notfall eintritt und sie plötzlich leuchtet, um einen in Sicherheit zu lotsen.

Es kam ohne Vorwarnung. Vor einem Monat. An einem frischen Sonntag, beim Eröffnungsheimspiel der Seahawks. Wie üblich war Joe schon zwei Stunden früher im Stadion, um die Spieler medizinisch zu betreuen.

Zuerst Vonte Daggatt, einen Star-Safety, der gegen Ende der letzten Spielzeit eine schwere distale Radiusfraktur erlitten hatte. Joe hatte ihn sofort operiert und ihm eine Titanplatte eingesetzt. Der Knochen war über den Sommer gut verheilt. Am vergangenen Mittwoch war eine leichte Schwellung aufgetreten; Joe hoffte, dass sie durch die Cortisonspritze so weit zurückgegangen war, dass er Vonte als spieltauglich freigeben konnte.

Coach Carroll tigerte, seine drei Kaugummistreifen kauend, vor dem Arztraum auf und ab. In fünf Minuten musste er seine definitive Spielerliste abgeben; er *brauchte* Vonte.

»Wie fühlt sich das an?« Joe drückte Vontes Handgelenk und beobachtete, ob er zusammenzuckte.

»Gut«, sagte Vonte mit einem demonstrativen Grinsen. Er wusste, dass Joe wusste, dass er alles sagen würde, um da rausgehen und spielen zu dürfen.

»Steifigkeit?«, fragte Joe.

»Ach was.«

Gordy, einer der Assistenztrainer, stand in Habachtstellung an der Tür. Joe drehte sich zu ihm um.

»Wir nehmen eine gepolsterte Schiene.«

»Danke, Doc«, sagte Vonte.

Pete Carroll trat ein. »Grünes Licht also?«

Joe nickte.

»Bereit, denen zu zeigen, was Football ist?« Pete klopfte Vonte herzhaft auf die Schulter.

»Alles in Gottes Plan«, sagte Vonte.

»Und im Plan der Firma Sanders Schienenmaterial«, sagte Joe.

»In meinem Plan ab jetzt.« Der Coach marschierte voller Elan hinaus.

»Meine ganze Familie ist da«, sagte Vonte, als Joe das Schaumgummipolster zuschnitt.

»Meine Frau auch«, sagte Joe. »Ihr erstes Spiel.«

»Erstes Spiel?« Vonte warf den Kopf in den Nacken und ließ ein langes, mitfühlendes Lachen los. »Oh Mann.«

Joe sagte nichts.

Dass Eleanor nicht zu Spielen mitging, hatte er anfangs verständlich gefunden; mit der Zeit hatte es ihn geärgert, und irgendwann schließlich hatte es sich wie eine persönliche Beleidigung angefühlt. Weshalb Joe darauf bestanden hatte, dass sie heute mitkam.

Joe legte die Schiene selbst an. Sie würde Vontes Handgelenk stabilisieren, den Fingern aber volle Bewegungsfreiheit lassen.

»Der erste Pick Six ist für Sie, Doc«, sagte Vonte.

»Das ist auch das Mindeste, was ich erwarte«, sagte Joe.

Anschließend widmete Joe sich anderen Spielern mit minderen Wehwehchen. Einem aufgeschürften Knie. Einem Rückenmuskelkrampf. Einem verstauchten Zeh von einem Flip-Flop-Unfall beim Barbecue.

Kurz vor Spielbeginn fand Joe sich in dem Strom von Spielern, Trainern und Betreuern, die in Richtung Spielfeld strebten. Die Stimmung war gut, aber nicht zu gut. Das war verheißungsvoll.

Das Team wartete im halbdunklen Maul des Tunnels auf das Zeichen zum Einlaufen. Draußen auf dem Spielfeld rollten Männer feuerspeiende Säulen auf ihre Positionen. Die Cheerleader formierten sich zu ihrem glamourösen Spalier. Aufnahmeteams in gelben Westen wieselten herum. Wenn sich die Kamerascheinwerfer auf sie richteten, drängten sich die Spieler zu einem amöbenartigen Klumpen zusammen, hüpften und skandierten Team-Schlachtrufe.

Joe schlüpfte aus dem Weg und fand seinen Freund Kevin, einen weiteren Teamarzt, der sich bereiterklärt hatte, heute wegen Eleanors Anwesenheit die Hauptzuständigkeit zu übernehmen.

»Ich bin auf der Tribüne«, erklärte Joe.

»Cool«, sagte Kevin. »Ich simse, wenn wir dich brauchen.«

Joe zog sein glänzendes Ticket heraus und machte sich auf den Weg nach oben.

Aus dem angenehm hallenden Beton der Stadionlobby trat er in ein wogendes Meer hinaus: die siebzigtausend Fans ein einziges Blau. Flutlicht ließ das Spielfeld in einem bizarren künstlichen Grün erstrahlen. Der Septemberhimmel war stimmungsvoll, dunkel gestromt mit dahinrasenden Wolkenfetzen. Joe fühlte den Wind auf dem Gesicht. Er sog die salzige Luft ein.

Das hier!

Der *Jeopardy!*-Rekordchampion und gebürtige Seattler Ken Jennings hisste die Fahne mit der 12, stürmte dann ans Geländer, schwang ein Fan-Handtuch überm Kopf und peitschte die Menge auf. Nicht mal die Kickoff-Sirene konnte mit dem ohrenbetäubenden Geschrei konkurrieren. Das Stadion bebte.

Kickoff!

Der Returner der Cardinals zeigte einen Fair Catch an. Die Enttäuschung der Fans manifestierte sich als leises Meeresgekräusel.

Joe blieb noch auf der Promenade und schwelgte im allgemeinen Optimismus. Wenn Timby doch nur hier wäre! Gleich am Montagmorgen würde Joe eine Kartenanfrage für sämtliche Heimspiele stellen. Nachher, im Hinausgehen, würde er im Fanshop Vater-Sohn-Trikots holen.

»Können wir das da haben, wenn Sie's nicht brauchen?« Zwei nicht mehr ganz taufrische Blondinen mit blauen und grünen Strähnen im Haar richteten große Hundeaugen auf Joe und den Pass um seinen Hals: ZUTRITT ZU SPIELFELD UND KABINE.

Joe lachte und steckte den Pass unter sein Shirt. Er ging die mit Popcorn übersäte Treppe hinab. Alle paar Stufen klatschte ihn ein angeheiterter weißer Typ ab.

»Seahawks!«, brüllte einer und vergaß dabei, dass er ein Bier in der Hand hielt. Ein bernsteinfarbener Schwapps ergoss sich auf seine Finger.

Jedes Gesicht sagte, was nicht ausgesprochen zu werden brauchte: *Wir sind hier, am großartigsten Ort der Welt!* Der kollektive Stolz erfasste auch Joe, während er sich zu Reihe J vorarbeitete.

Sein Platz war der sechste vom Rand aus. Er suchte die Reihe nach Eleanor ab. Vielleicht war sie ja noch nicht da.

»Sorry, Leute«, sagte Joe fröhlich, als er sich durchzwängte. »Tu's wirklich ungern.«

Eleanor *war* da. Sie saß mit übereinandergeschlagenen Beinen auf dem Sitz, ihre Handtasche auf dem Schoß. Sie stand auf, um Joe durchzulassen.

»Hey, Babe!« Joe musste schreien. »Ist das nicht Wahnsinn!«

»Allerdings! Die Reihen sind wie Prosciutto-Scheiben. Da muss man ja der Platte Stanley sein, um durchzukommen.«

»Das auch«, sagte er und gab ihr einen Wangenkuss.

»Oh!«, sagte sie. »Ich war gerade noch im Hospitality-Bereich. Warst du da mal?«

»Glaub nicht.«

Die Offense der Cardinals hatte sich durchgesetzt. Das erste Spiel des Jahres, ein Laufspiel. Fünf Yards Raumgewinn.

»Mann«, sagte Joe. »Das hätten wir unterbinden müssen.«

Die Umsitzenden brummelten genervt-zustimmend.

»Alles, was sie dort haben«, sagte Eleanor, »sind Flaschen mit ungekühltem Wasser, SunChips und eine Riesenschüssel mit wässrigem Obstsalat. Sah aus wie aus der Dose. Aber wenigstens die Äpfel waren frisch. Weißt du, woher ich das weiß?«

»Schatz«, sagte Joe. »Das Spiel.«

Ein Passspielzug, der Cardinals-Quarterback versuchte es weit und ... abgefangen ... von Vonte!

»Jaaa!«, jubelte Joe.

High-Fives von und nach allen Seiten, Joe mittendrin.

Zwei Reihen tiefer hüpften vier Trikots: DAGGATT, DAGGATT, DAGGATT, DAGGATT. Vontes Familie. Joe kannte sie aus dem Krankenhaus. Vontes Frau Chrissy, die ausflippte, während die Töchter, Michaela, Asia und Vanessa, Videos von der Videowand machten.

Joe spürte etwas dicht an seinem Gesicht.

Eleanors Daumen. Darauf ein Aufkleber von einem Apfel.

»Schau mal, woran ich fast erstickt wäre!«, sagte sie grinsend.

Ein jäher Ansturm düsterer Gedanken überwältigte Joe.

Sie will nicht hier sein. Sie mag nichts, was ich mag. Jazz, Dokumentarserien, Radfahren. Wenn etwas nicht von ihr kommt, sitzt sie da und stört einen und zieht Grimassen. Meine Frau ist ein Solo-Act. Sie war immer schon ein Solo-Act. Warum sehe ich das erst jetzt?

»Du musst nicht hierbleiben«, sagte er.

»Hä?«

»Der Plan war nicht, dich zu foltern«, sagte er. »Der Plan war, gemeinsam das Spiel zu genießen.«

Alles an Eleanor kam zur Ruhe; ihr Gesicht entspannte sich. »Hab ich dir in letzter Zeit mal gesagt, dass ich dich liebe?«

Joe lachte. Sie zitierte den Van-Morrison-Song, den sie beide am wenigsten leiden konnten.

»Ich kann euch nicht hören!«, donnerte eine Stimme. Macklemore, voraufgezeichnet, auf den Video-Wänden.

Drittes Down. Jeder Fan wusste, was er zu tun hatte: Aufstehen und sich die Seele aus dem Leib schreien. Auch Joe: Er formte dabei mit den Händen ein Sprachrohr.

Er drehte sich zu Eleanor um. Sie war nicht da.

Über die Schulter, zwischen den Fans hindurch, sah er sie die Treppe hinaufeilen, immer zwei Stufen auf einmal nehmen.

Nicht zu fassen.

Sie war tatsächlich gegangen.

Ihr Sitz war noch runtergeklappt. Der Unglaube, der Schock, das Gefühl totaler Entfremdung.

Der leere Sitz.

Joe stolperte rückwärts und landete mit einem Fuß genau auf einer durchsichtigen Seahawks-Plastiktasche. Er hob sie auf. Sie war voll mit zermalmtem Schminkzeug.

Klatsch. Klatsch. Klatsch. Drei Verbindungsstudenten, die eine Reihe höher standen, applaudierten langsam und sarkastisch.

Grünglitzernde Fingernägel entrissen ihm die Tasche. Eine stinksaure Frau in einem pinkfarbenen Camouflage-Shirt mit einer Pailletten-12 wimmerte entsetzt.

»Tut mir leid«, sagte Joe.

»Nicht so geübt im Laufen?«, sagte ihr Mann bissig.

»Mein Lieblingsrouge!«, jammerte die Frau. »Jetzt ist der Deckel ab.«

Klatsch. Klatsch. Klatsch.
Etwas in Joe erwachte. Sein Blick schnellte zwischen den Verbindungsstudenten und dem Ehepaar hin und her.
»Echt jetzt?«, sagte er.
Alle schauten weg.
Joe machte, dass er rauskam.

Zittrig joggte er die Promenade entlang, durch den Blockzugang wieder nach drinnen und vorbei an den Imbiss- und Getränkeständen mit ihren fleischigen, hefigen, übelkeitserregend süßen Gerüchen. Auf einem Podest war ein funkelnagelneuer Toyota-Pickup mitten in der Bewegung eingefroren, zwei Räder in der Luft, im Begriff umzukippen.
Er zeigte dem Wachmann vor dem blauen Vorhang seinen Pass. Der zugangskontrollierte Bereich. Er folgte dem blau-grünen Streifen auf dem Betonboden. Der bog links ab.
Über einer Tür: SPIELFELDZUGANG.
»Dr. Wallace!« Ein weiterer Wachmann, Mindy, ein heimlicher Colts-Fan, trat beiseite, um Joe durchzulassen.
In riesigen blauen Lettern an der weißen Betonziegelwand des Gangs:
HOLT DEN SIEG.
KÄMPFT.
ZIEHT ES DURCH.
GEBT NIE AUF.
Unter dem harten Anprall der Worte krampfte sich Joes Magen zusammen.
Wieder eine Flut düsterer Gedanken.
Den Eltern Geld geschickt. Freiwilligeneinsätze geleistet. Geld dafür gesammelt. Sechsundzwanzig Stunden nach Kenia geflogen. Mir Zeit für die Patienten genommen. Im Fitnessclub gepumpt. Eleanor witzige Links geschickt. Mit Timby die Dampfmaschine

gebaut. Vor dem Schwimmen geduscht. Hilfsbereite Kundenservice-Kräfte schriftlich gelobt. Abfall vom Gehweg aufgehoben. Elektro- und Elektronikgeräte zur Sammelstelle gebracht. Den Thermostaten immer auf 20 Grad gestellt. Beilagenbrötchen mitgenommen und verwertet. Andere Autos in die Spur gelassen. Mnemotechnik angewandt, um mir Namen von OP-Personal zu merken. Salzfreie Chips gekauft. Cluedo gespielt. Darmspiegelungen gemacht. Eleanor den besseren Parkplatz überlassen. Wöchentlich ein Hardcover in der Buchhandlung gekauft. Schuhe zum Besohlen gebracht. Zimmermädchen Trinkgeld gegeben. Wiederverwendbare Bierabfüllkrüge benutzt. Textnachrichten interpunktiert ...

Bumm! Der Knall einer Kanone draußen auf dem Spielfeld.

Im Tunnel, aus der Gegenrichtung kommend: ein mächtiger Raubvogel. Auf Augenhöhe. Der echte, lebende *Seahawk*, auf dem behandschuhten Arm seines Trainers. Joe sah dem Vogel ins Auge. Der starrte zurück, drehte, als er vorbeigetragen wurde, den Kopf. Sein stechender Blick wirkte weise und müde zugleich.

Joes Schultern zuckten vor Anspannung. Er trat hinaus auf den Spielfeldrandstreifen.

Die Cheerleader liefen in Formation ein, postierten sich in zwei Achterreihen und vollführten einen lasziven Tanz zu »Dirty Deeds Done Dirt Cheap«. Make-up, so dick wie Baumrinde, menschengemachte Dekolletés, fleischfarbene Strumpfhosen: ein lebender Affront gegen die Natur.

Joe schaute weg.

Die Cardinals waren wieder in Ballbesitz. Offenbar war es ein Three and Out für die Hawks gewesen. Die Coaches und Spieler scharten sich am anderen Ende des Felds.

Joe entdeckte Gordy an der Fünfzig-Yard-Linie. Schon beim Anblick des Trainers fiel ein Teil der Anspannung von Joe ab: seine Leute.

Gordy scherzte gerade mit dem »Beweglichkeitsspezialisten« des Teams – letztlich ein Yogalehrer, ein dünnbeiniger kleiner Mann, der immer ein Bandana, ein Tuch auf dem Kopf, trug. Er hatte etwas gesagt, worüber Gordy schallend lachte.

Joe ging schneller, begierig, an der Kameradschaft teilzuhaben.

Doch dann, in Gordys Hand: eine Handgelenkschiene. *Die* Schiene.

Joe blickte aufs Feld. Ihre Defense ging gerade in Position. Er fand die Nummer 27.

Auf dem Joe zugewandten Rücken: DAGGATT.

Joe starrte ungläubig hin. Dann stürmte er auf den Trainer zu.

»Was zum Teufel soll das, Gordy?«

Gordy drehte sich um. Er wusste, wie brenzlig die Situation war.

Der Yogalehrer brachte sich aus der Schusslinie.

»Vonte wollte einen Spielzug ohne probieren«, sagte Gordy, Panik in der Stimme. »Er fühlte sich total okay.«

»Das entscheiden nicht Sie.«

»Ist doch alles gut«, sagte der Yogalehrer.

»Nein«, blaffte Joe. »Nichts ist gut.«

»Er hätte fast den Pick gemacht...«, stammelte Gordy.

»Geht's noch? Sie haben ihn wohl in Ihrem Fantasy-Team oder was? Ihre Aufgabe ist einzig und allein, dafür zu sorgen, dass keiner dieser Männer eine Verletzung davonträgt, die das Ende seiner Karriere bedeutet!«

»Ich weiß.« Gordy sah aus, als würde er sich gleich übergeben.

»Das ist sein Beruf! Diese Jungs können zehn Jahre spielen, wenn sie Glück haben! Er hat drei Töchter!«

»Ich weiß.«

»Sie wissen offensichtlich gar nichts!« Joe baute sich vor ihm auf. »Sagen Sie nicht dauernd ›Ich weiß‹!«

Der Yogalehrer schob sich zwischen sie.

»Hey, Bro, ganz ruhig.«

»Halten Sie sich da raus!«, brüllte Joe.

»Jetzt kochen wir das Ganze doch mal runter«, sagte der Yogalehrer besänftigend. Auf seiner orangefarbenen Bandana war ein Logo...

GODADDY.

Joe verpasste dem Yogalehrer einen Stoß vor die Brust.

»*Hey?*«, rief Gordy...

Der Yogalehrer taumelte rückwärts und drohte zu fallen...

Konnte es aber dank seiner außergewöhnlichen Körperbeherrschung verhindern...

Und stand.

Joe ging wieder auf ihn los, katapultierte diesmal den verwirrten Yogi auf den Rasen. Joe holte mit der Faust aus und...

Von hinten nahmen ihn zwei kräftige Arme in einen Türstehergriff.

»Das reicht!« Kevin, sein Freund, bugsierte ihn vom Spielfeld weg.

»Sie haben Daggatt ohne seine Schiene rausgelassen!«, tobte Joe.

»Joe, Mann, reiß dich zusammen!«, überbrüllte Kevin die Kakophonie der Siebzigtausend.

Joe blickte zurück.

Ein konsternierter Schiedsrichter trabte zu Gordy und dem benommenen Yogalehrer, der jetzt einen halben Meter innerhalb des Felds stand.

Kevin trat in Joes Blicklinie. »Ich regle das. Geh einfach rein. Los, geh!« Kevin schubste Joe in Richtung Tunnel.

»Gehe doch nach Hause, Mann!« Stimmen. »Geh doch nach

Hause, Mann!« Schmährufe. Über dem Geländer oben und zu beiden Seiten: bierbäuchige Typen mit bemalten Gesichtern und grünen Afros, lallend, schon seit dem Vormittag besoffen.

»Geh doch nach Hause, Mann!« Sie verhöhnten Joe.

Er wankte in den Tunnel. Schwindel überkam ihn. Die Erkenntnis, was er gerade getan hatte, machte seinen Hals instabil, ließ seinen Kopf eiern, sich drehen. Er taumelte gegen die kalte Betonziegelwand.

»Brauchen Sie irgendwas, Doc?« Ein weiterer Wachmann saß auf einem Stuhl und verfolgte das Spiel auf einem Handy, das auf seinem mächtigen Knie lag.

Eine Tür. Der Presseraum. Leer jetzt. Joe bekam die Klinke zu fassen.

Pete Carrolls Rednerpult. Seahawks-Wandbild. Leere Stuhlreihen. Reservestühle, gestapelt, die Stapel so hoch, dass sie zu schwanken schienen. Joe zog die Tür hinter sich zu.

Grabesstille.

Joe, flattrig, mit fliegendem Atem, einem Herzschlag von gefühlten hundertachtzig.

Er hatte ausgehalten, ausgehalten.

Bis er's nicht mehr ausgehalten hatte.

Er sank auf eine Bank und presste sich die Handballen auf die Augen.

Medizinstudium, Engagement, Integrität, Selbstbeschränkung: alles eine einzige Fassade. Alles eine lächerliche, windige Vermeidungskonstruktion. Zerbrochen, von einem Moment auf den anderen.

Joe verschob die Hände auf die Stirn und öffnete die Augen. Er starrte auf den Teppich.

»So schlimm kann es doch nicht sein«, sagte eine Stimme mit britischem Akzent.

Zeitungsrascheln.

Joe war nicht allein.

Auf einem Stuhl in der Ecke saß, die Beine übereinandergeschlagen und vor sich den Reiseteil, ein Mann, den Joe noch nie gesehen hatte. Kein Ausweis um den Hals. Wanderstiefel, eine Weste über einem langen, weißen Hemd.

»Vielleicht kann ich ja helfen.«

Und jetzt Eleanor am anderen Ende der Rasenfläche, die Space Needle im Rücken. Sie hatten so viel zusammen durchgemacht. Und würden jetzt noch mehr durchmachen.

Es ist so weit, sagte Gott.

Erzähl's ihr.

DIE KUNST DES VERLIERENS

Dass Joe nicht ertappt oder panisch aussah, dass er keine der Emotionen zeigte, die ein Ehemann normalerweise zeigen würde, wenn seine Betrügerei soeben aufgeflogen ist – meine unmittelbare Reaktion war Wut.

Ich stieß mich von der Brüstung ab und marschierte zwischen den Leuten hindurch, die an Terrassentischen Imbissgerichte verzehrten. Auf dem Fußweg versetzten mich der Abhang und mein eigener Furor in einen Joggingtrab. Doch mit jedem Schritt fiel die Wut von mir ab. Unter der Wut: Angst.

In einer ihrer Selbsthilfe-Phasen hatte Ivy mal verkündet, hinter aller Wut stecke Angst. Seither hatte ich mich öfters gefragt, was – wenn überhaupt – hinter aller Angst steckte.

Jetzt wusste ich es: Wenn hinter Wut Angst steckte, dann steckte hinter Angst Liebe. Letztlich läuft alles auf den Horror davor hinaus, zu verlieren, was man liebt.

Ich rannte zu Joe und zog ihn an mich. Ich drückte das Gesicht an seine Jacke und sog den Geruch nach Wolle und chemischer Reinigung ein. Joes schiere Größe war für mich immer schon ein Narkotikum: wie mein Kopf an seiner Brust landet. Ich grub die Finger in seinen Rücken und drehte das Gesicht so, dass meine Nase die Haut seines Halses berührte. Die leichte Feuchte seines Schlüsselbeins. Der Geruch nach Joe. Meinem Mann.

»Hey!«, sagte er. »Auch hallo!«

Alonzo kam zu uns und stellte sich vor.

»Endlich ein Gesicht zu dem Namen.« Joe drückte Alonzo

die Hand. Ein neonfarbenes Plastikbändchen lugte unter seinem Ärmelbündchen hervor.

»Mommy und ich haben dich den ganzen Tag gesucht«, sagte Timby. »Wir waren in der Praxis, und die haben gesagt, du bist verreist, und dann ist Mom mit deinem Auto über diese superlange Brücke gefahren, die den Berg raufführt.«

»Oh.« Joes Blick traf meinen und schwenkte augenblicklich auf den Asphalt hinab.

»Ist egal«, sagte ich.

Joes Lippen spannten sich, und er sah mich an. Holte tief Luft.

»Ich will gar nicht wissen...«, setzte ich an.

»Ich habe zum Glauben gefunden.«

»Glauben?«, sagte ich. Das war zu verrückt. »Sagtest du Glauben?«

»Mm-hm«, sagte Alonzo.

»Was soll das heißen, Glauben?«, fragte ich. »Glauben an Kugelhanteln? Glauben an Radiohead?«

»Glauben an Jesus.«

»Kann ich mir was zu essen holen?«, fragte Timby, nicht dumm.

»Ich komme mit«, sagte Alonzo und verschwand mit Timby.

Das da war Joe. Mein Mann.

»Es war das Letzte, womit ich gerechnet hätte«, sagte er und trat verlegen von einem Fuß auf den anderen. »Aber ich bin bei der Arbeit ausgerastet.«

»Okay...«

»Ich habe einen Mann getroffen«, sagte Joe. »Einen ganz normalen Typen. Einen Pfarrer. Er hat mich eingeladen, in seine Kirche zu kommen.«

»Und du bist *hingegangen*?«, fragte ich.

»Ich weiß«, sagte er. »Dort ist es dann passiert.«

»Was?«

»Wir waren einfach nur Menschen«, sagte Joe, »die da zusammenkamen. Die allgemeine Bescheidenheit war total überwältigend. Simon, der Pfarrer, fing an zu predigen. Es ging um die Tempelreinigung, die Sache mit den Geldwechslern, eine Story, die ich tausendmal gehört hatte. Aber Simon hat sie in den historischen Zusammenhang gestellt. Und auf einmal schien sie so relevant, ja, regelrecht radikal.«

»Relevant für *dich*?«

»Sie handelte vom Mut und der Klugheit des Menschen Jesus. Ich fühlte, wie eine Tonnenlast von meinen Schultern genommen und behutsam auf dem Boden abgestellt wurde. Es war eine menschliche Präsenz, die sie mir abnahm. Ich sah mich um, und alles war anders. Nichts trennte mich mehr von den Leuten, dem Licht, den Gerüchen, den Bäumen. Ich war – wir alle waren – in strahlende Liebe gehüllt.«

»Du hattest also einen schlechten Tag«, sagte ich.

»Ich hatte eine unmittelbare Gotteserfahrung.«

»Und deshalb hast du mich belogen?« Ein bitteres Gebräu aus dem Gefühl, verraten worden zu sein, und Selbstmitleid brodelte in mir. »Wann wolltest du mir diese wunderbare Neuigkeit mitteilen?«

»Ich weiß«, sagte Joe und knetete meinen Arm.

Ich zog den Arm weg. »Nur weil du ruhiger bist als ich, bist du mir noch lange nicht moralisch überlegen.«

Eine Familie auf Segway-Tour durch Seattle sauste lächelnd vorbei.

»Was denkst du, wenn du *Gottes Plan* hörst?«, fragte Joe.

»Ich denke, du hast mit zu vielen Seahawks geredet.«

»Ich bitte dich, doch mal die Möglichkeit in Betracht zu ziehen, dass wir in einem wohlwollenden Universum leben.«

»Betrachte sie als in Betracht gezogen.«

»*Ernsthaft* in Betracht zu ziehen«, sagte Joe. »Wenn das Universum wohlwollend ist, heißt das, dass alles gut wird. Es heißt, dass wir aufhören können, permanent gegen alles anzukämpfen.«

»Könntest du bitte zugeben, dass alles, was du sagst, völlig absurd ist?«

»Es könnte nicht vernünftiger sein«, sagte Joe. »Statt zu versuchen, einem unkontrollierbaren Universum den eigenen Willen aufzuzwingen, kann man sich einfach der Weisheit Jesu überlassen.«

»Bitte sprich nicht dauernd von Jesus. Die Leute könnten uns für arm halten.«

»Mir ist völlig klar, dass Christ zu werden das Uncoolste ist, was man tun kann.« Er sah auf sein Handy. »Oh! Sie brauchen mich. Wir haben Soundcheck.«

»Soundcheck?«

»Wir singen am Samstag für den Papst.«

»Ihr tut *was*?«, fragte ich perplex.

»In der Key Arena für den Papst singen. Eine ökumenische Feier. Meine Gemeinde macht auch mit.«

Ich musste mich an einem Baum festhalten. »Du verbindest ernsthaft die Wörter ›meine‹ und ›Gemeinde‹?«

Er umarmte mich. »Ich bin total froh, dass es so gekommen ist. Dass ihr einfach hier aufgetaucht seid. Siehst du, wie sich alles fügt, wenn man es nur zulässt?«

»So nennst du das?«, sagte ich und entwand mich seiner kitschigen Umarmung. »*Sich fügen?*«

»Wir reden über alles, wenn ich wieder zu Hause bin.« Er steckte die Hände in die Jackentaschen und verschwand die Treppe zur Key Arena hinab.

Ließ mich einfach da stehen, völlig erschlagen.

»Sie brauchen ein Eintrittsbändchen«, sagte der Security-Mann der Key Arena. Er stand neben einem Metalldetektor und einem Klapptisch. Hinter ihm war eine Glastür mit weiteren Security-Leuten.

»Mein Mann hat ein Bändchen«, sagte ich, vor Ungeduld wippend. »Er ist gerade reingegangen.« Ich musste unbedingt da rein und Joe von diesem ganzen Wahnsinn abbringen.

»Nichts da«, sagte der Security-Typ.

An seiner Seite ein Schäferhund. Auf dessen Hundegeschirr die aufgestickten Worte: BITTE NICHT STREICHELN.

Eine Gruppe Schulkinder in gleich aussehenden T-Shirts und mit Riesentrinkeisbechern kam angerannt, gefolgt von den müden Lehrerinnen.

»Sie versperren den Eingang«, sagte der Security-Mann, den Lärm übertönend, zu mir. Und zu den Kindern, die auf den Hund zustürzten, sagte er: »Lest, was auf seinem Geschirr steht.«

»Bitte, bitte?«, sagte ich, von zuckergedopten Zwergen bedrängt. »Mein Mann ist Arzt. Ich habe mir den Kopf angeschlagen.« Ich hob meinen Pony und zeigte ihm die Beule. »Da. Ich bin zu allem fähig.«

»Aber nicht dazu, da reinzukommen.«

»Sehe ich aus, als wollte ich den Papst in die Luft jagen?«

Er durchbohrte mich mit einem strengen Blick. »Darüber machen wir hier keine Witze, Ma'am.« Er griff sich sein Klemmbrett und wandte sich einer der Lehrerinnen zu.

Dabei fiel ein Bogen von grünen Eintrittsbändern zu Boden. Ich bückte mich, tat so, als bände ich mir den Schuh zu, und riss ein Band ab. Ich schloss die Finger darum und sprang wieder auf.

Ich rannte zum nächsten Eingang, zeigte mein Handgelenk mit dem Bändchen vor, und segelte ungehindert durch die Glastür.

*

Heruntergedimmte Leuchtstofflampen warfen ein bleiches Licht. Hallenpersonal zog bunte Banner in die Deckenkonstruktion empor. Im dritten Rang führten Polizisten Bombenspürhunde von Sitz zu Sitz.

»Eins, zwo, eins, zwo«, knarzte eine Stimme über die Lautsprecheranlage.

Auf der Bühne errichteten wahrscheinlich gewerkschaftlich organisierte Bühnenarbeiter einen Wald von überlebensgroßen Figuren mit Kugelköpfen und freudig emporgestreckten Armen.

Im Oval saßen Sängergruppen auf Klappstühlen und warteten auf ihre Probe. Tibetische Mönche, ein afroamerikanischer Chor, Sikhs mit Turban und, lose auf drei, vier Reihen ganz vorn verteilt, Joes Gruppe. Ich flitzte die Treppe hinunter und schlüpfte in die Reihe hinter Joe.

»Ich sag dir was«, sagte ich.

Joe drehte sich um. »Was machst du hier?«

»Wir alle möchten alles fahren lassen«, sagte ich. »Dafür braucht man doch Jesus nicht. Schau mich an. Ich habe ganz allein alles fahren lassen.«

»Ist das Eleanor?«, fragte ein Engländer eine Reihe weiter. Er trug eine weiße Tunika und eine Kakiweste.

Joe machte mich mit Simon bekannt, dem Teamgeistlichen der Seahawks.

»Sie sind der, der meinen Mann dieser Gehirnwäsche unterzogen hat?«

»Scheint so!«, sagte er und gab mir die Hand.

»Simon betet immer vor und nach dem Spiel mit den Spielern«, sagte Joe. »In der Zwischenzeit hängt er im Presseraum rum.«

»Ist eine gute Gelegenheit, mit dem *New Yorker* hinterherzukommen«, erklärte Simon freundlich. »Ich habe die Dinger stapelweise rumliegen.« Er hielt einen hoch und drehte sich dann wieder nach vorn.

»Du bist also gerade wirklich auf dem Kirchentrip?«, fragte ich Joe.

»Es ist mehr als nur das«, sagte er. »Es ist eine radikale Veränderung.«

Das sind Worte, die keine Ehefrau hören will.

»Radikal, aber mit mir«, konstatierte oder fragte oder flehte ich. Was es auch war, meine Stimme brach, und meine Kehle füllte sich mit Tränen.

»Natürlich mit dir«, sagte Joe und nahm meine Hand. »Wir reden darüber, wenn ich zu Hause bin.« Er blickte demonstrativ auf die Leute in Hörweite und nickte mir zu, als wäre das Gespräch hiermit beendet.

»Aber du warst doch glücklich«, sagte ich. »Du *bist* doch glücklich.«

»Eleanor, ich habe einen Yogalehrer angegriffen.«

»Bestimmt hatte er's verdient.«

»Weil er eine GoDaddy-Bandana trug.«

»Zwanzig Jahre«, sagte ich, »hast du mir erklärt, Religion sei nur Realitätsflucht. Kein halbwegs gebildeter und intelligenter Mensch könnte je an Gott glauben.«

»Hörst du deine Arroganz?«, fragte Joe.

»Es ist *deine* Arroganz!«, sagte ich. »Du bist der große Atheist.«

»Du kannst es Glaubensverlust nennen«, sagte er. »Ich habe den Glauben an den Atheismus verloren.«

»Das ist gut«, sagte Simon. »Sehr gut.« Er klopfte seine Taschen auf etwas zum Schreiben ab.

»Atheismus, Skeptizismus, immer recht haben müssen«, fuhr Joe fort. »Das war meine Methode, angenehm taub zu sein.« Er zeigte auf Simon und setzte stolz hinzu: »Er erkennt bestimmt, woher das ist.«

»*My hands just felt like two balloons!*«, sagte Simon.

Auf der Bühne bewegte sich auf einmal alles. Bühnenarbeiter forderten mit lauten Rufen dazu auf, einem Gabelstapler Platz zu machen, der sich die Rampe hinaufmühte. Er setzte eine Zwei-Meter-Kiste ab und drehte sich zierlich, bevor er wieder hinunterfuhr. Akkuschrauber jaulten, als die Kiste aufgeschraubt wurde.

»Was heißt überhaupt radikale Veränderung?«, fragte ich Joe.

»Er erklärt's Ihnen zu Hause«, blökte eine korpulente Frau, die ziemlich emotionsarm wirkte. Sie hätte auf dem Kraftfahrzeugamt arbeiten können.

Joe lächelte und zog die Brauen hoch, als wäre es damit entschieden.

»Nein«, sagte ich. »Jetzt.«

Alle sahen uns an. Schwarze, Weiße, Alte, Junge. Alle hätten eine gute Feuchtigkeitscreme nötig gehabt.

»Okay«, sagte Joe. »Ich möchte gern Theologie studieren.«

»Wumm«, sagte die KFZ-Amtstante mit einem amüsierten Lachen.

»Nichts hat mich je so gepackt wie Jesus Christus«, sagte Joe.

»Du hast keine Ahnung, wie schwer das für mich ist.« Ich

schloss die Augen und kniff mir in die Nasenwurzel. »Es ist, als wärst du gerade vom interessantesten Menschen, dem ich je begegnet bin, zum uninteressantesten geworden.«

»Jesus war der radikalste Denker der Weltgeschichte«, sagte Joe. »Ich will alles über das Palästina des ersten Jahrhunderts erfahren. Über die Tempelkultur in Jerusalem. Ich will die gnostischen Evangelien studieren, die Nag-Hammadi-Schriften.«

»Gibt's da keine Podcasts?«

»Ich will unterwiesen werden«, sagte Joe. »Ich habe wie ein Irrer an meinen Bewerbungen gearbeitet...«

»Moment«, sagte ich. »Erklärt das, wo du die ganze Woche warst?«

»Im Starbucks, meine Anschreiben verfassen.«

»In welchem Starbucks?«

»Ist das wichtig?«, fragte er. »Dem in der Melrose, Ecke Pine.«

»Das ist ein gutes Starbucks.« Ein Rätsel gelöst. »Was hast du durch dieses Fernrohrdings auf deinem Schreibtisch beobachtet?«

»Dem Spektiv«, sagte Joe. »Ich habe die Sterne betrachtet.«

»Die Sterne?«, fragte ich. »Welche Sterne? Oh, sag's nicht. Gottes Sterne.«

Er stritt es nicht ab. Ich seufzte. Ich konnte nur staunen, wie falsch ich gelegen hatte.

Auf der Bühne war die Kiste jetzt offen. Darin etwas, das in Blasenfolie gehüllt war. Als eine Frau sorgsam mehrere Folienschichten aufschnitt, kam ein Stuhl zum Vorschein. Ein Thron, genauer gesagt, mit purpurrotem Sitzpolster und hoher Lehne.

»Es geht ganz schön viel um den Papst«, sagte ich zu Joe. »Heißt das, du bist jetzt wieder katholisch?«

»Oh nein, nein«, sagte er. »Katholisch kann man nicht sein. Aber er ist der *Papst*. Da muss man hin.«

In der Mitte der Bühne saß jetzt ein Bühnenarbeiter in einem Ramones-T-Shirt auf dem Papstthron, während die Beleuchtung eingestellt wurde.

»Aber ausgerechnet Jesus?«, fragte ich. »Warum kann es nicht was Normales sein, Buddhismus zum Beispiel? Das Meditationskissen hab ich ja schon.«

Er schüttelte den Kopf. »Es ist Jesus. Jesus ist mein Held.«

Der Bühnenarbeiter auf dem Thron sagte laut ins Mikrofon: »Der Große Oz hat gesprochen!«

Kichern seitens der Crew.

»Rick!«, kam eine Stimme über die Lautsprecheranlage. »Nicht witzig.«

Joe nahm meine Hand. »Weißt du noch, wie wir abgemacht haben, zehn Jahre Seattle für mich und dann zehn Jahre New York für dich?«

»Allerdings weiß ich das noch.«

»Die zehn Jahre sind rum. Deshalb habe ich mich an der Columbia beworben.«

»*Columbia?* Dann soll ich zu allem auch noch wegziehen und alle meine Freunde zurücklassen?«

»Du magst deine Freunde doch gar nicht«, sagte Joe.

»Das ist ein anderes Thema.«

»Wenn's dir lieber ist«, sagte er, »gibt's Theologie auch in Spokane.«

»Jetzt soll ich *Spokane* besser finden?«

»Es gibt die Duke«, sagte er, immer noch piano. »Die Universität von Chicago. St. Andrews in Schottland.«

»Sagtest du gerade Schottland?« Ich sprang auf. »Du kannst doch nicht einfach beschließen, dass wir nach Schottland ziehen, ohne mich zu fragen! Timby geht zur Schule. Wann wolltest du mir das alles denn sagen?«

»Heute Abend!«, rief eine strickende Frau.

»Wie willst du von Schottland aus für die Seahawks arbeiten?«

»Wir werden ein paar Entscheidungen fällen müssen.«

»Das hast du messerscharf erkannt.«

Jetzt war auch Joe aufgestanden. Dass wir nicht die Sorte Ehepaar waren, die sich in der Öffentlichkeit stritt – tja, diese Illusion war soeben geplatzt.

»Was ich gerade erlebe, ist noch ganz neu und fragil«, sagte Joe.

»Deshalb wirst du es einfach vorbeigehen lassen! Und kein Jesus-Freak werden! Wo ist dein verflixter Stolz?«

»Ich wusste ja, wie hart das für dich sein würde«, blaffte Joe zurück.

»Deshalb musstest du natürlich lügen!«

»Ich bin kein Lügner«, sagte er. »Es war schrecklich zu lügen.« Seine Stimme wurde weich. »Aber ich fühlte mich einfach in der Falle.«

Das traf mich ... mit Wucht.

»Eleanor?«

»Deshalb hast du mit dem Kopf auf dem Frühstückstisch gelegen«, sagte ich, schwer angeschlagen. »Meinetwegen. Dieses ganze Ding ist meine Schuld.«

»*Schuld?*«

Neben uns stand ein Wald von mannshohen Topfpalmen, Bühnendeko, die darauf wartete, aufgestellt zu werden. Ich ging rüber und schob ein paar Töpfe mit dem Fuß zur Seite, sodass ein Pfad entstand. Ich fasste Joes Hand und zog ihn mit in die Oase. Hier waren wir allein.

Ich legte ihm die Hände auf die Schultern. »Ich weiß, was los ist.«

»Ach, ja?«

»Ich sollte dein Rückhalt sein. Nicht Jesus.«

»Eleanor«, sagte Joe sanft. »Gott ist größer als du. Das ist ja gerade der Kern der Sache.«

»Du konntest dich nicht auf mich stützen«, sagte ich. »Ich war zu instabil. Ich war zu chaotisch. Und ich weiß auch warum. Ich bin immer noch völlig aus der Spur wegen Bucky und Ivy.«

»Wegen denen?«, fragte er und wischte sich Palmwedel aus dem Gesicht.

»Ich dachte, ich könnte sie einfach in Quarantäne verschieben. Aber das funktioniert nicht. Weißt du, wie wirr es in meinem Gehirn aussieht? Letzte Woche kam im Radio, dass in Ohio ein Zug entgleist war, weil jemand einen Bagger auf dem Gleis hatte stehen lassen. Und ich dachte doch tatsächlich, war ich das? Habe *ich* einen Bagger auf dem Gleis stehen lassen?«

»Du bist zerstreut«, sagte Joe. »Das stimmt.«

»So zerstreut, dass ich dich in den Jordan getrieben habe!«

»Das ist *mein* Weg«, sagte Joe. »*Mein* Ringen.«

»Ich weiß, dass es dir so vorkommt«, sagte ich. »Aber hör mir zu. Seit wir uns ineinander verliebt haben, führe ich eine Dankbarkeitsliste.«

»Hast du die Bilder des Hubble-Teleskops verfolgt?«, fragte er.

»Was?«

»Vor einiger Zeit haben sie es auf das ödeste und leerste Stück Weltraum gerichtet, das sie finden konnten. Nach wochenlangem Lichtsammeln hat es zehntausend Galaxien in *dreizehn Milliarden* Lichtjahren Entfernung entdeckt. Das kann das menschliche Denken gar nicht erfassen. Und in die andere Richtung ist es genauso. Einst war das kleinste Teilchen ein Sandkorn. Dann ein Molekül, dann ein Atom, dann ein Elektron, dann ein Quark. Jetzt ist es ein String. Weißt du, wie groß ein String ist? Ein *Millionstel eines Milliardstels eines Milliardstels eines Milliardstels eines Zentimeters*. Und ich habe so getan, als hätte *ich* den totalen Durchblick? Und wohin hat es mich gebracht? Dahin, bei einem Seahawks-Spiel auszuflippen! Damit ist jetzt Schluss. Jetzt nehme ich das Mysterium dankbar an. Das Mysterium spendet mir Trost.«

»Okay, okay«, sagte ich. »Irgendwie kommen wir von der Dankbarkeitsliste ab.«

»Friedensfürst!«, rief eine Stimme über die Lautsprecheranlage.

Durch das dichte grüne Wedelwerk sah ich, wie Joes Gruppe aufstand und ihre Jacken und Handtaschen zurückließ. Zwanzig Personen, die von hinten alle nicht viel hermachten, erklommen die Stufen zur Bühne.

»Wenn du da raufgehst«, sagte ich, und meine Frustration verwandelte sich schlagartig in Panik, »gibst du unsere Ehe auf.«

»Eleanor...«, sagte Joe.

»Ich habe dich vernachlässigt«, sagte ich und spürte, wie ich in Auflösung geriet. »Ich wollte es nicht. Aber wir können nicht eins dieser Ehepaare werden, wo beide einfach nebeneinanderher leben. Oh, Eleanor, die schließt sich in ihrer Kammer ein und malt ihre Bildchen, und selbst ihr eigener Sohn sagt, ›Mom, so bist du nun mal‹, aber Joe macht das nichts aus, Joe hat ja seine Kirchenkumpels.« Tränen, Rotz, Sabber, alles floss.

Ein Bühnenmanager hatte den Chor auf Podesten aufgestellt. Leute tuschelten, hielten Ausschau nach Joe.

»Unsere Ehe und mein Weg zu Gott?«, sagte Joe. »Das hat doch nichts miteinander zu tun.«

»Friedensfürst!«, sagte eine Stimme von der Bühne her. »Einer fehlt noch.«

»Und wenn ich dich überzeuge, dass doch?«, fragte ich Joe.

Er dachte kurz nach, was seine Antwort noch verheerender machte. »Das würde auch nichts ändern.«

In einem Abgang, dessen sich Jesus selbst nicht hätte zu schämen brauchen, trat Joe durch die Palmenwand und verschwand.

Ich war allein mit meinem Schmerz und meiner Bestürzung.

Humor hatte nichts genützt. Intellekt hatte nichts genützt. Hochrisikostrategie, Biestigkeit, Verständnis, Selbstkritik, Verzweiflung, Drohungen: Nichts hatte etwas genützt. Die Trickkünstlerin war gescheitert.
Die Trickkünstlerin war noch nie gescheitert.

Ich setzte mich hin.
Der Bühnenmanager postierte Joe in der letzten Reihe, als zweiten von rechts.
Es löste bei mir eine fast schon physische Reaktion aus, dass Joe keinen prominenteren Platz bekommen hatte. Okay, ich wusste nicht, wer diese anderen Leute waren. Aber er war Joe Wallace.
Mein Mann. Sofort nach dem Aufwachen springt er aus dem Bett, duscht und zieht sich vollständig an. Steckt das Hemd in die Hose, macht sich einen Gürtel um. Er steigt nie aus dem Taxi, bevor der Fahrer seine Geschichte nicht zu Ende erzählt hat. Wir schlafen immer noch in einem Queen-Size-Bett, weil er in der ersten Nacht in einem neuen King-Size-Modell erklärte, er fühle sich zu weit von mir weg, und wir das Bett zurückschickten. Er macht das Freitags- und das Samstagskreuzworträtsel mit Kugelschreiber. Er ist mein Antwortengeber. Wie viele Deziliter hat ein Viertelliter? Wie lange bräuchte man mit dem Auto nach Yellowstone? Wie heißt Zaire jetzt, oder heißt es jetzt Zaire und hieß es früher irgendwie anders? Und was noch toller ist, er nimmt meinen ganzen Quatsch hin, ohne ihn als Quatsch zu sehen.
 Seitlich von der Bühne stand ein junges Paar. Der Mann spielte Gitarre, die Frau dirigierte den Chor.

Morgenlicht leuchtet, rein wie am Anfang,
Frühlied der Amsel, Schöpferlob klingt.

Joes Gesicht wurde ernst, als er sang. Joe, der Chorknabe, in den Schoß der Herde zurückgekehrt...

Dank für die Lieder, Dank für den Morgen,
Dank für das Wort, dem beides entspringt.

Ein Spot richtete sich auf die Gruppe. Jemand auf der Arbeitsbrücke justierte ihn.

Dieser ruhige Augusttag auf Violets und Davids Rasen. Der beige Sand, das flaschengrüne Meer. Joe im marineblauen Anzug mit weinroter Krawatte und einer weißen Gardenie am Revers. Ivy an meiner Seite, und ich, die ich Joe in die Augen sah und gelobte, ihm zu helfen, eine bessere Version seiner selbst zu werden.

Das da *war* Joe in seiner besten Version. Ich sah es mit eigenen Augen. Ich war immer davon ausgegangen, dass er durch mich zu dieser besten Version werden würde.

Sanft fallen Tropfen, sonnendurchleuchtet.
So lag auf erstem Gras erster Tau.

Vielleicht lag es ja an dem Scheinwerfer. Oder an Joes geschlossenen Augen. Oder an dem Lächeln, das sich über sein Gesicht breitete. Vielleicht lag es daran, dass Joe sich buchstäblich auf einer höheren Ebene befand als ich. Aber ein Strom von Licht schien seinen Kopf zu umfließen; es war ein Strom von Liebe, und Joe konnte jederzeit hineintauchen, mit mir oder ohne mich.

Dank für die Spuren Gottes im Garten,
Grünende Frische, vollkommnes Blau.

In meinen Augen sammelten sich Tränen. Meine Lunge war ein Paar Schmetterlingsflügel. Ein Saatkorn war in meiner Magengegend gelandet. Es ging auf, rasend schnell, dunkel, wie eine Feuerwerk-Pharaoschlange, ein groteskes, kringliges Ding, das mich mit etwas Schrecklichem erfüllte. Ich musste wegschauen.

Aus meiner Handtasche auf dem freien Stuhl neben mir guckte mein zusammengefaltetes »Skunk-Stunde«-Blatt.

– ein Mutterskunk mit ihrer Reihe Jungen
leert den Abfalleimer ganz.
Sie bohrt den gekeilten Kopf in einen Becher
saurer Sahne, senkt den Straußenschwanz
und lässt sich nicht verscheuchen.

Ich sah auf. Der Chor hatte sich bewegt, sodass diese anderen Joe jetzt verdeckten.

Mein ist die Sonne, mein ist der Morgen,
Glanz, der zu mir aus Eden aufbricht!

Die Afroamerikanerin mit der lila Bluse? Auch sie konnte mit neun ihre Mutter durch Lungenkrebs verloren haben. Der Mann mit der Michael-Landon-Frisur? Auch seine Schwester konnte sich plötzlich von ihm losgesagt haben. Simon? Sein Vater konnte ein Trinker gewesen sein, der ihn und seinen Bruder sich selbst überlassen hatte, ohne dass sie je wussten, wann er zurückkommen würde und ob überhaupt.

Und Joe? Wir hatten ein Kind miteinander.

Dank überschwänglich, Dank Gott am Morgen!
Wiedererschaffen grüßt uns sein Licht!

Joe, der sich nicht verscheuchen lässt.

»Wie kannst du's wagen!«, schrie ich und stürmte über Stühle, warf Kaffeebecher um, schmiss Handtaschen zu Boden.

»Das ist kein fairer Kampf!«, sagte ich. »Verlass mich für eine andere Frau, aber verlass mich nicht für Jesus!«

Ich stolperte auf den Stufen zur Bühne und krabbelte das letzte Stück auf allen vieren. Der Chor, die Bühnencrew, der Typ, der auf einer Strickleiter in der Luft hing, der andere Typ, der eine Styroporfigur hielt: Sie alle erstarrten.

»Wo ist der Mann, den ich haben wollte?«, rief ich im Aufstehen. »Ich wollte einen Chirurgen, der selbstständig denkt und Sachen weiß! Ich wollte Joe den Löwen. Kein trostsuchendes Weichei!«

Als ich gerade auf Joe losging, hörte ich das Krächzen eines Walkie-Talkies.

Ich drehte mich um. Mein Freund, der Security-Mann.

Die Wörter: BITTE NICHT STREICHELN.

Ich weiß noch, wie ich, ehe sich die Kiefer um meinen Arm schlossen, dachte: Das sieht man selten... einen fliegenden Schäferhund.

Ich öffnete die Augen.

Ich war in einem von Joes Untersuchungszimmern, auf einem gepolsterten Liegesessel. Neben mir war eine blaue Papiersichtblende, in der mein linker Arm steckte. Das machte Joe bei Eingriffen ohne Vollnarkose, damit der Patient nicht im Reflex den Arm wegzog.

Ich war benebelt. Schmerzmittel?

Mein Gesicht fühlte sich gespannt an. Mit der freien Hand zog ich Schubladen auf, bis ich einen Handspiegel fand. Eine säuberliche Naht unter meinem Kieferknochen endete am Kinn. Es würde keine sichtbare Narbe geben. Joe war der beste Näher in seiner Branche.

»Bist du wach?« Das war Timby, der mit einem Spiralblock in der Ecke saß und malte.

»Hi, Schätzchen.« Ich zuckte zusammen. Mein Kiefer war aus Holz, das bei der kleinsten Bewegung splitterte.

»Daddy sagt, der Hund hat dich in den Arm gebissen, und dann bist du von der Bühne gefallen!«

Eine Stimme aus dem Flur. »Ich will mich nur kurz verabschieden.«

Alonzo erschien, gefolgt von einer klassisch schönen Blondine mit einem pastellrosa Kaschmirpulli und einer schwarzen Handtasche an einer goldenen Schulterkette. Alonzo stellte mir seine Frau Hailey vor.

»Danke für alles heute«, sagte Alonzo zu mir.

Wir konnten uns nur ansehen und lächeln. Wir mochten uns,

von Anfang an. In unserer ersten Poesiestunde hatten wir über Frosts »Nach dem Apfelpflücken« geweint. Die Kellnerin hatte gefragt: »Haben Sie beide sich gerade verlobt?«

»*Was-haben-ein-Korkenzieher-und-ein-Hammer-gemeinsam?*«

Alonzo griff in seine Jackentasche. »Diese App können wir jetzt mal löschen.«

»Och!«, sagte Timby enttäuscht.

»Beide sind Werkzeuge«, sagte Hailey. »Und beide umfasst man fest mit der Hand.« Sie pustete den Pulverdampf von einer Fingerpistole und steckte diese in ein imaginäres Holster.

»Wegen heute Morgen«, sagte ich zu Alonzo. »Tut mir leid, dass ich Sie ›meinen Dichter‹ genannt habe.«

»Das ist schon okay«, sagte er. »Unersprießlich war nur, auf der Frühstücksrechnung sitzenzubleiben. Und auf der Rechnung für den Geschenkkorb. Und meine fünfzig Dollar habe ich auch nicht bekommen.«

»Und er hat mir im Center Fudge gekauft«, ergänzte Timby.

Ich zog beschämt den Kopf ein. »Ist mein Portemonnaie hier irgendwo?«

»Das regeln wir nächstes Mal«, sagte Alonzo.

Joe stand jetzt in der Tür. »Hey, Babe.« Er wandte sich an Alonzo und Hailey. »Ich lasse Sie raus. Ist nach Feierabend nicht so einfach.«

»Bis nächste Woche«, sagte Alonzo.

»›Bei den Fischerhütten‹«, sagte ich.

»Lassen Sie uns lieber ein anderes Gedicht von Elizabeth Bishop machen«, sagte er. »›Eine Kunst‹, heißt es. Es geht um die Kunst des Verlierens.«

»›Die Kunst des Verlierens‹. Irgendwie habe ich das Gefühl, das geht gegen mich.«

»Ganz im Gegenteil«, sagte er.

»Hailey?«, sagte ich. »Ich liebe diesen Mann.«
»Das tun alle.« Sie strahlte, und beide gingen hinaus.
Timby und ich waren allein.
»Guck mal, Mom. Ich hab dich gemalt.«

»Oh, Baby«, sagte ich. »Ich will nicht *Wütende Mommy* sein.«
»Dann sei's halt nicht.«
»So leicht ist das nicht«, sagte ich.
Timby zuckte die Schultern: Wie du meinst.
Joe war wieder da. Er rollte auf einem Hocker zu mir.
»Das nächste Mal, Mrs Wallace, sollte ich es erfahren, wenn du mit einer Skulptur kollidierst und das Bewusstsein verlierst.«
»Ich hab's ihm erzählt«, sagte Timby und verzog schuldbewusst das Gesicht.
Joe riss das Papier von der Sichtblende.
Mein Unterarm war voller Punktur- und Risswunden. Er war geschwollen, rot und mit Salbe bedeckt.
»Wow«, sagte ich.
»Nichts gebrochen und keine Fremdkörper«, sagte Joe. »In zweiundsiebzig Stunden können wir sicher sein, dass nichts infiziert ist.« Er setzte seine Lesebrille auf und beugte sich dichter über meinen Arm. »Das da sollten wir vielleicht nähen.«
»Joe«, sagte ich. »Findest du, dass ich ein schrecklicher Mensch bin?«
»Du bist kein schrecklicher Mensch«, antwortete er sofort und zögerte dann kurz. »Du bist ein schrecklicher *netter* Mensch. Riesenunterschied.«
»Hör zu«, sagte ich. »Ich brauche dich hierfür. Du bist mein kompetenter Reisender. Also komm mir jetzt nicht auf die totale Jesustour.«
»Darf ich dir auf die partielle Jesustour kommen?«
»Was ist die Jesustour?«, fragte Timby.
»Alles im grünen Bereich«, sagte Joe zu mir. »Ehrlich.«
»Weiß ich.«
Wir lächelten. Unser Lächeln.
Joe stand auf und stopfte das blaue Papier in den Mülleimer.
»Ist dir klar«, sagte er, »dass Thomas Jefferson, die Inkarnation

der Vernunft, das Neue Testament als den ›feinsten und gütigsten Moralkodex, der der Menschheit je zuteilwurde‹ bezeichnet hat?«

Das ist die Jesustour, sagte ich lautlos zu Timby.

»Aber«, fuhr Joe fort, »selbst Jefferson kämpfte mit den darin enthaltenen Widersprüchen. Und weißt du, was er gemacht hat? Er ist mit einem Rasiermesser an die vier Evangelien drangegangen, hat die Wunder, das mystische Zeug und sonstigen Hokuspokus herausgeschnitten und die brauchbaren Teile zu einer kohärenten Geschichte zusammengeklebt.«

»Er hat chirurgische Eingriffe an der Bibel vorgenommen?«, fragte ich.

»Genau!«, sagte Joe.

In dem Moment bemerkte ich es an der Wand.

Ich hatte es bei unserem zweiten Date gezeichnet. Und ganz vergessen, dass Joe es aufbewahrt hatte. Und es sogar hatte rahmen lassen.

Damals war er noch so exotisch für mich gewesen. Ich erinnere mich an die Schmetterlinge im Bauch. Konnte er der Mann meines Lebens sein, dieser ernsthafte Jungmediziner aus Buffalo? Der in so vielem so brillant war und dabei so unkompliziert nett?

Und jetzt, zwanzig Jahre, nachdem wir uns in einem Untersuchungszimmer kennengelernt hatten, saßen wir hier in einem anderen Untersuchungszimmer. Zu dritt. Meine kleine Familie.

»Ich glaube, ich krieg's hin«, sagte ich.

Joe drehte sich um.

»Lass uns umziehen«, sagte ich. »New York, Chicago, Schottland, egal.«

»Wir ziehen um?«, fragte Timby.

»Von mir aus sogar Spokane«, sagte ich. »Das wäre ein Abenteuer. Kein besonders aufregendes Abenteuer. Aber wir sind ja auch alt.«

»Mom und ich müssen das erst mal besprechen«, sagte Joe zu Timby.

»Mich hält nichts in Seattle«, sagte ich. »Zeichnen und Unheil anrichten kann ich überall.«

»Ich will nach Schottland ziehen!«, sagte Timby.

»Du steckst voller Überraschungen«, sagte Joe zu mir.

»Ich erkenne die Logik in dem, was du gesagt hast.« Ich hielt kurz inne und dachte darüber nach. »Wenn du wirklich glaubst, dass du einen wohlwollenden Fahrer am Steuer des Busses hast, und wenn du sicher bist, dass er dich irgendwo hinbringt, wo es gut ist, dann kannst du's dir einfach bequem machen und die Fahrt genießen.«

»Wenn du's so sagst, klingt es ein bisschen, als wäre ich Yo-Yo«, sagte Joe. »Ist aber okay.«

Zuerst weiteten sich meine Augen, dann schrie Timby erschrocken auf: »Oh, Mom!«

Joe ging über den großen leeren Parkplatz. Eine mondlose Nacht, nichts zu hören als die schwappenden Wellen der Elliott Bay. Über den Olympic Mountains jenseits des schwarzen Puget Sound eine ganz feine blaue Linie; gleich würde auch sie weg sein.

Er blieb stehen und wartete auf uns. Welch eindrucksvolles Schauspiel: wie ein Gebirge vom Nachthimmel verschluckt wird.

Dann entdeckte er ihn: Gleich neben einer Pfütze von orangefarbenem Licht saß er wohlerzogen da.

»Braver Hund«, sagte Joe.

Yo-Yo, noch immer am Einkaufswagenständer festgebunden, fegte mit dem Schwanz über den Asphalt. Als er ein vertrautes Gesicht sah, stand er auf und wedelte mit dem gesamten kleinen Hinterteil. Als Joe noch näher kam, tänzelte Yo-Yo und machte Männchen. Er war immer entzückt, aber nie überrascht, dass jemand kam.

Mit der gesunden Hand schob ich die Kunstbücherstapel beiseite. Das Parkett war so glatt, dass die Türme rutschten, ohne ins Kippen zu geraten. Dahinter ein schmaler, unpraktischer Schrank, vollgestopft wie der Rest meines winzigen Arbeitszimmers. Ich grub mich durch das verrückte Sammelsurium von Krempel. Ein Karton Leinen-Zeichenblöcke, gekauft, weil ich geglaubt hatte, dass ich gern darauf arbeiten würde, was dann aber nicht der Fall war. Das Meditationskissen, verstaubt. Ein Gewirr von alten Telefon- und Druckerkabeln. Sears-Weihnachtskataloge (hier also sind sie!) über vierzig Jahre, mühsam als Referenzmaterial gesammelt. Ein weißes Lederköfferchen mit dem Silberbesteck von Joes Mutter. Taschenlämpchen vom Superbowl XLVIII. Kokosnusswasser von vor Ewigkeiten. Ganz hinten die zerknautschte Neiman-Marcus-Tüte.

Die Flood-Girls.

Ich legte das ledergebundene Buch auf mein Zeichenpult und knipste die Lampe an. Das Vorsatzpapier riss, als ich den Deckel aufklappte.

Mommy und Matty. Auf jeder Zeichnung sieht sie anders aus. Ich konnte ja nur nach der verblassenden, sich ständig wandelnden Erinnerung arbeiten. Ivy – ihr hatte ich diesen Schimmer geben wollen. Am besten gelungen war mir das auf der Zeichnung von ihr mit Parsley. Der Hintergrund der zweiten Seite: Er war aus einem real existierenden Kinderbuch. Die Buntstiftschmiererei stammte von Ivy. Die Kissen auf dem Schaukelstuhl: von Mom bestickt, von meinem trauernden, rachsüchtigen neunjährigen Ich weggeworfen. Der Typ, der das Drehbuch für *King Kong* schrieb: Er und seine Frau hatten uns bei sich die Broncos gucken lassen. Mattys Gekritzel. Wenn Menschen sterben, stirbt auch ihre Handschrift. Darüber denkt man nie nach.

*

Ich hatte mir nie bewusst vorgenommen, Timby nichts von Ivy zu erzählen. Als er zwei war, hatte ich eine besonders heftige Phase von schlaflosen Nächten, ausgelöst durch aufwühlende Sitzungen bei einem weiteren neuen Therapeuten (diesmal einem Jungianer, was aber auch nichts half). Joe und ich waren im Meridian Park und schoben Timby auf der Schaukel an. Ich fragte Joe, ob er Ivy und Bucky hasse. Er sagte: »Das wäre ungefähr so sinnvoll, wie eine Klapperschlange zu hassen. Klapperschlangen hasst man nicht, man meidet sie.«

Als Joe in Aspen auf dem Highway 82 erklärte, er sei fertig mit Ivy, war das sein voller Ernst. Ich glaube wirklich nicht, dass er seither öfter als ein halbes Dutzend Mal an sie gedacht hat. Eins muss ich hier mal gegen Joe sagen: Er erwartet von mir das Gleiche. Joe mag ja mit Ivy fertig sein. Ich werde nie mit Ivy fertig sein. Ich will nicht mit Ivy fertig sein. Sie ist meine Schwester.

Der Plan von Aspen! Es hat mich einen Monat gekostet, das verflixte Ding zu zeichnen. Wir liebten Richard-Scarry-Bilderbücher und den Sonntagscomicstrip von *Family Circus*. An unseren Geburtstagen veranstaltete Daddy mit uns eine Schatzsuche. Nur da durften wir das große Haus der Frau betreten. (Das ganze restliche Jahr über klebte er S&H-Rabattmarken über die Türritzen von Vorder- und Hintertür. Er sagte, er habe sich die Seriennummern notiert, damit wir nicht heimlich reinschlüpften.) Aber wenn Ivy und ich bei diesen Geburtstagsschatzsuchen endlich mal das Haus von innen sehen konnten – Wunder über Wunder.

Und der Bär. Das ist ein guter Bär.

»Mom!«, rief Timby. »Komm!«

Ich klappte das Album zu. Da lag es nun, mitten in meinem ganzen Chaos. Wunderschön, Seite für Seite, gezeichnet von jemandem, der mal ich war. *Die Flood-Girls*. Jetzt nicht mehr mit einem Fluch behaftet.

Timby stand auf seinem Tritthocker vor dem Spiegel, Zahnbürste in der Hand, und wartete auf mich. Wenn ich je eine Entschuldigung gehabt hätte, unser Ritual zu schwänzen, dann wohl jetzt. Aber es hatte kaum je einen Abend gegeben, an dem wir nicht Schulter an Schulter hier gestanden hatten.

»Schau mal!«, sagte er und hielt mir einen aufgeschlagenen *Archie*-Sammelband hin.

Ich wusste nicht, worauf ich schauen sollte.

»Die letzte Sprechblase!«, sagte Timby ungeduldig.

Auf dem Bildstreifen waren Archie und Jughead gerade von Mr Weatherbee bei irgendwas erwischt worden. Archie sagt zu Jughead: »Schnapp dir einen Rechen.«

»Das ist das erste Mal, seit es *Archie* gibt, dass es nicht mit einem Ausrufezeichen endet!«, sagte er.

Mein kleiner Sohn. So ein Schlauberger. So ein Schatz.

»Du merkst immer mehr als ich.«

Mit der gesunden Hand hielt ich ihm meine Zahnbürste hin. »Tu mir was drauf.« Timby drückte Zahnpasta darauf.

Wir fingen an Zähne zu putzen.

Kurz darauf hielt ich inne.

Ich senkte die Zahnbürste, sah Timby an.

»Ich habe eine Schwester«, sagte ich. »Sie heißt Ivy. Sie ist vier Jahre jünger als ich und wohnt in New Orleans, mit ihrem Mann und zwei Kindern. Du hast also eine Tante und einen Onkel und einen Cousin und eine Cousine, denen du nie begegnet bist.«

Timby nahm die Hand herunter, ließ die Zahnbürste in seinem schäumenden Mund stecken. Er musterte mich im Spiegel.

Jetzt der schwere Teil.

»Obwohl sie uns nicht kennen«, sagte ich, »mögen sie uns nicht.«

Timby zog die Zahnbürste heraus, spuckte ins Waschbecken und sah dann auf.

»*Dich* kennen sie«, sagte er. »Aber *mich* nicht.«

Ab heute wird alles anders. Heute werde ich präsent sein. Heute werde ich jedem, mit dem ich spreche, in die Augen schauen und intensiv zuhören. Heute werde ich ein Kleid anziehen. Heute werde ich ein Brettspiel mit Timby spielen. Ich werde Sex mit Joe initiieren. Ich werde nicht fluchen. Ich werde nicht über Geld reden. Heute werde ich etwas Unbeschwertes haben. Mein Gesicht wird entspannt sein, sein Ruhezentrum ein Lächeln. Heute werde ich offen und unvoreingenommen sein. Heute werde ich keinen Zucker konsumieren. Ich werde anfangen, »Eine Kunst« auswendig zu lernen. Heute werde ich versuchen, Timby und mir Tickets für den Papst zu organisieren. Ich werde herumfragen, wie Schottland so ist. Ich werde mein Auto entrümpeln. Heute werde ich mein bestes Selbst sein, der Mensch, der in mir steckt. Ab heute wird alles anders.

DANK

Ich danke...

Anna Stein, Judith Clain, Nicole Dewey;

Barbara Heller, Holly Goldberg Sloan, Carol Cassella, Courtney Hodell, Katherine Stirling;

Eric Anderson, Daniel Clowes, Patrick Semple;

Reagan Arthur, Michael Pietsch, Craig Young, Lisa Erickson, Terry Adams, Amanda Brower, Karen Torres, Keith Hayes, Mario Pulice, Julie Ertl, Andy LeCount, Tracy Roe, Karen Landry, Jayne Yaffe Kemp, Lauren Passell;

Arzu Tahsin;

Clare Alexander, Mary Marge Locker, Claire Nozieres, Roxane Edouard;

Ed Skoog, Kevin Auld, Nicholas Vesey, Phil Stutz, Tim Davis, Kenny Coble;

Howard Sanders, Jason Richman, Larry Salz;

Joyce Semple, Lorenzo Semple Jr., Johanna Herwitz, Lorenzo Semple III;

Peeper Meyer.

Diese Seiten beginnen und enden mit George Meyer – wie ich.

Die Originalausgabe erschien 2016 unter dem Titel
»Today will be different« bei Little Brown and Company.

S. 22–23 Übersetzung »Skunk-Stunde« von Manfred Pfister aus:
Robert Lowell, Gedichte, Klett-Cotta 1982.

Abdruck der deutschen Übersetzung mit freundlicher Genehmigung
des Verlages Klett-Cotta, Stuttgart. Das Original »Skunk Hour«
erschien in Robert Lowell, Collected Poems © 2003 by Harriet Lowell
und Sheridan Lowell.

Illustrationen: S. 275 »Meyer Mania« © 2016 by Patrick Semple
S. 271–272 »Mommy« und »Mad Mommy« © by Poppy Meyer
Alle anderen Illustrationen © by Eric Chase Anderson

Sollte diese Publikation Links auf Webseiten Dritter enthalten,
so übernehmen wir für deren Inhalte keine Haftung,
da wir uns diese nicht zu eigen machen, sondern lediglich auf
deren Stand zum Zeitpunkt der Erstveröffentlichung verweisen.

Verlagsgruppe Random House FSC® N001967

1. Auflage
Deutsche Erstveröffentlichung April 2019
by btb Verlag in der Verlagsgruppe Random House GmbH,
Neumarkter Str. 28, 81673 München
Copyright der Originalausgabe © 2016 by Maria Semple
Covergestaltung: semper smile, München
Covermotiv: © plainpicture/Esmeralda
Satz: Uhl + Massopust, Aalen
Druck und Einband: GGP Media GmbH, Pößneck
mr · Herstellung: sc
Printed in Germany
ISBN 978-3-442-71726-2

www.btb-verlag.de
www.facebook.com/btbverlag

Maria Semple

Wo steckst du, Bernadette?

Roman

384 Seiten, gebunden, btb 74851
Aus dem Englischen von Cornelia Holfelder-von der Tann

Bernadette Fox ist berüchtigt. In Fachkreisen gilt sie als Stararchitektin mit revolutionären Ideen. Ihr Ehemann Elgie, der neue Hoffnungsträger bei Microsoft, liebt sie für ihren Witz. Und für ihre verrückten Ideen. Und irgendwie auch für ihre Launen. Für ihre 15-jährige Tochter Bee ist Bernadette, na ja, eine Mutter. Sie kennt ja keine andere. Doch dann verschwindet Bernadette auf einmal ...

»BERNADETTE«
Große Kinoverfilmung mit Cate Blanchett!

btb